Ramón Díaz Eterovic

Engel und Einsame

Roman

Aus dem chilenischen Spanisch von Maralde Meyer-Minnemann

Diogenes

Titel der 1995 bei
Editorial Planeta Chilena, Santiago de Chile,
erschienenen Originalausgabe:
›Angeles y solitarios‹

Die Übersetzung wurde unterstützt
von der Gesellschaft zur Förderung der Literatur
aus Afrika, Asien und Lateinamerika e. V.
in Zusammenarbeit mit der Kulturstiftung Pro Helvetia
Umschlagfoto von Facundo de Zuviría

*Für Sonja, weil sie mit mir
die alte Kunst der Liebe und
des Schreibens teilt*

*Für meine Kinder
Valentina, Alonso und Angeles,
die mir das Leben verzaubern*

150/00/8/1
ISBN 3 257 06246 X

Ich werde die Dinge des Lebens sanft bewahren,
die Poesie der Abschiede und Kugeln,
meinen Tabak, meinen Tango, meine Handvoll Spleen.
Ich werde mir die Morgenröte als Mantel um die Schultern legen,
und mein vorletzter Whisky wird nicht ausgetrunken sein.

HORACIO FERRER

ERSTER TEIL

I

Und dann plötzlich Schweigen. Was sollte ich sagen. Allein in einer dieser Stunden, in denen das Geräusch der auf der Straße vorüberfahrenden Fahrzeuge sich durch die Wände der Wohnung fräst und die dunstige Luft der Stadt am Fenster hängt, von dem aus ich immer das Treiben in den Ecken und Winkeln des Stadtteils, das Kommen und Gehen der Bewohner beobachte, die, von Erinnerungen und dem kleinen alltäglichen Elend beladen, nicht aufgeben. Eine Viertelstunde lang hatte ich den Umschlag nun schon angestarrt, der auf dem Schreibtisch neben dem von Kippen überquellenden Onyxaschenbecher und dem vertrauten Wodkaglas lag. Was sollte ich sagen. Um den Schreibtisch herum eine wilde Jagd von Gespenstern, und unvermittelt tauchte aus der Erinnerung scharf wie ein Messer das Bild dieser Frau auf. Das Glas, die Kippen; die Anziehungskraft des Umschlags, der mich still daliegend aufforderte, sein Inneres zu erforschen. Auf einer Seite mein Name, Heredia; auf der anderen drei Buchstaben, die Initialen, die mich zurück in eine Nacht vor fünf Jahren führten, in der ich diese Frau kennengelernt hatte. Schön war sie gewesen und unweigerlich flüchtig wie alle, die ich über ein zufälliges Treffen hinaus mit zu mir nahm.

Ich faßte den Umschlag, hielt ihn in den Fingern und spielte mit ihm, als wäre er nach einer Pechsträhne die entscheidende Glückskarte. Was konnte ich Neues sagen? Wahrscheinlich würde sich nichts zwischen uns ändern. Die Briefmarken trugen den Stempel von Buenos Aires, und ich stellte mir vor, daß darin noch eine dieser Postkarten mit Reproduktionen von Bildern stecken würde, die wir beide liebten. Chagall, Hopper, Botticelli. Ihre Frage: Wie geht's dir? Und der Abdruck ihrer roten, tiefroten und in Augenblicken ersehnten Lippen, die ich lieber vergessen hätte, die sich aber immer wieder einstellten, unerbittlich wie das Ticken einer Uhr.

Ich legte den Umschlag auf den Schreibtisch und ging die Möglichkeiten durch, diesen Tag etwas weniger elend enden zu lassen. Der letzte Wodka klebte am Flaschenboden wie die Flügel einer ertränkten Fliege, und die Wohnung wirkte noch beengter als gewöhnlich. Ich könnte das Haus verlassen und spazierengehen. In die Bar an der Ecke gehen, um mit dem Kellner über Pferderennen zu reden und dem unzusammenhängenden Geschwätz der letzten Betrunkenen zuzuhören. Oder ins Mamá Sam, das Kabarett, gehen, in dem ich immer ein Mädchen fand, das mir für zwei oder drei Martinis Gesellschaft leistete, wenn ich die Geduld aufbrachte, die traurige, wahre oder erfundene Geschichte einer ledigen Mutter anzuhören. Das war nicht teuer, und es machte mir auch nichts aus. Ich könnte auch meine Autoschlüssel nehmen und durch die Straßen im Stadtzentrum fahren. Vielleicht könnte ich einen Passagier aufgabeln, der das Geld rechtfertigen würde, das ich vor sechs Monaten investiert hatte, um mein Auto als Taxi zu verkleiden. Eine hirnrissige Idee, das Ergebnis mehrerer Monate ohne Arbeit, denn, wie Stevens, mein Nachbar, immer sagte, die Sparpolitik ließ einem die Taschen schrumpfen. Und eifersüchtige Ehemänner, die bereit waren, ihr Erspartes anzutasten, um das geheime Leben ihrer Ehefrauen zu erfahren, gab es auch nicht mehr. Doch ich hatte die Hoffnung nicht aufgegeben, und die Bronzetafel an der Tür zu meinem Büro wies mich immer noch als Privatdetektiv aus. Als jemanden mit einem Beruf, der so einsam war wie der der Huren und der Schriftsteller.

Ich steckte mir eine Zigarette an und hielt drei Sekunden dem Blick Simenons stand, der mich, von den Dächern zurückgekehrt, mit seinen leuchtenden Augen spöttisch beobachtete. Seine Utopie bestand allein im Traum von einer täglichen Fischmahlzeit und einem warmen Eckchen in der Wohnung. Er lag auf den Turnschuhen, die ich mir – auf die Standpauke eines Arztes hin, der mir riet, mit dem Rauchen aufzuhören und Sport zu treiben, um die schmerzende Steifheit meiner Knochen zu vermindern – auf dem Flohmarkt am Hauptbahnhof gekauft hatte. Der Rat an sich war gut, nur hatte der Quacksalber während der Sprechstunde sechs meiner Zigaretten geraucht, und der enorme Umfang seiner Taille verriet die fettleibige Verlogenheit seines Sermons.

»Nun mach schon«, sagte Simenon. »Du kommst doch fast um vor Neugier, zu erfahren, was in dem Umschlag drin ist, und nur dein dummer Stolz hindert dich daran, ihn zu öffnen.«

»Hat dich jemand um deinen Rat gebeten?«

»Den gibt's gratis, Heredia. Ich bin dir zugetan, das weißt du doch.«

»Zugetan! Den Ausdruck hast du bestimmt aus dem Wörterbuch und benutzt ihn, ohne verdammt noch mal zu wissen, was er bedeutet.«

»Mach den Umschlag auf! Du liebst es doch, Briefe zu bekommen und mit ihnen in der Tasche herumzuwandern und dir vorzustellen, daß dich jemand mag. Oder hast du Angst?«

Ich stand auf. Versicherte mich, daß die Schlüssel vom Lada in meiner Jacke steckten, und ging zur Tür. Das Haus wirkte verlassen, aus irgendeiner Wohnung im obersten Stockwerk ertönte die Stimme von Vladimiro Mimiça, der das Fußballspiel zwischen den Clubs Universidad de Chile und Unión Española kommentierte. Ich öffnete den Umschlag und trat in den Fahrstuhl. Als ich auf der Straße ankam, wußte ich, was drinstand. Die Frau aus der Vergangenheit kündigte ihre Reise nach Santiago an. Ich rechnete anhand der auf der Rückseite der Postkarte angegebenen Daten nach und kam zu dem Ergebnis, daß sie seit drei Tagen im Hotel Comet logierte, das sechs oder sieben Blocks von meiner Wohnung entfernt lag. Ich hätte nie gedacht, daß sie mir noch einmal so nah sein würde.

Ich fischte zwei Hundertpesomünzen aus meinen Hosentaschen und stellte mich in die Telefonzelle vor dem Schuhladen meines Viertels. Eine hochnäsig kalte Stimme sagte mir die Vorzüge des Hotels auf, das so viele Sterne hatte wie der Himmel einer Sommernacht. Ich wollte nach ihr fragen, kam aber nicht dazu. Die Stimme wiederholte ihre Leier, und ich legte angewidert den Hörer auf. Dann rückte ich meinen Krawattenknoten zurecht und nahm von dem Gedanken Abstand, mein Taxi zu besteigen, das einen halben Block weit von hier entfernt auf mich wartete.

Ich wollte die Zeit mit etwas verbringen, das mich vergessen ließ. Durch das Viertel flanieren oder vielleicht einen Film sehen, um das rasende Herannahen des Unausweichlichen aufzuhalten. Diese blaue Woge, die mich wie ein ungesunder Schweißausbruch erfaßte und mich zwang, mir auf die Lippen zu beißen, um nicht jemanden am Kragen zu packen und aus Gründen zu verprügeln, die mir selber unbekannt waren. Überdruß, der Wunsch, irgendwo anders zu sein oder in irgendeinem Dorf am Meer unterzutauchen. Alles Lösungen, die nichts taugten. Niemand hat mit fünfundvierzig Jahren noch Illusionen, wenn er innere Verletzungen, kleine, ständig neue Beschneidungen seines Optimismus, Zweifel mit sich schleppt, die täglich dichter und tiefgreifender werden. Ja, da gab es nichts zu sagen. Ich fühlte mich wie eine Gestalt von Onetti, genauso einsam und von allem fern wie immer.

2

Die Kamera folgte dem abhebenden Flugzeug, bis es auf der Leinwand des Kinos entschwand, in das ich mit einem halben Dutzend schwarzgekleideter junger Leute gegangen war, die kurzes Haar hatten und kleine Ringe in den Ohren trugen. Dieses Alter von fünfzehn oder sechzehn, anders als ich es damals erlebt habe: langhaarig, die Zeit der Beatles, Vietnamkrieg, Che-Guevara-Plakate, die Filme von Fellini, amerikanische Zigaretten und in der anonymsten Apotheke der Stadt schüchtern gekaufte Kondome.

Der Platzanweiser gähnte ausgiebig hinter meinem

Rücken, und eine wie ein Schulmädchen angezogene Dicke begann ihr hoffentlich letztes Mentholkaugummi zu kauen. Bogart steckte sich eine Zigarette an, stellte den Kragen seines Regenmantels auf und ging in Begleitung seines Freundes, des Polizisten Renault, davon, bis er sich am grauen Horizont der Leinwand verlor. Ein eisiger Windzug traf meine Schultern, als ich das Wort Ende las. Und drei Reihen vor mir applaudierte ein schmächtiger Jüngling, bis er begriffen hatte, daß Bogart nicht noch einmal vor den Vorhang treten würde, um für diesen Applaus zu danken. Vielleicht würde er, oder dieser andere, den sie Rick nannten, irgendwann nach Casablanca zurückkehren, wo ihn die Bergmann und ihre im tiefen Rot der Nacht angemalten Lippen erwarteten. Doch »niemand kehrt nach Casablanca zurück, so wie auch niemand zu dem zurückkehrt, was er am meisten geliebt hat«, erinnerte ich mich, während ich das Kino verließ, in das ich auf der Suche nach diesen Bildern gegangen war, die ich brauchte, um mich dem Wiedersehen zu stellen. Den Satz hatte Germán Arestizábal gesagt, mein Freund, der Zeichner, mit dem ich im Galindo oder einer anderen Bar des Bellavista-Viertels hin und wieder einen trinken ging, während auf den Bürgersteigen stets schöne, aber immer ferne Mädchen vorübergingen. Eine Redewendung aus den achtziger, den von den Spuren des Dunkels geprägten Jahren, die die Schwermut geprügelter Hunde besaßen.

Ich lief fünf oder sechs Blocks weit, genoß das Gemurmel der Leute, die um diese Zeit über den Paseo Ahumada flanierten. Wesen, die aus einem anderen Holz geschnitzt waren als die, die sich morgens mit den Ellenbogen durchdrängelten, um an einen Ort zu gelangen, der letztlich unwichtig war. Dann ging ich auf ein Bier in die City Bar. Ich zog den Umschlag, den ich in der Jacke trug, heraus und las die Adresse meiner Wohnung, die in der Calle Aillavillú in der Nähe des Mapochebahnhofs in dem Stadtviertel lag, das mich täglich mit seinen Gerüchen nach Gebratenem und nach Betrunkenen umfing. Die Wohnung hatte drei Zimmer, darin meine Bücher, ein metallener Schreibtisch und das Plakat, von dem Romy Schneider mich freundlich anlächelte. Ansonsten war da noch mein Kater Simenon und das unabänderliche Schicksal eines Einsamen, der sich in fremde Leben einmischte. Vor dem Haus befand sich der Kiosk von Anselmo und zwei Blocks entfernt das Gebäude der Kriminalpolizei, bei der mein Freund, Kommissar Dagoberto Solís, arbeitete, der dank irgendeines Zufalls dessen, was sich Neue Zeiten nannte, seine alte Stelle wiederbekommen hatte. Eine Geste, um den kleinen Unterschied zur Zeit der Militärstiefel anzudeuten und die Naiven glauben zu machen, daß sich etwas geändert hatte, obwohl die Macht noch immer Uniform trug.

»Mußt du immer noch daran denken?« fragte ich mich, während ich das Abbild meines Gesichts im Glas zu finden versuchte.

»Hin und wieder.«

»Häufig oder selten?«

»Häufig genug.«

Ich trank mein Bier aus und ging hinaus auf die Straße. Es wurde dunkel, und auf der Plaza de Armas begannen sich die Maler zu verabschieden, die tagsüber ihre Bilder oder Karikaturen an Touristen verkauften, die, glücklich darüber, inmitten so vieler grauer Gebäude eine kleine grüne Oase zu finden, den Platz überquerten. An der westlichen Ecke, am Portal Fernández Concha, rauchten zwei Männer und schienen die Schritte der eiligen Passanten dieser Stunde zu überwachen. Ich schaute sie mißtrauisch an, als ich an ihnen vorbeikam, und ging weiter, bis ich am Fuß des Denkmals für die Mapuches angelangt war. Ganz in der Nähe tat ein Adventistenprediger für seine Vergangenheit als Alkoholiker Buße, und zwei zerlumpte Mädchen verkauften Veilchensträuße. Es war das übliche Schauspiel, das sich bis zum Río Mapocho in einem Durcheinander von räudigen Bars, Oben-ohne-Läden und Winkeln erstreckte, in denen sich die Gangs verkrochen, die den herumstolpernden Betrunkenen ihre letzten Centavos raubten.

Ich dachte an die Frau, die mir den Brief geschickt hatte, und ließ den Platz hinter mir, lief Richtung Cerro San Cristóbal. Die Leute gingen schnell, und die Autos stauten sich am Ende eines jeden Blocks. Ich kam am Kunstgewerbemarkt vor der Rechtswissenschaftlichen Fakultät vorbei und setzte meinen Weg ins Bellavista-Viertel fort, wobei ich den Ellenbogenknüffen der jungen Leute auswich, die sich vorgenommen hatten, aus dieser Nacht ein unvergeßliches Fest zu machen. Am Fuß des Hügels angekommen, begann ich meinen Aufstieg auf einem kopfsteingepflasterten, von Bäumen und Geraune gesäumten Weg. Ich hörte von fern das Gekreische der Affen im Zoologischen Garten und blieb drei oder vier Minuten stehen, um Atem zu schöpfen und die Statue der Heiligen Muttergottes vom Cerro San Cristóbal zu betrachten, die ihre Arme ins Unendliche ausgebreitet hielt. Von oben gesehen war Santiago eine Fiesta, doch es besaß nicht die Magie des Paris eines Hemingway, obwohl es durchaus zwei oder drei Orte gab, an denen man gemütlich einen trinken konnte, ohne neues Plastik und ohne von Verkäufern angemacht zu werden. Seine Straßen waren voller Fahrzeuge, und der Smog nahm die Stadt mit der Marschgeschwindigkeit der ersten Konquistadoren ein. Ich liebte Santiago wie eine alte Geliebte, die ich nur verlassen würde, wenn ich ein Stück Strand gefunden hätte, von dem aus ich das Meer und Mahlers Musik würde hören können, ohne mich um etwas anderes zu kümmern, als die reine Luft einzuatmen und die Tage fern aller Illusionen verstreichen zu lassen. Ich sog den Duft des Jasmins ein, der um mich herum wuchs, und wie eine Eule beobachtete ich die Dunkelheit der namenlosen Winkel, in denen Pärchen einander liebkosten und die Zeit, das wußte ich sehr wohl, in Umarmungen stillstand, die so vergänglich waren wie das Begehren.

Ich genoß diesen Augenblick, bis etwas in meinem Inneren mir sagte, daß es sich um eine romantische Täuschung handelte. Die verborgene Seite einer falschen Münze. Dort unten lag eine andere Stadt, und ich mußte nur den Weg zurückgehen, um mein Stadtviertel wiederzufinden, seine Bars und den Geruch nach Feuchtigkeit, der mich jeden Morgen noch vor dem Gegurre der in den Dächern des Gebäudes nistenden Tauben weckte. Ich blickte auf die Stadt hinab und pfiff, so laut ich konnte, bis ein Nachtvogel mir unwillig antwortete. Irgendwo dort unten war sie, sagte ich mir, und schritt aus, bis ich wieder vor meinem Büro angelangt war.

Als ich eintrat, merkte ich, daß der Strom ausgefallen war. Ich überlegte, ob ich mich beim Hausmeister beklagen sollte, doch es war schon spät und ich würde, wenn ich den Mann von seiner nächtlichen Fernsehserie wegriß, nichts als Feindseligkeit ernten. Ich machte ein paar Schritte in der Wohnung und nahm den Roman von Luís Sepúlveda vom Schreibtisch, den ich in der vergangenen Woche zu lesen angefangen hatte. Ich ging wieder auf die Straße hinunter und setzte mich auf die von einer Straßenlaterne hell beleuchtete Eingangstreppe. Nachdem ich zwanzig Seiten gelesen hatte, hörte ich Schritte innehalten. Ich blickte auf und sah Dagoberto Solís, der schwer atmete, nachdem er seinen Bauch durch die Straßen des Viertels bugsiert hatte.

»Hast du gerade eine öffentliche Bibliothek aufgemacht, oder haben sie dir den Strom abgestellt?« fragte er, während er sich neben mich setzte.

Ich versuchte zu lächeln und sah ihm in die Augen. Irgend etwas darin erinnerte mich an die Angst aus alten Zeiten.

3

»La Bomba, oder wie immer es jetzt heißen mag«, sagte Solís, als wir die Calle Bandera erreichten und in die Bar traten, die in den dreißiger Jahren ihr goldenes Zeitalter gehabt hatte genau wie die Bar El Hércules, in der Neruda und seine Freunde Stammgäste gewesen waren. Einer von ihnen, der Schriftsteller Diego Muñoz, hatte an die Wände ein Bild gemalt: Er kam gerade aus Quito zurück, und nachdem er Neruda aufgesucht hatte, waren sie wie üblich ins El Hércules gegangen. Aus Geldmangel mutig geworden, überzeugten sie den Besitzer, daß Muñoz ein berühmter ekuadorianischer Maler sei und für eine angemessene Bezahlung in Wein- und Bierflaschen die Wand bemalen könne, was der Pinte zu Ruhm gereichen würde. Man wurde handelseinig, und Neruda und seine Freunde begannen auf Kosten der Arbeit zu trinken, die Muñoz zu Ende führte, ohne daß der Besitzer es gewagt hätte, an den Strichen und Figuren auch nur das Geringste auszusetzen.

El Hércules war wie die anderen Bars des Viertels langsam, aber sicher zu einer zwielichtigen Spelunke, dann zu einem Oben-ohne-Laden verkommen, um schließlich als Lagerhalle für gebrauchte Kleidung zu enden. Nur der Name verband es noch mit der Bohème des Zeppelín und einer Epoche, in der die Menschen träumten und nicht nur an wirtschaftliches Kalkül, Jaguars und Triumphe harter Währung dachten.

Am Eingang von La Bomba hielt mir, kaum hatte sie sich von der Musikbox gelöst, aus der die teigige Stimme von Yaco Monti tönte, eine Tochter der Nacht ihren bierschwangeren Atem auf Lippenhöhe hin. Sie lud mich ins Andes ein, eine Absteige in der Nachbarschaft, die Bordsteinschwalben mit ihren Freiern und Paare ansteuerten, die wenig Geld in den Taschen hatten. Ich lächelte und ließ durchblicken, daß ich mit einem Bullen da war, der weder ein Liebhaber vom Reitsport noch davon war, Huren zwischen den Beinen herumzuschnüffeln, und in dem Milieu nervös wurde, in dem er als angehender Polizist gearbeitet hatte. Die brünette, etwas schlampige Frau zog eine angewiderte Grimasse und entfernte sich eilig zu einem Tisch, an dem drei finstere Männer saßen, die Solís aus dem Augenwinkel musterten und den Salon verließen, noch bevor sie zu Ende erzählt hatte.

»Was wollte das Mädchen?« fragte Solís, während er lahm wie ein müder Bär auf einen Stuhl sank.

»Ein Geschäft machen. Was sonst?« antwortete ich. »Aber wir sind zu alt, um uns für Nutten zu begeistern.«

Seit dem Abend, an dem Solís in mein Büro gekommen war, um mir von dem Angebot zu erzählen, wieder auf seinen alten Posten bei der Kriminalpolizei zurückzukommen, waren sechs Monate vergangen. Er war zwischen einem vorgezogenen Ruhestand in Quintero und der Lust hin und her gerissen gewesen, wieder zu einer Arbeit zurückzukehren, die ihm nach all den Jahren in Fleisch und Blut übergegangen war. Es bringt nichts, den Hintern von der Spritze wegzuziehen, sagte ich, nachdem ich mir seine Zweifel angehört und ihm das Hirn mit drei Wodkas ruhiggestellt hatte, die ihn endgültig fällten.

Solís war seit diesem letzten Treffen dicker geworden. Sein Bauch wurde nur mit knapper Not von einem schwarzgestreiften Hemd zusammengehalten, das er zu seinem überhaupt nicht dazu passenden weißen Jackett und der grünen Krawatte trug, die jemand weniger Voluminösem besser gestanden hätte. Sein müdes Gesicht und die nervös zuckenden Augenlider ließen bei mir Zweifel wach werden, ob ich damals gut daran getan hatte, ihn zu ermuntern, an einen Arbeitsplatz zurückzukehren, der ihm wegen Streitigkeiten mit Agenten der Militärischen Sicherheitspolizei gekündigt worden war.

Solís bestellte eine Flasche Santa Emiliana und sah mich dann irgendwie skeptisch an.

»Sag jetzt bloß nichts über mein Aussehen«, meinte ich. »Deins könnte Anlaß für stundenlange Kommentare sein.«

»Ich habe schon lange aufgegeben, dir Ratschläge zu erteilen. Ich wollte nur mal wissen, wie es dir geht. Was machen die Nachforschungen und dein Job als Taxifahrer?«

»Immer das gleiche. Ich habe das Taxi und den Job für das Inkassounternehmen. Zweimal in der Woche geben sie mir eine Liste von trüben Typen, die von der Bildfläche verschwunden sind. Ich frage hier und da nach, und manchmal finde ich sogar den neuen Wohnsitz heraus. Es ist einfach, und ich werde pünktlich bezahlt.«

»Indem du Befehle annimmst und Bücklinge vor kleinen Chefs mit störrischen Schnurrbärten machst. Gefällt mir nicht, Heredia. Hast du dir schon Visitenkarten als Geldeintreiber drucken lassen?«

»Das ist nur ein vorübergehender Job, ich gebe ihn für einen guten Job sofort auf.«

»Alles ist vorübergehend. Das weiß ich seit dreiundfünfzig Jahren, seit dem Tag, an dem ich geboren bin. Das ist das Problem.«

»Eines von vielen Problemen.«

»Wir beide wissen, daß unser Beruf etwas ist, das man lernt und achtet. Das hast du mir in einer ähnlichen Nacht wie dieser gesagt, und ich habe meine Arbeit wieder aufgenommen, obwohl das bedeutet, wieder mit Idioten zu tun zu haben und daß meine Frau ausgezogen ist.«

»Davon hast du mir nichts gesagt, Solís.«

»Vor drei Monaten dachte ich noch, das sei nur vorübergehend. Große Szenen mit anschließender Versöhnung. Doch in Wirklichkeit war es viel ernster. Sie hat meine Arbeit noch nie gemocht. Die Arbeitszeiten, die Nächte außer Haus, die Gefahr, die schlechte Gesellschaft, jedenfalls sah sie das so. Und das hat unsere Beziehung belastet. Als ich damals entlassen wurde, hat sie beruhigt aufgeatmet, und die Dinge zwischen uns haben sich gebessert. Doch es war für mich nicht einfach, mich damit abzufinden, im Haus zu bleiben und mich um die kleine Bar zu kümmern, die wir in Quintero aufgemacht hatten. Dem Gelaber der Betrunkenen zuhören und verdünnten Wein ausschenken ist nicht gerade erhebend. Als ich ihr gesagt habe, daß ich in den Dienst zurückkehren würde, wollte sie am Meer bleiben und Schluß machen. Meine Kinder haben sich mit ihr verbündet. Sie haben mich beschuldigt, ein Egoist zu sein, der sich nicht um die Familie kümmert. Was sollte ich dazu sagen? Ich wollte nur wieder arbeiten.«

»Und dann?«

»Das ist schnell erzählt. Ich lebe allein in einer Zweizimmerwohnung, esse kalt, und meine Hemden wimmeln von Falten.«

»Das hört sich wie ein Auszug aus der Apokalypse an.«

»So schlimm ist es nun auch wieder nicht, Heredia. Jeder Tag ist ein verdammter Anfang. Ich bin über fünfzig, und es fällt mir nur schwer einzusehen, daß ich allein bin und daß alles von vorne beginnt.«

»Ich habe Zeit, und der Wein ist gut. Wenn du dich ausweinen, philosophieren oder Boleros singen möchtest, ich kann dir die ganze Nacht lang zuhören.«

»Habe ich nicht vor. Ich möchte über Hotels sprechen.«

»Hotels?« fragte ich und merkte, daß der gesellschaftliche Teil des Besuches von Solís nun zu Ende war. »Ein Mädchen, und du weißt nicht, wohin du mit ihr gehen kannst? Ich habe ein paar Visitenkarten...!«

»Hotels, Heredia. Heute nachmittag war ich im Comet. Kennst du es? Luxus, Teppiche, elegante Typen und jede Menge Japaner.«

»Willst du mir etwas Wichtiges mitteilen, oder übst du dich nur in wohlfeiler Philosophie?«

»Im Comet wurde eine Frau tot aufgefunden. Überdosis, wie es scheint, denn die Ergebnisse der Obduktion liegen noch nicht vor. Jung, hübsch und ohne Vorstrafen. Sie wohnte seit drei Tagen im Hotel. Wir haben ihr Zimmer durchsucht und nichts gefunden, was auf einen Raub oder eine Vergewaltigung hinwies. Nichts Auffälliges. Nichts, an das man sich halten konnte, bis ich eine Aufstellung der Anrufe erbeten habe, die sie vom Hotel aus gemacht hat. Viele Nummern, darunter auch deine, Heredia.«

Mir schien es so, als breitete sich Solís' Gesicht nach beiden Seiten hin aus, bis es den Raum zwischen ihm und den Pärchen an der Bar einnahm. Seine Blicke forschten meine Reaktion aus. Ich suchte an der Tischdecke Halt und durchwühlte dann meine Jackentaschen, bis ich den Brief fand.

»Oder besser gesagt jemand, der dich kannte«, ließ Solís nicht locker.

»Fernanda«, sagte ich instinktiv und fühlte, daß etwas in mir zusammenbrach wie diese Lehmmauern, die nicht noch einen Regen überstehen.

»Deine Freundin, die Journalistin. Ich dachte, du würdest dich noch an ihren Nachnamen erinnern.«

»Fernanda Arredondo«, fügte ich hinzu und sah die Zeit wieder vor mir, in der ich sie mit dem Überschwang eines einsamen Menschen geliebt hatte. Dann maß ich die Stille seit den letzten Worten von Solís und glaubte zu sehen, wie sich ein dunkles Tuch über den Raum der Bar senkte.

»Wann hast du sie das letzte Mal gesehen?«

»Stehe ich auf deiner Liste der Verdächtigen?«

»Für einige meiner Kollegen wäre es leicht, deinen Namen zu nehmen und damit eine Horrorstory zu konstruieren. Ich möchte wissen, ob du sie in den letzten Tagen gesehen hast und ob du dir vorstellen kannst, was passiert sein könnte.«

Ich zog langsam die Postkarte hervor, die ich in meiner Jacke hatte, und schob sie über den Tisch zu Solís. Ich konnte jedes einzelne darauf geschriebene Wort wiederholen, und in diesem Augenblick, als ich sie mir ins Gedächtnis rief, packte mich ein Schuldgefühl, daß ich so viele Stunden hatte verstreichen lassen, ohne zu ihr zu gehen.

»Ich habe sie heute bekommen«, begann ich. »Bis dahin wußte ich nicht, daß sie in Chile ist. Wir haben irgendwann schon einmal über sie gesprochen. Wir haben uns zufällig kennengelernt. Zumindest dachte ich das anfangs. Sie hat mir bei der Suche nach einem Kind geholfen, dessen Eltern in der Villa Grimaldi gefoltert wurden. Erinnerst du dich? Sie stand mit Israelis in Verbindung, die alte Nazigrößen in Lateinamerika suchten.«

»Ich erinnere mich daran«, sagte Solís, nachdem er noch einen Schluck Wein getrunken hatte. »Ich war damals seit ein paar Monaten in Quintero. Hast du sie danach nie wiedergesehen?«

»Nie wieder.«

»Bis heute.«

»Heute habe ich nur die Postkarte gelesen und bin spazierengegangen, um mir Mut zu machen, bevor ich sie besuchen wollte.«

»Hattest du Kontakt zu ihr? Hast du eine Ahnung, was passiert sein könnte?«

»Sie hat mir drei Postkarten mit Grüßen und diesen typischen Fragen geschickt, die man auf die Schnelle auf dem Flughafen oder in der Post schreibt. Seit unserem Abschied vor fünf Jahren habe ich nie gewußt, woran sie arbeitete. Ich hoffte, heute mit ihr zu sprechen, und mir fällt wirklich überhaupt nichts ein, was ihren Tod erklären könnte.«

»Lügst du mich auch nicht an, Heredia?«

»Ihr Tod ist etwas zu Endgültiges, als daß mir nach Lügen zumute wäre.«

»Es tut mir leid, Heredia. Ich hätte es dir vielleicht anders beibringen sollen.«

»Die Wahrheit und der Tod gehen Hand in Hand«, sagte ich, während ich mir das vierte Glas Wein einschenkte.

Ich trank schweigend und ging dann auf die Toilette, erfrischte mein Gesicht und betrachtete es lange, inmitten des lastenden Geruchs von angehäuftem Kot und Urin. Ich hätte dieses Bild, das meine Schuld widerspiegelte, am liebsten zerschlagen und damit die Zeit aufgehalten. Wäre zu den ersten Stunden dieses Tages zurückgekehrt und hätte für immer den Stolz versenkt, der mich daran gehindert hatte, den Brief gleich aufzumachen. Aber ich tat es nicht. Ich trocknete mein Gesicht am Ärmel des Jacketts und verließ die Toiletten. Jetzt würde ich, obwohl es schon spät war, Fernandas Hotel aufsuchen, sagte ich mir und spürte, daß die Tage des Nichtstuns und Herumfahrens mit dem Taxi zu Ende gegangen waren.

Als ich zurückkam, hatte Solís noch eine Flasche Wein bestellt und schien sich in den nächsten Stunden nicht von seinem Platz wegbewegen zu wollen.

»Ich dachte mir, du könntest das brauchen«, sagte er.

»Das ändert zwar nichts, aber es hilft.«

»Ich werde alles in meiner Macht Stehende tun, um herauszufinden, was mit ihr geschehen ist.«

»Da bin ich mir sicher.«

»Wenn du möchtest, kannst du mich bei meinen Nachforschungen begleiten.«

»Kann ich sie sehen?« fragte ich.

Solís überlegte sich seine Antwort und stimmte nach einigen Sekunden zu.

»Nackt und magisch wie die Venus von Boticelli«, murmelte ich, während ich an den Beginn unseres Abenteuers dachte.

»Da ist noch etwas«, hörte ich Dagoberto sagen. »Travis Hillerman. Sagt dir der Name was?«

»Wer ist das?«

»Niemand Besonderes«, antwortete er. Und ich wußte, daß er log.

4

Sie war nackt, ihre Beine ragten unter dem unteren Rand des blauen Tuches hervor, das sie bedeckte. Ich glaubte, einen Hauch ihres nach Waldkräutern und Limone duftenden Parfüms wiederzuerkennen. Ihr Gesicht drückte Müdigkeit aus, was ihre Züge und die vollkommene Dimension ihres Mundes hervorhob. Ich erinnerte mich an jene Nächte, in denen ich ihr zusah, wie sie ihre Artikel schrieb, unermüdlich die Tasten ihrer alten Smith-Corona anschlug. Es gefiel mir, ihr bei der Arbeit zuzusehen, wie sie jedesmal die Nase krauste, wenn das Manuskript ihre Gedanken nicht getreu wiedergab. Später, wenn sie mit dem Schreiben aufgehört hatte und mit ihrer Arbeit zufrieden war, interessierte sie sich wieder für mich, bat um ein Bier und setzte sich zu mir, eifersüchtig auf die Liebkosungen, die ich Simenon zuteil werden ließ.

Das Haar fiel ihr auf die Schultern, und ihr Gesicht wirkte in dem Licht, das von der Straße hereinfiel, noch blasser. Ich spürte, wie meine Sehnsucht wuchs. Ich wollte sie wecken und ihre Haut liebkosen, mich in ihr verlieren wie in einem warmen, umfassenden Meer. Ich wollte ihre Schultern liebkosen, ihren schlanken Hintern, ihre runden, kleinen Brüste. Die verlorene Zeit aufholen, das als Strafe selbstauferlegte Schweigen, das keiner von uns beiden verdient hatte. Sie würde lächeln, und ich würde ihre Lippen suchen, die in ihrer Stummheit etwas sagen zu wollen schienen, was ich nicht entschlüsseln konnte.

Ich beugte mich hinunter, bis ich ihre Wangen streifte, die feucht waren, als hätte sie geweint oder als wäre sie aus dem Regen hereingeflohen. Ich sagte ihr, daß ich von diesem Augenblick an eine Arbeit hätte, für die mir niemand auch nur einen Centavo zahlen würde, die ich aber zu Ende führen würde, um für meinen Stolz zu büßen. Ich glaubte, ihre Warnungen zu hören, zwei oder drei Worte, die mich von den Gefahren abhalten wollten, und ich küßte sie sanft zwischen die Brüste auf den kleinen Leberfleck, den ich an einem Abend entdeckt hatte, als ich mit ihrer Haut spielte und die Sonne zaudernd durch die schmutzigen Lamellen der Wohnung drang. Ich berührte zart ihren Bauch.

»Genug«, hörte ich in dem Augenblick, als ich sie auf die Lippen küßte.

Solís' Stimme rief mich in die Wirklichkeit zurück. Ich schaute um mich und versuchte jede Einzelheit des Saales, in den wir vor einer halben Stunde getreten waren, in meinem Gedächtnis zu speichern. Die Metalltische mit den Marmorplatten, die Regale voller dunkler Flaschen und vor allem den durchdringenden Geruch des Todes.

Ich senkte den Blick, betrachtete die ärztliche Karteikarte, die an der Bahre hing. Ich las Fernandas Namen, Angaben zum Beruf, physische Eigenschaften und die erste Diagnose der Todesursache: Überdosis.

»Diejenigen, die die Obduktion machen sollten, werden gleich kommen«, ließ Dagoberto nicht locker. »Sie sind etwas eigen, was die Anwesenheit von Fremden betrifft.«

Ich fühlte, wie jemand mich an der Schulter packte, und ließ mich bis zum Ausgang führen, während mir der Geruch von Chlor und Sägemehl beißend in die Nase stieg. Ich hörte, wie Solís wieder etwas sagte, und nahm Abschied von Fernanda.

5

»Ich höre«, sagte ich zu Solís. »Erzähl mir alles, eines nach dem anderen, laß kein Detail aus.«

Durch das Fenster zur Calle General Mackenna hörten wir den Lärm der Maschinen und das Geschrei der Arbeiter, die das alte Gefängnisgebäude abrissen. Dabogerto war unruhig und müde. In der halben Stunde, die wir in seinem Büro saßen, hatte er ein halbes Dutzend Zigaretten geraucht und sich drei Gläser aus der Rumflasche eingeschenkt, die er in einem Ordner für nicht gelöste Fälle verwahrte. Das Büro wirkte irgendwie trist, als hätte man all jene Möbel dorthinein gestellt, die keiner seiner Kollegen mehr wollte. Der Schreibtisch wies Brandspuren von Zigaretten auf, und keiner der vier Stühle, die um ihn herumstanden, paßte zu den anderen. An einer Wand hing ein Kalender, der ein paar Jahre alt war, und daneben eine Reproduktion, die jemand irgendwann einem Kollegen namens Munizaga geschenkt hatte, und niemand, nicht einmal der Besitzer, hatte es für nötig befunden, sie abzunehmen.

»Ich habe dir viermal erzählt, was ich weiß. Das Hotel, die tote Journalistin, dein Name auf der Liste der Anrufe.«

»Versuch es noch einmal, Dagoberto. Du weißt, ich werde keine Ruhe geben, bis ich nicht weiß, was in dem Hotel geschehen ist.«

»Ich muß auf die Berichte warten«, fügte Solís hinzu. »Bis jetzt ist alles vage, und man ist sich nicht einmal sicher, ob es sich um einen Mord handelt. Solange es kein Motiv gibt, kann man nur spekulieren.«

»Ich höre«, ließ ich nicht locker, nachdem ich den allerletzten Rest Schnaps getrunken hatte, der in meinem Glas noch überlebt hatte.

»Mein Assistent, Inspektor Bernales, hat die Anzeige aufgenommen. Als er den Namen vom Comet hörte, nahm er an, daß es sich um etwas Größeres handeln müsse, da das Hotel noch nagelneu ist. Er kriegte mich zu fassen, und wir sind zum Hotel gegangen. Haben das Zimmer durchsucht und mit den Angestellten gesprochen, die Kontakt mit der Toten gehabt hatten. Ein Zimmermädchen hat sie kurz nach zwölf Uhr mittags gefunden. Am vorangegangenen Abend hatte Fernanda darum gebeten, geweckt zu werden, und da sie nicht auf die Anrufe reagierte, hat man die Angestellte aufs Zimmer geschickt. Die dachte, sie schliefe noch, erst als sie zum Bett kam, merkte sie, daß etwas nicht stimmte. Ein Arzt wurde gerufen, und der stellte ihren Tod fest. Man konnte nichts mehr tun.«

»Wie heißt das Zimmermädchen?«

»Das ist unwichtig. Wir haben sie gründlich verhört, ich glaube nicht, daß sie noch irgendwelche neuen Angaben wird machen können. Sie hat weder etwas gesehen noch gehört, sie ist sie nur wecken gegangen.«

»Ich würde ihren Namen gern wissen.«

»Willst du ins Hotel gehen und sie befragen?«

»Du kannst mir den Namen sagen oder nicht. Wenn du es nicht tust, verliere ich nur Zeit.«

»Doris Asencio«, sagte Solís widerwillig.

»Hat noch jemand etwas gesehen?«

»Die Leute in einem Hotel kommen und gehen.«

»Wurde überprüft, was Fernanda gemacht hat?«

»Ich habe zwei meiner Männer darauf angesetzt, wir haben ihre Schritte seit ihrer Ankunft in Chile nachvollzogen. Bis auf den heutigen Tag. Sie ist am Mittwoch um zehn Uhr morgens mit einem Flug der Ecuatoriana aus Los Angeles mit Zwischenlandung in Mexiko Stadt und Quito hier angekommen. Am Flughafen hat sie den Bus genommen und mittags im Hotel eingecheckt. Möglicherweise hat sie sich dann bis sieben Uhr ausgeruht oder in ihrem Zimmer gearbeitet. Sie hat sich das Mittagessen aufs Zimmer bringen lassen, und das Zimmermädchen, das es ihr gebracht hat, erinnert sich daran, sie am Laptop arbeiten gesehen zu haben. Dann machte sie einige Anrufe, aß im Hotel mit einer Freundin zu Abend und verabschiedete sich von ihr nach Mitternacht. Am nächsten Tag, am Donnerstag, reiste sie nach Viña del Mar. Wir haben das mit dem Taxi-Dienst des Hotels abgecheckt. Sie hat ihre Großmutter, Señora Virginia Argüelles, besucht, die in der Nähe des Casinos wohnt. An dem Tag hat sie weiter nichts gemacht, woraus ich folgere, daß sie sich etwas freie Zeit genommen hat, bevor sie die Arbeit begann, die der Grund ihrer Reise nach Chile war. Sie kehrte so gegen neun Uhr abends ins Hotel zurück, aß im Restaurant Salat und bat um die Schlüssel. Jemand rief sie um zehn Uhr an, aber sie haben nicht miteinander gesprochen. Die Telefonistin sagt, sie habe den Anruf aufs Zimmer weitergeleitet, und als Fernanda nicht abnahm, sei aufgelegt worden.«

»Als hätten sie nachprüfen wollen, daß sie in ihrem Zimmer war.«

»So habe ich das bislang nicht gesehen, Heredia.«

»In welchem Zustand befand sich ihr Zimmer?«

»Aufgeräumt. Ohne Spuren von Gewalt oder Raub. Auf dem Nachttisch lag eine Schachtel mit Beruhigungsmitteln und eine mit Antibabypillen. Aus der mit den Beruhigungsmitteln fehlten nur drei Kapseln, außerdem hat der Gerichtsmediziner, der die ersten Untersuchungen durchgeführt hat, gesagt, es sei ein leichtes Mittel gewesen. 5-Milligramm-Kapseln Diazepam. In geringen Dosen eingenommen, hilft es einzuschlafen. Im Bad haben wir eine Einwegspritze gefunden. Wir haben die Ergebnisse der Laboruntersuchungen noch nicht, aber es wird angenommen, daß sie Betäubungsmittel enthielt. Morgen oder übermorgen werden wir wissen, ob es Spuren an der Spritze gibt und welche Substanz darin gewesen ist.«

»Weiter nichts?«

»Ihre Wäsche, Bücher, der Laptop, spanische Zeitschriften, ein Veranstaltungskalender von Santiago und ein Walkman mit einer Kassette mit Musik von Bach. Nichts Ungewöhnliches.«

»Sie liebte Musik«, meinte ich, während ich an die Nacht dachte, in der wir den Bolero von Ravel im Municipal gehört hatten.

»Du glaubst nicht, daß sie sich umgebracht hat?«

»Das paßt nicht zu ihr. Fernanda war eine selbstsichere Frau, die wußte, was sie im Leben, mit ihrer Arbeit wollte. Sie war kein Mensch, der unter Depressionen litt oder Tabletten nahm.«

»Es lagen Tabletten auf ihrem Nachttisch.«

»Vielleicht hat sie sie genommen, um im Flugzeug schlafen zu können.«

»Die Menschen ändern sich. Du hast sie einige Jahre lang nicht gesehen. Emotionale Krisen, Nerven, Überlastung bei der Arbeit. Es kann viele Gründe geben.«

»So ging sie Probleme nicht an«, sagte ich und langte nach der Rumflasche, die auf Solís' Schreibtisch stand. »Im Augenblick kann ich dir den Grund nicht sagen, aber etwas stimmt nicht an ihrem Tod. Wenn du mir etwas Zeit gibst ...«

»Der Tod deiner Freundin wird in den Akten als Selbstmord geführt, und bislang gibt es nichts, was mich das anders sehen ließe. Wenn ich zu dir gekommen bin, dann nur, weil ich dachte, du könntest mir über ihre Art, ihre Arbeit oder ihre Freundschaften etwas sagen.«

»Ist ihre Familie benachrichtigt worden?«

»Niemand wußte, daß sie im Lande war. Es scheint so, als habe sie sich mit ihrem Vater nicht besonders gut verstanden. Ich habe ihn gesprochen, und er schien nicht sehr betroffen zu sein. Er stellte ein paar Fragen und wollte dann seinen Privatsekretär schicken, damit er sich um die Beerdigung kümmert.«

»Sie hatte mit ihm gebrochen, bevor sie mich kennengelernt hat. Es war die typische Beziehung eines besitzergreifenden Vaters mit einer Tochter, die ihren eigenen Weg gehen will. Sie hat nicht zugelassen, daß jemand über ihr Leben bestimmte. So etwas geschieht häufig. Und solange wir zusammen waren, habe ich mich nie eingemischt.«

»Du brauchst mir keine Erklärungen abzugeben. Du trägst keine Schuld, Heredia.«

»Ich wäre mir dessen gern sicher. Wenn ich den Brief früher geöffnet hätte...«

»Als du ihn bekommen hast, war schon nichts mehr zu machen.«

»Ja schon«, räumte ich mißmutig ein, bevor mich etwas Neues plagte.

»Zweifel über Zweifel. Das ist alles, was ich habe«, sagte Solís und starrte traurig auf sein Glas.

»Die Anrufe am ersten Tag. Was ist damit?«

»Es waren drei. Der erste galt Ecuatoriana, um den Rückflug nach Mexiko zu bestätigen. Der zweite deinem Büro.

Und beim dritten sprach sie mit Lidia Murúa, der Freundin, mit der sie an dem Tag zu Abend aß. Sie ist Journalistin bei der Tageszeitung *La Epoca* und war Studienkollegin von Fernanda in der Journalistenschule der Universidad de Chile. Während des Abendessens haben sie in Erinnerungen geschwelgt und über ihre Arbeit geredet. Fernanda erwähnte, daß sie Reportagen für die spanische Zeitschrift *Cambio 16* mache. Sie hat nichts über die Themen gesagt und auch niemanden erwähnt, den sie interviewen wollte.«

»Kein weiterer Anruf?«

»Zumindest nicht vom Hotel aus. Soweit wir ihre Bewegungen rekonstruiert haben, wirkt alles normal. Der erste Tag im Hotel, der zweite in Viña und dann...«

»Für welchen Tag hat sie den Rückflug nach Mexiko bestätigt?«

»Freitag. Ursprünglich hatte sie eine Reservierung, die vierzehn Tage später lag, doch irgend etwas hat sie zu einer Änderung bewogen.«

»Angst? Eile? Andere Pläne?«

»Wer kann das wissen, Heredia.«

»Und dieser Name, nach dem du mich vorhin gefragt hast?«

»Hillerman«, erinnerte sich Solís und fügte dann ausweichend hinzu. »Er ist nicht wichtig. Es war ein weiterer in Fernandas Notizbuch stehender Name.«

»Nicht wichtig?«

»Nein, nicht wichtig.«

»Kann ich Fernandas Gepäck sehen?«

»Wenn du mir sagst, was du vorhast.«

6

»Das führt nicht weiter«, sagte ich zu Simenon, während ich die Zeitschriften durchblätterte, die ich heimlich mitgenommen hatte, als Dagoberto Solís das Büro verlassen mußte, in dem Fernandas Sachen aufbewahrt wurden. Ich wollte etwas behalten, das ihr gehört hatte, und die Zeitschriften konnte ich am einfachsten mitgehen lassen, ohne daß Dagoberto es merkte. Ich hatte hastig und ohne Ergebnis ihre Blusen, Hosen, Röcke und mehrere Garnituren Unterwäsche durchgesehen, die bereits im Labor der Polizei untersucht worden waren.

»Und das Schlimmste ist, mir fällt nichts ein«, fügte ich hinzu, während ich die Zeitschriften zur Seite legte, die ich gelesen hatte, ohne etwas Besonderes wie Randbemerkungen, Unterstrichenes oder ein vergessenes Stück Papier darin zu finden.

Meine Gedanken befanden sich in einem tiefen Brunnen, aus dem ich nicht herauskommen würde, solange ich mein inneres Gleichgewicht nicht wiederhergestellt hatte. Ich war wie betrunken, doch diese Trunkenheit hatte nichts mit dem Alkohol aus Solís' Büro zu tun, sondern damit, daß mich Fernandas Tod so lange im Ungewissen halten würde, bis ich das Motiv herausgefunden hatte.

Ich spürte, daß an der Diagnose Überdosis etwas falsch war. Ich hatte Fernanda geliebt, ich kannte sie gut genug, um zu wissen, daß sie nichts mit Drogen zu tun hatte. Und diese Sicherheit reichte mir für die Vermutung, ihr Tod könne einen zwielichtigen Hintergrund haben.

»Ich werde mich wieder aufs Herumlaufen verlegen«, fügte ich hinzu, ohne ganz sicher zu sein, ob mir Simenon überhaupt zuhörte. »Der Augenblick ist gekommen, aus meinem Beruf Nutzen zu ziehen.«

»Trink noch was und laß uns reden. Da werden wir den roten Faden schon finden.«

»Dein Verstand ist noch kleiner als meiner, Simenon.«

»Seit wann hast du dich so mit dem Alkohol. Betrink dich und laß alles raus, was du in dir hast«, hörte ich ihn rufen. Dann ging er auf der Suche nach seiner Abendration Fisch in die Küche.

Ich befolgte seinen Rat und füllte ein Glas mit Stolichnaya. Dann kehrte ich an meinen Schreibtisch zurück und hörte Simenon mit der gleichen Gier fressen wie an jenem Nachmittag, an dem er – dreckig und geprügelt wie der elendste Penner – über die Dächer in meiner Wohnung erschienen war. Ich schaute mir die Zeitschriften noch einmal an. Sie waren großformatig und auf Glanzpapier gedruckt. In jedem Exemplar stand ein Artikel von Fernanda mit einem Foto von ihr, auf dem sie lächelte, am Fuß der Seite. Sie trug Make-up, was ungewöhnlich an ihr war, zumindest hatte sie sich nicht geschminkt, als wir uns kennengelernt hatten. Ich ordnete die Artikel nach dem Erscheinungsmonat. Juni, Juli und August 1994. Im ersten schrieb sie über die hungernden Kinder von Ruanda und in den andern über Waffenhandel. Es waren lange, mit Fakten gespickte Artikel, jeder Absatz warf Fragen auf, die die Nerven der Leser auf Trab brachten.

Im Zusammenhang mit dem Irangate-Skandal, schrieb Fernanda, *mußten die Vereinigten Staaten ihre Vorsichts-*

maßnahmen bei der Lieferung von Waffen an Länder verstärken, die in Kriege verwickelt waren und nicht über für langfristige Konfrontationen geeignete Waffen verfügten. Die Belieferung von Konfliktherden ist für das Überleben ihrer Kriegsindustrie unabdingbar – auch wenn sich seit dem Ende des Kalten Krieges Opposition dagegen regt. Deswegen und weil der Schein im Konzert der Weltpolitik wichtig ist – manchmal macht man sogar Geschäfte mit allen an Konflikten beteiligten Ländern –, sehen sich die USA *gezwungen, ein kompliziertes Netzwerk für den Waffenhandel zu schaffen. Die Anordnungen kommen weiterhin aus Washington, obwohl ein Teil der Waffen in anderen Ländern hergestellt wird. Beispielsweise in den Ländern Asiens, die hochwertige Technologien entwickelt haben, und sogar in Ländern Südamerikas wie in Chile, das unter der Militärdiktatur Pinochets zu einem der weltweit führenden Waffenhersteller wurde, für dessen Produktion sich verschiedene arabische Länder interessieren.*

»Was weißt du über Waffen?« fragte ich Simenon, der wieder neben mir saß und sich die Pfoten mit besonderer Hingabe leckte.

»Nichts«, antwortete er vollkommen uninteressiert.

»Und Fernanda? Normalerweise schrieb sie Kolumnen über Gesundheit, Diäten und attraktive Urlaubsreiseziele. Wieso diese Veränderung?«

»Du vergißt, was war, als du sie kennengelernt hast«, sagte Simenon. »Sie war gerade von zu Hause weggegangen und arbeitete, wo immer sie konnte. Schrieb die Artikel, an die du dich erinnerst, für'n Appel und 'n Ei.«

»Das stimmt«, murmelte ich, bevor ich noch einen

Wodka trank. »Ich hätte sie so gern hier, um ihr ein paar Fragen zu stellen...«

»Und sie zu küssen...«

»Ja, und um sie zu küssen...«

»Aber sie ist nicht da. Und sowohl du als auch ich wissen nicht viel über Waffen. Deine Erfahrungen beschränken sich auf die Pistole, die du unter der Jacke trägst.«

»Und über sie weiß ich auch nicht besonders viel.«

»Wer keinen Finger krumm macht, hat nichts zu befürchten«, philosophierte Simenon, und ich jagte ihn, nachdem ich ihn heftig verflucht hatte, wieder raus auf die Dächer.

Ich ließ mir noch einen Schluck auf der Zunge zergehen. Señor Stolichnaya war gleichzeitig heiß und sanft, wie eine Geliebte.

Ich legte die Zeitschriften zur Seite und ging zum Fenster. Es war dunkel, am Horizont erkannte man das silbrige Zickzackband des Río Mapocho. Doch das brachte mich auch auf keinen Gedanken. Wie schon in anderen Fällen brauchte ich Fakten und einen Verdacht, die als Zünder wirkten. Eifersucht oder die Wut der Betroffenen. Frische Spuren, die manchmal so augenfällig waren wie Fußabdrücke von Elefanten. Mir gingen wohl allmählich die Ideen aus, oder vielleicht war es auch einfach nur mangelnde Praxis.

Fernandas Tod führte mich an Grenzen, die ich nur durch harte Arbeit oder durch Glück überwinden konnte. Wenn du keine Verdächtigen hast, überlaß dich dem glücklichen Zufall, erinnerte ich mich. Dagoberto Solís hatte das zu mir gesagt, als er den Tod von Marcela Rojas untersuchte, einer Studentin, die vor den Toren Santiagos ermordet worden war. Doch diesen Zufall fand man weder in den Handbüchern, noch konnte man ihn in den diensthabenden Apotheken kaufen. Ich schaute auf die Straße und sah zwei Betrunkene sich mit unsicheren Schritten aus dem Viertel entfernen. Ich schaute auf meine Uhr. Es war kurz vor Mitternacht. Genau der richtige Augenblick, um hinauszugehen, um die Ecken zu streichen und die Gedanken frei umherschweifen zu lassen.

Als ich vor dem Fahrstuhl stand, sah ich, daß die Tür von Stevens' Wohnung halb offenstand und zu einer seiner Psychomassage-Sitzungen einlud. Von drinnen ertönte eine Musik, die mich an die chinesischen Restaurants an der Plaza Brasil erinnerte. Ein monotoner Rhythmus, als stamme er von einem Klavier mit einer einzigen Taste, den Stevens aber für unerläßlich hielt, um den Körper zur Entspannung und der Begegnung mit sich selbst hinzuführen – derlei stand zumindest auf dem Faltblatt, das Anselmo, der Zeitungsverkäufer, in seinem Kiosk zum Wohl des Masseurs und aus Gefälligkeit für ihn verteilte.

Ich überlegte es mir anders und ging zu Stevens' Wohnung. Sie lag im Halbdunkel, und ich mußte ein paar Sekunden warten, bis ich die Metalliege erkennen konnte, die in der Mitte des Zimmers stand. Ich machte ein paar Schritte, bis ich die Liege berührte, und hustete kräftig.

»Heredia?« fragte Stevens, ohne sich vom Fenster zu lösen, durch das er die Straße fixierte. Er machte den Eindruck, als würde er irgendeinen Fußgänger oder die Sterne verfolgen, die in dieser Nacht trotz Smog am Himmel über der Stadt zu sehen waren. Doch das wirkte nur so. Stevens war von Geburt an blind, und alles, was er vom Leben wußte, erfuhr er über seine Ohren und seine Hände. Er verbrachte seine Stunden damit, dem Geraune des Stadtteils zu lauschen, er registrierte in seinem Kopf die Streitigkeiten, die im Gebäude stattfanden, die Musik, die die Mieter hörten, und sogar, jedenfalls behauptete er das, das intime heftige Atmen eines jeden Paares.

Stevens war dick, einen Meter achtzig groß und trug für gewöhnlich einen weiten Overall aus Jeansstoff.

Er mochte fünfzig oder ein paar Jahre älter sein, und sein Aussehen ließ an einen ehemaligen Ringkämpfer denken. Er gab Massagen und führte Gespräche zur Entspannung, in die er eine Mixtur aus zweifelhaften medizinischen Informationen, chinesischen Maximen und Sprüchen der Zeugen Jehovas einfließen ließ, die vor dem Eingang unseres Hauses ihre Reden schwangen. Ich lernte ihn an dem Tag kennen, als ich ins Büro einzog. Ich brauchte jemanden, der auf die Möbel aufpaßte, die noch auf der Straße standen, und er, der den Umzug zu betrachten schien, bot seine Hilfe an. Alles ging gut, bis ich, als ich mich bei ihm bedankte, merkte, daß er blind war. Er lachte über mein Vertrauen in Fremde und lud mich auf ein Bier ein.

»Du überraschst mich immer wieder«, sagte ich zur Begrüßung.

»Du bist der einzige, der hereinkommt und jeden Winkel dieses Zimmers ausspäht.«

»Manchmal zweifle ich daran, daß du blind bist und Massagen gibst. Niemand kommt zu dir.«

»Denk darüber nicht nach, Heredia. Es bringt nichts.«

»Keine Angst, ich zerbreche mir schon nicht das Hirn.«

»Du wirkst angespannt.«

»Ich wollte einen Spaziergang durchs Viertel machen, doch da sah ich Licht und bin reingekommen.«

»Du weißt doch, daß ich nachts nicht schlafe. Ich setze mich ans Fenster und lausche dem Geraune der Nachbarschaft.«

Ich nahm einen Stuhl, der neben der Wohnungstür stand, und zog ihn ans Fenster.

»Bedien dich«, sagte er. »Auf dem kleinen Tisch steht eine gelbe Glasflasche. Auf dem Etikett steht Kölnisch Wasser, aber es ist Branntwein. Es ist mein einziges Laster, außer dem, das du bereits kennst.«

»Ja«, sagte ich und dachte an das andere.

Stevens bezahlte wöchentlich ein Mädchen, damit es ihm die Zeitungen und Zeitschriften vorlas, die Anselmo ihm verkaufte. Stumm, reglos wie ein Buddha hörte er zu und diktierte die Angaben, die ihn interessierten, in ein Aufnahmegerät.

Später, wenn er allein war, arbeitete er lange Berichte über die politische und wirtschaftliche Lage aus. Ich habe ihn nie gefragt, warum er das machte, doch ich habe ihn mehr als einmal diese Tonbänder abspielen hören, die auf geheimnisvolle Weise, wenige Tage nachdem sie aufgenommen worden waren, aus seiner Wohnung verschwanden.

»Was bedrückt dich?« fragte er, als ich neben ihm saß. »Du bist gespannt wie ein Flitzebogen, und das, obwohl du bereits ein paar ordentliche Schluck Branntwein intus hast.«

»Du führst die Leute mit deiner Blindheit aufs Glatteis.«

»Ich sehe mehr als du und alle, die gesunde Augen haben. Sie sehen den Schein, das, was die Menschen zeigen wollen.

Doch ich sehe tiefer. Gefühle, Ängste, Sehnsüchte. Sorgen, die man nicht verheimlichen kann.«

»Du hast gewonnen.«

»Betrachte dich als meinen Kunden«, sagte er. Und dann nach einer Pause: »Was siehst du auf der Straße?«

»Nichts. Nicht einmal einen Betrunkenen. Alles wie ausgestorben.«

»Still, nicht gestorben.«

»Ist doch egal, man sagt das so.«

»Die Worte spiegeln den Seelenzustand dessen wider, der sie ausspricht.«

»Das geht über meinen Verstand.«

»Laß uns hiermit anfangen«, sagte Stevens und zog zwei dicke Joints aus der Tasche.

»Sind wir nicht ein bißchen zu alt, um damit abzuheben? Ich habe seit dem Gymnasium kein Gras mehr geraucht. Und sogar damals war ich kein Freund von Grünzeug. Ich hebe lieber mit Flüssigem ab, Bier oder einem anständigen Schluck Schnaps.«

»Und ich mißtraue denen, die Angst haben, ihre Grenzen zu überschreiten. Monogamen, Abstinenzlern, Predigern und politischen Führern. Finsterlinge, die jedes Wort auf die Goldwaage legen, weil sie fürchten, zu zeigen, wer sie wirklich sind.«

Ich ließ die Flamme meines Feuerzeugs aufblitzen, und Stevens hielt den Joint daran. Sein Gesicht wurde kurz beschienen, ich konnte seine geöffneten, leblosen Augen sehen.

»Abhängig wirst du davon schon nicht gleich«, meinte er und stieß ein lautes Lachen aus, das sich mit dem Rauch vermischte, der aus seinem Mund strömte.

»Es stinkt nach Scheiße«, sagte ich und zog leicht am Joint.

»Ich höre«, fuhr er fort, ohne sich um meine Worte zu kümmern. »Ich habe die ganze Nacht lang Zeit.«

Ich atmete das Marihuana ein, und als ich kleine goldene Pünktchen am Fenster der Wohnung sah, begann ich zu sprechen. Ein Lächeln huschte über Stevens' Gesicht. Und ich dachte das dritte Mal an diesem Abend, daß seine Blindheit nur vorgespiegelt war.

7

Es wurde hell, das Morgenlicht ließ Stevens' Gesicht fahl erscheinen. Ich hatte das Gefühl, die ganze Nacht geschlafen zu haben, doch da der blinde Buddha neben mir saß, konnte ich die Augen nur für kurze Zeit geschlossen haben. Die Hupe eines Busses durchschnitt die Stille, Stevens stützte die Ellenbogen auf die Fensterbank und atmete tief ein und aus, als könnte er damit die Müdigkeit aus seinem Körper vertreiben.

»Die Stadt lebt wieder auf und erwartet dich«, sagte er leise.

»Ich fühle mich, als hätte man mir einen mit der Keule übergezogen«, meinte ich, während ich mich daran erinnerte, daß die Vergangenheit die ganze Nacht lang zwischen den Wänden des Zimmers herumgeflattert war.

»Atme lustvoll, und du wirst sehen, wie du dich besser fühlst. Du weißt, was du zu machen hast«, sagte er. »Du kannst nicht auf das verzichten, was zu dir gehört. Du wirst die Welt nie verbessern, aber du bist einer von den Typen, die nie aufgeben, es zu versuchen. Du wolltest das Feuer entzünden und hast versagt. Jetzt mußt du die kleine Flamme am Leben erhalten.«

»Ich verstehe verdammt noch mal nicht, was du da erzählst. Bist du blöd, oder hat der Joint deinen Verstand angegriffen?«

»Du weißt genau, wovon ich rede, Heredia«, sagte er entschieden.

Mir schien, ich sei von Gespenstern umgeben, und für einen Augenblick spiegelte sich Fernandas Gesicht im Fenster.

»Versuch nicht, alles zu verstehen.«

»Was soll das heißen?«

»Spiel mit deinen Karten, und versuche nicht, die Hintergründe des Spieles zu begreifen.«

»Du bist mir ein Rätsel, Stevens.«

»Geh deinen Weg«, fügte Stevens hinzu.

»Danke«, sagte ich und war mir sicher, ganz kurz etwas klar in dem aufblitzen zu sehen, was ich nicht verstand und was mich immer wieder zur Erinnerung an Fernanda zurückbrachte. »Ich glaube, ich weiß, was du meinst.«

Ich erhob mich und ging. Die Luft im Zimmer schien verbraucht, und ich verspürte die Notwendigkeit, frei atmend, nach Lust und Laune durch die Straßen zu gehen, die ich kannte.

»Mach die Tür zu«, befahl Stevens, der sein Gesicht dem Licht entgegenhielt, das allmählich das ganze Zimmer erfüllte. »Und wenn du etwas über Waffen wissen willst, dann rede mit Doktor Blest.«

»Blest?«

»Sag ihm, du kämst von mir. Er wohnt in der Calle Juan Vicuña, in der Nähe der Avenida Matta. Du wirst ihn leicht finden. Die Straße ist zwei Blocks lang, und er wohnt im einzigen Hof an dieser Stelle. Er ist ein ordentlicher Kerl, aber rede mit ihm bloß nicht über Frauen«, sagte Stevens und brach in ein Gelächter aus, das mich begleitete, bis ich vor Simenon stand, der wegen meiner Aushäusigkeit letzte Nacht verdrossen war.

»Mit Geldeintreiben und Taxifahren ist jetzt Schluß«, sagte ich zu ihm.

»Macht es dir Spaß, die Leute zu veräppeln, oder bist du nicht mehr ganz richtig im Kopf?«

»Diese Frage habe ich in einem Roman von ...«

»Ist doch Wurscht. Klingt ganz wie von mir.«

»Freust du dich nicht über die Nachricht?«

»Ich mache mir nur Gedanken über meine tägliche Ration Lachs.«

»Plötze auf Lachsart, meinst du wohl. In diesem Land ist alles ›auf irgendwas Art‹: Branntwein auf Pisco-Art, Gerste auf Kaffeeart, Diktatur auf Demokratie-Art.«

»Nimm mir doch nicht alle Illusionen.«

»Habe ich dich irgendwann einmal im Stich gelassen?«

»Häufig.«

»Und warum benutzt du dann nicht die Tür?«

»Vielleicht, weil ich dich gern habe?« entgegnete Simenon, indem er näher kam und sich zwischen meine Beine schmiegte.

»Wenn du dich entschließt, zärtlich zu sein, bist du wunderbar.«

»Die Katze liebkost uns nicht, sie liebkost sich mit uns.«

»Victor Hugo.«

»Antoine Comte de Rivarol.«

»Touché, mon petit chat«, sagte ich und nahm ihn auf den Arm. »Drei Minuten zum Schmusen.«

»Gut«, sagte er und streichelte mein Kinn mit seinen Pfoten. »Gott hat die Katze geschaffen, um dem Menschen das Vergnügen zu bereiten, einen Tiger zu streicheln.«

»Comte de Rivarol…«

»Victor Hugo.«

8

Die zwölf Stockwerke des Hotel Comet zeichneten sich gegen einen Horizont träger, verstreuter Wolken ab, während seine gewaltige rote Fassade die herumwimmelnden Fußgänger winzig erscheinen ließ, die auf dem Weg zu ihren Arbeitsplätzen das Stadtzentrum durchquerten oder einen Schaufensterbummel an den Geschäften entlang und durch die Ladenpassagen machten.

Ich hielt vor dem Haupteingang inne und schaute mir den Portier genauer an, der über die Schritte der Gäste wachte. Er trug einen bordeauxroten Umhang, eine Militärmütze mit dem Namen Comet in goldenen Lettern über dem Schirm und schwarze, glänzende Schuhe. Ich rückte meine Krawatte unter dem Kragen des Hemdes zurecht, das ich im chinesischen Basar an der Ecke Rosas/21 de Mayo gekauft hatte, und ging unter dem prüfenden Blick des Portiers hinein, der wohl meinen Absichten mißtraute oder bezweifelte, daß ich in der Lage war, die achtzig Dollar zu bezahlen, die für eine Übernachtung verlangt werden. Ich ging den am Empfang beginnenden, teppichbelegten Gang entlang und gelangte zur Bar. Dort gab es zehn oder zwölf von Sesseln umgebene Tische. Von der niedrigen Decke hingen Ventilatoren, die die parfümierte Luft des Raumes umrührten. Ich setzte mich an die Bar und lächelte den Barmann an, einen kleinen, brünetten Mann mit funkelnden Augen, der sich auf die Theke stützte und sein Gesicht bis auf drei Zentimeter an meines führte, als wollte er mir vertraulich etwas zuflüstern.

»Was darf ich Ihnen bringen, amigo?«

»Ballantines und ein Bécker. Im großen Glas«, klärte ich ihn auf. »Den Whisky straight und obendrauf das kalte, richtig eiskalte Bier.«

»Wollen Sie das trinken oder sich damit umbringen?« fragte er sarkastisch.

»Das kommt drauf an, wie schnell man es trinkt«, entgegnete ich, um das Gespräch noch etwas in die Länge zu ziehen und das Vertrauen des Mannes zu gewinnen.

»Um diese Kombination hat man mich noch nie gebeten.«

»Jeder Tag bringt so seine Mühen und den einen oder anderen Verrückten mit sich.«

Der Barmann lächelte und holte dann die Zutaten. Er stellte ein Kristallglas auf die Bar und goß drei Finger breit Whisky hinein und dann eine halbe Flasche Bécker.

Ich probierte die Mixtur und zwinkerte ihm zufrieden zu.

»Gut so?« fragte er, als hätte er gerade zugesehen, wie ich einen Löffel Abführmittel nahm.

»Könnte nicht besser sein.«

»Ist es nicht noch ein bißchen früh für so eine Ladung?«

»Es ist genau der richtige Zeitpunkt, um dem Optimismus Nahrung zu geben«, sagte ich, und der Mann lachte, ohne meine Worte ganz zu verstehen. »Ich suche Doris Asencio. Man hat mir gesagt, sie arbeitet in diesem Hotel.«

»Asencio? Ist gut möglich, aber nicht hier, amigo.«

»Sie arbeitet als Zimmermädchen.«

»Einfache Arbeiten. Sie müssen aus der Bar hinaus und dann den Gang rechts gehen. Am Ende treffen Sie auf eine Tür mit einem Schild, das nicht zu übersehen ist.«

»Danke«, sagte ich und nahm noch einen Schluck. »Scheint mir ein gutes Hotel zu sein.«

»Das ist es. Neu, bequem und mit dem besten Service am Ort.«

»Ruhig?«

»Immer.«

»Ich habe da mal was in der Zeitung gelesen«, begann ich.

»Polizei?«

»Kalt.«

»Journalist?«

Ich schüttelte den Kopf und zog meinen Ausweis aus der Jacke, der mich als Handelsagenten des Inkassounternehmens Borgoño y Asociados auswies.

»Heutzutage machen alle Leute Schulden. Was bleibt einem auch anderes übrig. Ich auch, ich habe drei Kinder…«

»In den Zeitungen stand da was über das Hotel«, sagte ich und unterbrach damit den Beginn der Litanei.

»Meinen Sie das mit der Journalistin, die tot aufgefunden wurde? Das ist schlechte Publicity. Kein Gast schläft gern mit dem Gedanken ein, daß ihm das Gespenst eines Verblichenen Gesellschaft leistet.«

»Was erzählt man sich über sie?«

»Was in den Zeitungen steht, weiter nichts«, sagte der Barmann. Und dann fügte er in komplizenhaftem Ton hinzu: »Die Chefs haben verboten, daß wir mit Fremden darüber reden. Gestern war es hier voll von Journalisten, und wegen des Trubels, den es gegeben hat, haben mindestens sechs Gäste das Hotel verlassen. Das Geschäft verlangt Diskretion.«

»Geschäft ist Geschäft.«

»Und dieses hier sieht, entschuldigen Sie bitte den Ausdruck, nach Hundepisse aus. In diesem Jahr hat es bereits drei Tote gegeben. Wenn das so weitergeht, sollten wir auch als Bestattungsinstitut arbeiten...«

»Drei?« frage ich und verschluckte mich am Alkohol und der Nachricht.

»Die Journalistin, der Koch der zweiten Schicht und ein Gringo auf der Durchreise.«

Ich trank eilig den letzten Schluck und bedeutete ihm mit Gesten, er solle mit seinem Bericht fortfahren.

»Der Koch hieß Tamayo«, sagte der Barmann. »Es heißt, der Grund waren Eifersüchteleien unter Schwulen. Er wurde so um zwei Uhr morgens am Dienstbotenausgang erstochen, als er von der Schicht nach Hause gehen wollte. Es wird angenommen, daß die Polizei den Fall untersucht, aber bis jetzt ohne Ergebnis. Nachts ist die Umgebung des Hotels gefährlich. Da sind viele Taschendiebe, die Jagd auf betrunkene Touristen machen. Gerade vor kurzem wurde ein Spanier hier in der Nähe überfallen. Stich in den Rücken, blaues Auge und fünfhundert Dollar auf Nimmerwiedersehen weg.«

»Wann ist das mit dem Koch passiert?«

»Gleich nach dem Tod des Gringos. Zwei Särge in einer Woche«, meinte der Barmann mit einem gewissen perversen Glitzern in den Augen.

»Erzählen Sie mir was über den Gringo.«

»Lesen Sie keine Zeitung? Es ist im vorigen Monat passiert, da war richtig was los hier. Das Hotel war voller Bullen von der Kripo, Carabineros und sogar Militär. Es scheint so, als habe der gute Mann Selbstmord begangen, während er eine Untersuchung über Kriegstechnologie oder so was machte.«

»Erinnern Sie sich an seinen Namen?«

»Für mich sind alle Gringonamen gleich.«

Ich wollte gerade noch eine Frage stellen, doch da kamen vier laut über ihre Einkäufe redende argentinische Touristen in die Bar. Der Barmann entfernte sich, um die Fremden zu bedienen, und war zehn Minuten lang mit dem Schlagen einer ordentlichen Dosis Pisco Sauer beschäftigt.

Ich verabschiedete mich und ging den angewiesenen Gang entlang, fand die doppelte Schwingtür mit dem Schild: ›Zutritt nur für Personal‹. Ich stieß sie auf und trat in etwas, das wie ein Speisesaal aussah, in dem sich zwei Frauen an einem Tisch mit einer Plastikdecke unterhielten, auf dem sich Teller und Gläser türmten. Sie trugen grüne Baumwollkittel, und ihr schwarzes Haar wurde von einer Art Häubchen gekrönt. Eine hatte breite Hüften und ein riesiges, fleischiges Muttermal im Gesicht. Die andere, etwa zwanzig Jahre alte, spindeldürre, war das ideale Modell für ein Plakat zum Thema Unterernährung.

»Personalbereich«, sagte die Jüngere von beiden.

»Doris Asencio?« fragte ich energisch.

Die beiden Frauen sahen einander an, und dann beschloß die Ältere, etwas zu sagen: «Und was wollen Sie von ihr?«

Ich bemerkte ihr Mißtrauen und zog schnell den Ausweis der Kriminalpolizei heraus, den ich auf dem Flohmarkt am Bío-Bío-Fluß, am Stand von Cardenio Fernández gekauft hatte, einem entlassenen Carabinero, der mit in öffentlichen Ämtern gestohlenen Gegenständen handelte. Blätter mit Briefköpfen, Stempel von Abteilungsleitern, Personalausweise, Akten, inmitten unendlich vieler Dinge, die, wenn man sie mit Phantasie und Schlauheit benutzte, eine Beamtenlaufbahn vortäuschen, die Zahlung irgendeiner Zuwendung bewirken konnten oder einfach nur erlaubten, den Titel irgendeiner Behördendirektion vorzuweisen, die Kniefälle auslöste.

»Kriminalpolizei«, sagte ich und wedelte mit dem Ausweis, als sei es ein Taschentuch auf dem letzten Bahnsteig der Welt.

»Doris, hier will jemand was von dir«, rief die Ältere.

Doris Asencio hatte das müde Aussehen einer alleinstehenden Frau mit zwei hungrigen Kindern. Sie kam um acht Uhr morgens ins Hotel und machte zwölf Stunden lang Betten und wechselte Handtücher, Seifen, Kämme und andere Badeartikel aus. Wenn sie den achten und neunten Stock gemacht hatte, fuhr sie mit einem Wagen voller schmutziger Bettücher hinunter in die Hotelwäscherei. Sie sprach wenig mit den anderen Frauen und zählte wie ihre Kolleginnen nur die Minuten, die noch fehlten, bis sie von der Arbeit nach

Hause gehen und diesen schmalen Raum von Freiheit erlangen konnte, der zwischen dem Ende der Arbeitszeit und dem Schlaf lag.

Meine Fragen überraschten sie nicht. Während der letzten Tage hatte sie so vielen Polizisten und Leuten von der Sicherheitsabteilung, die sie verhört hatten, geantwortet, daß ihre Version von Fernandas Tod schon unwirklich wirkte.

Da ihre Schicht gerade zu Ende war und sie das Hotel verlassen wollte, lud ich sie ein, im Restaurant Isla de Pascua mit mir zu reden, und gleich nachdem sie uns den Kaffee gebracht hatten, gestand ich ihr, daß ich kein Polizist sei und der Grund meiner Fragen mit Fernanda und der Freundschaft zu tun habe, die uns verband. Die Anspielung auf eine Romanze ließ sie weniger ernst dreinschauen, und nachdem sie den Kaffee mit drei Löffeln Zucker gesüßt hatte, wirkte sie entspannter und bereit, ohne ihre anfängliche Furcht mit mir zu reden.

»Es war mir schon merkwürdig vorgekommen. Sie sehen anders aus als die Polizisten, die mich verhört haben«, meinte sie, und dann strich sie sich den Rock glatt, als wollte sie damit sagen, daß sie nun bereit sei, auf meine Fragen zu antworten.

Ihre Version stimmte mit der von Solís überein. Sie war in Fernandas Zimmer gekommen, um das Bett zu machen. Sie erinnerte sich an nichts Außergewöhnliches, hatte niemanden dort herumstreichen sehen.

»Mir fielen nur die Berge von Papier auf, die die Señorita hatte. In ihrem Zimmer gab es einen kleinen Computer und darum herum viele lose Blätter«, sagte sie am Ende ihres Berichtes.

»Haben Sie an allen Tagen, an denen sie dort war, das Zimmer gemacht?«

»Ja.«

»Und in den ersten Tagen: Haben Sie da nichts Außergewöhnliches gesehen?«

»Nichts. Am zweiten Tag fand ich einen Beutel mit schmutziger Wäsche vor, der in die Wäscherei geschickt werden sollte, sowie einen dicken Umschlag mit einem Zettel darauf, daß er per Post verschickt werden sollte.«

»Was haben Sie mit diesem Umschlag gemacht?«

»Ich habe ihn am Empfang abgegeben. Die kümmern sich um die Absendung der Briefe.«

»Führen die möglicherweise Buch darüber?«

»Davon weiß ich nichts.«

»Haben Sie den Namen des Empfängers gelesen?«

»Ich achte nicht auf so etwas. Ich habe ihn gleich dort abgegeben, wo er hingehörte. In dem Hotel legen sie Wert auf Diskretion. Wenn die Aufsicht uns dabei erwischt, wie wir in den Dingen der Gäste rumschnüffeln, ist das Grund genug, uns sofort rauszuwerfen.«

»Und an die vorangegangenen Todesfälle, erinnern Sie sich daran?«

»Vorangegangene Todesfälle?«

»Der Gringotourist und einer der Hotelköche.«

»Das mit dem Gringo hat viel Aufsehen erregt, aber außer Gerüchten habe ich nichts weiter gehört. Es ist in der Woche passiert, in der ich um Erlaubnis gebeten hatte, meine Mutter in Yungay zu besuchen. Die Mädchen, die mit mir zusammenarbeiten, haben ein paar Bemerkungen gemacht, dann wurde nicht mehr darüber geredet. Wenn man im

Hotel arbeitet, gewöhnt man sich daran, die merkwürdigsten Dinge zu sehen. Bevor ich im Comet anfing, war ich im Apolo, einem Hotel für Pärchen in der Calle Vicuña Mackenna, da hab ich vielleicht Sachen gesehen. Ich könnte Ihnen ganze Nachmittage lang von den witzigen Geschichten und Streitigkeiten zwischen den Paaren erzählen. Während der Tod von Pompi…«

»Pompi?«

»Der Koch. Er hieß Pompeyo und war irgendwie etwas zart«, sagte Doris und lachte leise und schelmisch.

»Homosexuell?« fragte ich, und sie nickte.

»Er war sehr liebenswürdig, wenn man in die Küche kam und kein Chef in Sicht war, dann gab er uns immer etwas zu naschen. Wie konnte ihm jemand was antun? Die Jungen, die mit ihm arbeiteten, meinen, es war eine Eifersuchtsgeschichte. Gott allein weiß das! Bei Leuten wie Pompi sind die Leute immer grausam und erfinden was.«

»Wissen Sie sonst noch was über ihn?«

»Ich habe seinen Bruder am Tag der Beerdigung kennengelernt. Es war wirklich zu traurig. Ich war die einzige Kollegin aus dem Hotel, die ihn zum Friedhof begleitet hat. Und von seiner Familie war nur der jüngere Bruder da. Ich glaube, die schämten sich. Sie haben ihn in eines dieser Gräber getan, die nur für ein paar Jahre gelten. Und wenn man dann nicht zahlt, holen sie die Knochen des Verstorbenen heraus und werfen sie ins Massengrab. Traurig, sehr traurig«, meinte Doris Asencio noch, und dann, als würde sie sich plötzlich an etwas erinnern, öffnete sie ihre Handtasche und holte ein Notizbuch heraus. »Ich habe die Telefonnummer seines Bruders. Ich hatte ihn darum gebeten, weil er mich damit beauftragt hat, die Sachen zusammenzusuchen, die Pompi im Hotel hatte. Ich habe ihn drei Tage nach der Beerdigung angerufen, und er hat sie von einem Jungen abholen lassen. Finden Sie nicht auch, daß das alles sehr bitter ist?«

9

Ich begleitete Doris Asencio bis zur Bushaltestelle vor der Iglesia de San Francisco und ging dann zum Hotel zurück. Mit dem Fahrstuhl fuhr ich in den zwölften Stock. Die Gänge waren mit dicken, weichen Teppichen ausgelegt, man hörte sanfte Musik, die an Supermärkte und Bankhallen erinnerte. Die Zimmer waren um einen quadratischen, über alle Stockwerke gehenden Innenhof angeordnet. Mir wurde schwindlig. Die Zimmertüren waren verschlossen, und Stille lastete auf dem Stockwerk. Ich schloß die Augen, doch als ich sie wieder aufmachte, blickte ich immer noch in die Leere. Von allen möglichen Formen des Selbstmordes war die schrecklichste, sich von so großer Höhe herunterzustürzen, noch wenige Sekunden zu haben, in denen man bei Bewußtsein ist und es bereut, und dann der Aufprall und das Nichts.

Ich fuhr wieder hinunter und ging zum Ausgang. Als ich an der Bar vorbeikam, widerstand ich der Versuchung, noch einmal hineinzugehen und ein Glas zu trinken. Mein Besuch im Hotel hatte meinem Unwissen nur noch mehr Todesgedanken hinzugefügt. Alles schien zum Scheitern verurteilt. Ich war es müde, zu lügen und Fragen zu stellen, in fremden Leben herumzuschnüffeln, um Sinn in Fakten zu finden, deren einzige Logik im Leben selbst lag. Wie könnte ich mein eigenes Leben zusammenfassen? Spuren in der Vergangenheit und in der tiefsten Dunkelheit der Gegenwart suchen, von der fixen Idee einer zerbrechlichen und zweideutigen Gerechtigkeit beseelt; von Vorstellungen aufgerieben, die ich ertrage, weil es schon zu spät ist, neue Dinge zu lernen, oder weil die Welt sich nicht so sehr verändert hat, als daß ich aufhören müßte, das immer gleiche zu denken. War das die Antwort?

Im Spiegel am Eingang des Hotels sah ich mein müdes, verschwitztes Gesicht. Das lange, schwarze, verstrubbelte Haar, das mir in die Stirn fiel; die zerknitterte Cordjacke mit den verbeulten Schultern, den Bauch mit seiner Neigung, an Umfang zu gewinnen, und die schwarzen, abgetragenen, glanzlosen Schuhe. Das und wenig mehr. Die blaue Krawatte und einen Kugelschreiber, der aus der Hemdtasche ragte. Der da im Spiegel bin ich, sagte ich mir und verließ das Hotel.

Ich ging bis zur Biblioteca Nacional. Stieg die Stufen hinauf, die in diese Säle führen, in denen ich versucht hatte, die Welt anhand von Büchern zu verstehen, die aus anderen Zeiten stammten und die mir nichts als drei, vier Sätze im Gedächtnis hinterlassen haben, die ich in Mußestunden zitieren kann. Ich ging in die Zeitschriftenabteilung und sah ein Dutzend über die gebundenen Ausgaben von Zeitungen vergangener Zeiten gebeugte Leser.

Ich bat um die Ausgaben von *La Tercera* der letzten Monate, und bevor ich mich daranmachte, sie zu lesen, versuchte ich mich daran zu erinnern, wann ich das letzte Mal eine Zeitung ganz, Seite für Seite, und nicht nur die Sport- und Pferdesportseiten gelesen hatte. Ich sah Nachrichten zu Wirtschaft und Politik durch, die von einem anderen Land sprachen als dem, das ich Tag für Tag in den Straßen oder von der Theke einer Bar aus sah. Stolperte über leere, wortreiche Reden, Erklärungen, die das Gewissen beruhigen sollten, und in der zehnten Nummer fand ich die Überschriften, nach denen ich gesucht hatte. ›Merkwürdiger Tod eines nordamerikanischen Touristen‹, ›Ausländischer Journalist beging Selbstmord in Hotel‹, ›Die Polizei widerspricht ihrer ersten Darstellung‹. Ich las gierig die Artikel, die mich am meisten interessierten, und am Ende, während ich mir überlegte, noch einmal mit Dagoberto Solís zu sprechen, notierte ich den Namen auf ein Stück Papier, der immer wieder in den Artikeln auftauchte: Travis Hillerman.

Als ich mich auf den Rückweg in mein Büro begab, wurden vor den Läden im Viertel die Rolläden heruntergelassen. Die Leute hasteten zu den Bussen, die sie wieder nach Hause bringen sollten, womit sich der Kreis in ihrem Leben wieder einmal schloß. Ich parkte den Wagen so nahe wie möglich an der Wohnung und ging ohne Eile, die Abendluft tief einatmend, in der sich der Duft von Blumen und der Geruch nach in den Bars der Nachbarschaft verschüttetem Wein vermischten. Ich hielt vor der ersten Bar und überlegte mir, ob ich inmitten der Gruppen von Arbeitern, die die Müdigkeit vom Tage mit einem Glas Bier vom Faß oder einem Flaschenbier milderten, etwas trinken sollte.

Ich verwarf den Gedanken und ging schnell zu meinem Büro, dem einzigen Ort, an dem ich ruhig über die Lüge nachdenken konnte, bei der ich Dagoberto Solís ertappt hatte. Ich wollte allein sein, oder fast zumindest, denn in der Wohnung warteten Simenon, meine Bücher und drei Dutzend Tonbänder mit Musik auf mich, die mit meinen Erinnerungen verbunden sind. Ich wählte ein Stück von Mahler und setzte mich in dem rötlichen Licht an den Schreibtisch, das durch das Fenster hereinströmte.

Log Solís, oder brachte nur meine Phantasie Fernandas Tod mit dem von Hillerman in Verbindung? Ich kam zu dem Schluß, daß sich Solís dieselbe Frage stellte und aus diesem Grunde den Namen des Gringos in unserer Unterhaltung erwähnt hatte.

Simenon sprang auf meinen Schoß. Ich richtete das Wort an ihn, und seine Zunge strich sanft und freundschaftlich über meine Finger.

»Ich kann dir eine schöne Geschichte erzählen. Ich habe sie im Roman eines Engländers namens Leigh gelesen. Ein Typ sagt zu seinem Psychologen: ›Ich liebe Katzen. Ich hatte zwei, doch wir mußten eine weggeben, weil sie das Baby gekratzt hat. Wenn es nach mir gegangen wäre, hätte ich das Kind weggegeben.‹ Hat sie dir nicht gefallen? Dann hör dir diese hier an: ›Travis Hillerman, ein nordamerikanischer Journalist, wurde tot im Hotel Comet aufgefunden. Die Polizei schloß einen Mord als Todesursache aus. Hillerman hatte sich auf Kriegsthemen spezialisiert und war in Chile, um eine Reportage über Waffenproduktion in Lateinamerika zu verfassen.‹ Das ist doch interessant, oder?« fragte ich Simenon, während ich mich an etwas anderes erinnerte, das ich in der Bibliothek gelesen hatte: *Unerwartete Wende im Fall des im Hotel Comet tot aufgefundenen Journalisten.*

Der Anwalt der Zeitschrift, für die Hillerman arbeitete, hat beim zuständigen Gericht mit der Begründung Anklage erhoben, es gebe Anzeichen dafür, daß es sich beim Tod des Journalisten um Mord handele. Ein Sprecher der Polizei erklärte dies für unzutreffend und wiederholte die bereits abgegebene Erklärung, daß der Tod des Journalisten auf eine Überdosis Diazepam zurückzuführen sei.

»Ich würde Solís gern ein paar Fragen stellen«, sagte ich und begann eine der Zeitschriften nervös durchzublättern, bis ich Fernandas Foto fand.

»Denkst du noch immer an sie?«

»Das werde ich noch lange tun.«

»Ich würde meinen, du vermißt sie.«

»Ich habe mich nie darum bemüht, daß sie zurückkam.«

»Es bringt nichts, wenn du dir die Schuld gibst.«

»Ich habe in letzter Zeit viel über die Einsamkeit nachgedacht. Die meisten Typen in meinem Alter haben ihr Leben geregelt. Arbeit, Haus, Kinder. Sie wirken wie normale Menschen und haben einen Ort, wo sie sterben können.«

»Verdammt noch mal! Findest du, daß das ein normales Leben ist?«

»Und wenn Fernanda und der Gringo sich nun gekannt haben? Sie interessierten sich beide für Waffen. Ein Zufall? Das gleiche Thema, dasselbe Hotel und die gleiche Todesart. Ob sie Kontakt miteinander oder sich zuvor getroffen hatten? Irgendein Grund wird Fernanda und Hillerman dazu bewogen haben, nach Chile zu kommen. Irgend etwas Wichtiges, das nicht in den Zeitungen steht wie viele andere Dinge auch, was aber immerhin zu zwei Morden führen konnte. Oder waren es drei? Welche Rolle spielte der Tod des Kochs? Eine Frage, auf die sein Bruder oder irgend jemand eine Antwort geben könnte, der ihn näher kannte.«

»Viele Fragen«, hörte ich Simenon sagen. »Viele Ideen und wenig Taten.«

»Hättest du einen Vorschlag?«

»Zuerst mal essen. Seit Tagen habe ich schon nichts Warmes mehr gekriegt. Was Gekochtes oder ein schönes Stück Braten.«

»Was darf es sonst noch sein?« fragte ich, während ich zum Schrank ging, in dem ich die Lebensmittel verwahrte. Ich öffnete die Tür und hatte ein trauriges Bild vor mir. Eine Flasche Wein, zwei Schachteln Lasagne und ein halbes Dutzend Dosen Plötze nach Lachsart.

»Was empfiehlt der Chef?« fragte Simenon hinter meinem Rücken.

»Fisch.«

Ich öffnete eine der Dosen und verteilte ihren Inhalt auf zwei Teller. Einem fügte ich Zitrone und zwei Löffel Cayennepfeffersauce hinzu. Dann kehrte ich in mein Büro zurück und stellte Simenon ohne viel Aufhebens das Futter hin.

»Es gibt Schlimmeres«, sagte ich. »Priesterinternate, Kantinen für Staatsbeamte, Pensionen für Studenten aus der Provinz, oder einen Imbiß mit Mate-Tee und Ziegenkäse im Hause eines hysterischen, Catull ergebenen Dichters.«

»Besser Plötze als nix.«

Nach dem Essen ging ich auf die Suche nach Dagoberto Solís. Die Straße pulsierte noch heftiger im Rhythmus der Nacht, und ich hatte das Gefühl, doppelt so lang zu brauchen, um bis zu Solís' Wohnung zu gelangen. Er saß dösend, alt geworden und einsam da, den Blick fest auf den Fernseher gerichtet, der weiße Streifen zeigte und wirre Außerirdischendialoge ausstieß. Auf einem Ecktisch neben dem Fernseher standen drei Dosen Bier und ein Teller mit Essensresten.

»Kannst du diesen Mist da essen?« fragte ich, auf eine geöffnete Dose Fisch neben dem Teller zeigend.

»Wie einst zu Studentenzeiten, Heredia. Fisch aus der Dose, Eier mit Reis oder Nudeln. Nur hatte das damals etwas Poetisches, und heute ist es nur noch Scheiße. Ist das etwa keine Ironie? Schau dir diese Wohnung an. Dunkel und dreckig. Sie ähnelt deiner.«

»Samstag abend. Das ist nicht der geeignetste Augenblick, um sein Leben zu überprüfen.«

»Und wozu das Ganze?« fragte er. »Ich wurde mit demselben Dienstgrad wieder eingestellt, doch das ist nur ein Witz. Die Ärsche, die mir damals gekündigt haben, geben mir heute weiterhin die Befehle. Sie sind vorsichtiger in der Wortwahl und lächeln den Regierungspolitikern zu. Sie verprügeln die kleinen Diebe, doch bei den schmutzigen Geschäften drücken sie beide Augen zu.«

»Du kannst doch immer noch kündigen und zu deiner Frau zurückkehren.«

»Ich habe das im letzten Monat tausendmal gedacht. Doch trotz all der Probleme mag ich meine verdammte Arbeit. Anzeigen aufnehmen, zum Tatort gehen, die möglichen Beteiligten kennenlernen, darüber nachdenken, wer es war und wie es getan wurde. Jeder Fall ist eine neue Herausforderung. Die Motive, die Angst. Trotz der Bedingungen fasziniert es mich, Heredia. Und was meine Frau betrifft, erwähne sie lieber nicht. Ich habe gerade mit ihr telefoniert. Sie hat mir gesagt, sie habe jetzt, wo sie allein lebt, gemerkt, daß all die Jahre, die sie mit mir zusammengelebt hat, eine Posse gewesen sind. Sie habe herausgefunden, daß seit dem Abend, an dem wir uns kennengelernt haben, nichts passiert sei und ich nichts anderes getan hätte, als ihr von meiner Arbeit und davon zu erzählen, was für tolle Kerle wir bei der Polizei wären. Findest du das nicht auch widerlich? Fünfundzwanzig Jahre verleugnet sie sich selbst, macht mich glauben, daß wir eine Familie sind, hechelt jedesmal wie wahnsinnig, wenn wir uns lieben.«

Ich zog einen Flachmann mit Pisco aus der Jacke und reichte ihn Solís.

»Wenn du eine einfache Antwort möchtest, nimm das für den Anfang.«

»Dich zumindest rettet eines«, sagte Dagoberto. »Du hast dir das Leben, das du führst, selber ausgesucht.«

»Sucht man sich das Leben aus, was man führt?«

»Scheiße, Heredia. Du kommst hier um zwölf Uhr nachts in meine Wohnung, bringst eine mickrige Flasche Pisco mit und willst mich dazu noch mit Philosophie vollsülzen? Welcher Affe hat dich denn gebissen?«

»Ein bißchen gute Lektüre in der Biblioteca Nacional«, sagte ich. »Die Geschichte eines Gringo-Journalisten.«

»Du hast also Hillerman gefunden.«

»Was soll das heißen, du hast also Hillerman gefunden? Jetzt ist nicht der Augenblick für Rätselspielchen.«

»Erinnerst du dich nicht daran? Ich habe dich an dem Abend, als ich dir erzählt habe, daß deine Freundin gestorben ist, nach Hillerman gefragt. Ich war mir sicher, daß du nichts von ihm wußtest, wollte dir aber den Namen im Gedächtnis zurücklassen. Hinter seinem Tod steckt irgendeine größere Geschichte, und die könnte mit Fernanda zu tun haben.«

»Ich dachte, du hättest mich angelogen.«

»Zwanzig Jahre lang habe ich dir Rückendeckung gegeben, und plötzlich zweifelst du ohne Grund an mir.«

»Tut mir leid, Dagoberto. Ich sage das normalerweise nie, aber ich habe mich geirrt.«

Solís bedeckte das Gesicht mit den Händen und verharrte einige Sekunden lang so.

Ich holte zwei Gläser vom Tischchen und schenkte den Schnaps ein.

»Ist nicht so wichtig«, begann Dagoberto. »Ich hätte dir das mit Hillerman erzählen sollen, aber ich traute mich nicht. Ich bin sicher, er hat sich nicht umgebracht. Seine Obduktion hat ergeben, daß ihm Drogen gespritzt wurden. Er hatte Einstichspuren in der linken Pobacke. Das und einige Untersuchungen meiner Leute haben den Verdacht erhärtet. Unter anderem haben wir einen Brief an seine Mutter gefunden. Darin erzählt er ihr, daß es ihm gutgehe und er nach seiner Rückkehr nach Los Angeles mit einem Buch anfangen wolle, das ein Verlag bei ihm in Auftrag gegeben hat. Kurz: Er war ein Typ, der Pläne hatte und keinen Grund, sich umzubringen.«

»Dann ...«

»Ich glaube, Hillerman stellte Nachforschungen wegen des Verkaufs von Waffen an ein arabisches Land an. Verkäufe, die nicht das Placet der Vereinigten Staaten hatten, die jedoch Proden, ein chilenisches Unternehmen, das Waffen produziert, seit einiger Zeit durchführte. Hillerman, der möglicherweise Agent der CIA war, hat das herausbekommen, und dann wurde die Sache für ihn schwierig.«

»Welche Art Waffen?«

»Ich habe mit Ismael Flores gesprochen, einem auf Kriegsthemen spezialisierten Journalisten. Es gibt zwei Möglichkeiten. Die erste ist, Hillerman wurde getötet, weil er etwas über den Verkauf des Proden-500-Helikopters an den Irak herausgefunden hatte, der mit einem modernen Waffenlenksystem ausgerüstet ist, was ihn sehr effektiv für die Bekämpfung unter die Erde geflüchteter Truppen macht. Es ist ein ganz normal aussehendes Fluggerät, das bislang nur in England und den Vereinigten Staaten hergestellt wurde. Die andere Alternative ist, Hillerman hat herausgefunden, daß via Chile Raketen an Saddam Hussein verkauft wurden. Wie auch immer, die Mörder sind jedenfalls bestimmt längst außer Landes.«

»Und warum hast du nichts gesagt?«

»Ich wußte nicht genau, was ich sagen konnte. Ich habe die Untersuchungen mit meinem Assistenten gemacht, doch nach der ersten offiziellen Mitteilung haben sie uns den Fall abgenommen. Von höherer Stelle aus wurde er jemand anderem zugewiesen, und zwar mit der Anweisung, die Angelegenheit als Selbstmord zu betrachten und das Verfahren so schnell wie möglich einzustellen.«

»Und seit wann kümmerst du dich um einen Befehl?«

»Ich habe in letzter Zeit bei der Arbeit ein paar Fehler gemacht und wollte nicht noch neue Angriffspunkte bieten. Außerdem wollte ich, daß du selbst deine Schlüsse ziehst.«

»Das habe ich bereits getan, Solís.«

»Ich bin überzeugt, daß Hillermans Tod kein Selbstmord war. Mein Eindruck ist, daß, wenn man das, was Hillerman entdeckt hat, offenlegt, viele wichtige Leute in Rechtfertigungszwang kommen werden.«

»Ich hätte gern gewußt, wie Fernanda in diese Geschichte paßt.«

»Erinnerst du dich an das, was ich dir von der Journalistin erzählt habe, die mit Fernanda zu Abend gegessen hat? Sie hat gesagt, sie habe ihr viele Fragen zum Tod von Hillerman gestellt. Sie ist sich nicht sicher, ob die beiden sich kannten, doch die Angelegenheit machte ihr Sorgen.«

»Das könnte ein Anfang sein.«

»Ich kann nicht offen ermitteln, Heredia. Deshalb habe ich dir den Namen von Hillerman gesteckt. Du schuldest niemandem Gehorsam, wir vertrauen einander und können zusammenarbeiten.«

»Zusammenarbeiten? Bittest du mich um Hilfe?«

»Zum ersten Mal, seit wir uns kennen, Heredia.«

10

Als ich aufwachte, umklammerten meine Hände das Lenkrad des Lada, als hätte ich in irgendeinem Augenblick der Nacht oder der Trunkenheit gefürchtet, ein Dieb könnte den Wagen stehlen. Die Fahrertür stand halb offen, und im Verein mit der Morgenluft kam auch ein weißer Straßenköter mit einem kreisrunden schwarzen Fleck über dem linken Auge mit der Schnauze durch den Spalt. Er beschnupperte mich einen Moment und setzte dann seinen Weg in der irrigen Hoffnung fort, das Huhn mit dem goldenen Bürzel woanders zu finden.

Ich erinnerte mich daran, daß wir irgendwann während der Nacht beschlossen hatten, einen Zug durch die Bars zu machen, die wir in unserer Studentenzeit, Anfang der siebziger Jahre, immer besucht hatten, als wir an einer Rechtswissenschaftlichen Fakultät studierten, die sich damals noch im Bolerorhythmus vorgetäuschter Toleranz bewegte. Solís war acht Jahre älter als ich und hatte damals bei der Polizei einen Posten ganz unten in der Hierarchie. Ich war Neuling, betete ständig Texte her, die mir ein ehemaliger Lehrer aus dem Gymnasium, ein Vierundzwanzigstundenanarchist, lieh, der auf Tangos der alten Garde und Bücher von Bakunin, Trotzki und dem Marx der frühen Jahre spezialisiert war, als dieser in seinen Manuskripten von 1844 die Liebe in etwa so definierte: Wenn du liebst, ohne gegenseitige Liebe hervorzurufen, das heißt, ohne daß deine Liebe als Liebe die gegenseitige Liebe hervorruft, wenn du als liebender Mann durch dein Verhalten nicht zum geliebten Mann wirst, dann ist deine Liebe impotent, und das ist ein Unglück. Solís meinte, diesen Satz könne man nur mit Hilfe eines Handbuches verstehen. Und aufgrund meines Scheiterns bei mehreren Liebeserklärungen, mußte ich schließlich einsehen, daß dies nicht der kürzeste Weg zwischen meinen beiden Interessen war: einem eng getanzten Blues und einem Bett im nächstgelegenen Hotel gleich bei der Fakultät.

Wir begannen unsere Tour im El Castillo, das nicht mehr die düstere Höhle der siebziger Jahre war, sondern ein

Gewirr aus Acrylglas und Scheinwerferlicht, in dem Halbstarke zuckten, die Bier im Rhythmus einer Musik kippten, die jegliche zusammenhängende Unterhaltung unmöglich machte. Dann wechselten wir zum Cucú, zur Red Bar und La Unión Chica über, bis wir im La Gaviota landeten, einer Kneipe, die nach wie vor eine Endstation für Trinker war, die beschlossen hatten, eine Flasche umarmend den Morgen zu erleben. Zwischen dem einen und anderen Glas erschienen einige mit dem Tod von Hillerman zusammenhängende Dinge so klar wie die Trunkenheit, an der wir arbeiteten. Es galt nur noch, das Glied zu finden, das den Selbstmord von Fernanda und den Tod des Koches miteinander verband, den ich unbedingt auch in diese Geschichte mit eingeschlossen sehen wollte, obwohl Solís meinte, es sei nur eine Abrechnung zwischen Homosexuellen.

An den Rest erinnerte ich mich nicht mehr. Wann wir uns getrennt und wie ich es zum Wagen geschafft hatte, waren zwei Fragen, die zu klären ich keine Lust hatte.

Ich ließ das Lenkrad los und betrachtete mein Gesicht im Rückspiegel. Die Trunkenheit hatte Spuren hinterlassen. Mein unrasierter Bart und tiefe Augenringe, das untrügliche Anzeichen äthylischer Niederlagen, zeugten von ihr. Mir tat der Kopf weh, und in meinem Bauch wuchs ein riesiger Durst heran, der nur mit mehreren Flaschen Mineralwasser zu stillen war. Ich ordnete meine wenigen nüchternen Gedanken und stellte einen Plan für meine Wiederherstellung auf, den ich in den darauffolgenden Stunden genau einhielt. Ich kaufte ein halbes Dutzend Tabletten gegen Magensäure, nahm im Corner zwei doppelte Kraftbrühen zu mir und legte mich drei Stunden in die Sauna vom Cousiño-Bad. Am

Ende dieser selbstverordneten Therapie konnte ich wieder sicher gehen und lief auf dem schnellsten Weg zu meiner Wohnung.

Dort angekommen begrüßte ich Simenon eilig, nahm die Briefe, die am Eingang lagen, ging, ohne sie zu öffnen, ins Schlafzimmer und ließ mich kraftlos aufs Bett fallen, in der Absicht, ein paar Stunden zu schlafen und, wenn möglich, zu vergessen.

Ich wachte davon auf, daß eine Hand sanft und beharrlich meine Schulter hin und her bewegte. Im Halbdunkel des Zimmers sah ich ein unbekanntes Gesicht und hörte eine leise, beinahe ängstliche Stimme, die die letzten Auswirkungen der Trunkenheit vertrieb.

»Heredia?« hörte ich fragen.

Es war eine junge Frau. Von ihrem klar geschnittenen Gesicht hoben sich die knallrot angemalten Lippen ab. Das Haar war wenige Zentimeter über der Kopfhaut abgeschnitten und ließ ihre Züge noch deutlicher hervortreten, die aus einem Bild von Rafael Sanzio hätten stammen können. Eine schöne Jungfrau, die gerade verführt worden war und sich anschickt, das Geheimnis zu wahren. Sie war schwarz gekleidet. Enge Jeans und ein T-Shirt mit einem Bild von John Lennon, unter dem sich ihre Brüste abzeichneten.

»Heredia?« wiederholte sie, während sie zurückwich, als bereute sie, ins Zimmer gekommen zu sein.

»So hieß ich bis gestern abend.«

»Griseta Ordóñez«, fügte sie etwas selbstsicherer hinzu. »Und du brauchst jetzt nicht den üblichen Kommentar abzugeben. Ich weiß, daß das ein Tango-Name ist. Ein Einfall meines Vaters, als er mich beim Standesamt eintragen ließ.«

»Und von Engeln, die einsame Männer wecken«, sagte ich, und sie lächelte verschwörerisch. »Was machst du in meinem Zimmer?«

»An einem der Briefkästen im Erdgeschoß stand dein Name«, meinte sie, als wollte sie damit ihre Anwesenheit rechtfertigen. »Ich bin hinaufgefahren und habe die Tür offenstehen sehen.«

»Sag erst mal nichts weiter. Gib mir Zeit, eine Dusche zu nehmen, und anschließend reden wir miteinander.«

Griseta lächelte, machte aber keine Anstalten, sich wegzubewegen.

»Ich bin nackt und möchte gern ins Bad gehen.«

»Ich habe schon mehr als zwei nackte Männer in meinem Leben gesehen.«

»So? Im Kindergarten?«

»Den ersten…«

»Jedenfalls wäre es nett, wenn du zehn oder zwanzig Sekunden lang aus dem Fenster schauen könntest.«

Griseta ging brav ans Fenster, von dem aus man in den Lichthof des Gebäudes gucken konnte. Ich bedeckte mich mit einem Bettlaken und verließ das Schlafzimmer, so schnell ich konnte.

Fünfzehn Minuten später kehrte ich zurück, sauber und in der Verfassung, ihr ins Gesicht zu sehen, ohne mich über mein Aussehen schämen zu müssen. Griseta saß an meinem Schreibtisch, der merkwürdig ordentlich aussah, einen Augenblick lang zweifelte ich, ob es dasselbe ungefügige Möbelstück war, auf das ich mich tagtäglich stützte.

»Der Schreibtisch mußte aufgeräumt werden«, sagte sie. »Es gab nicht einmal mehr Platz, um die Ellenbogen aufzustützen. Als ich ankam, hast du geschlafen, und da beschloß ich, etwas Nützliches zu tun, während ich wartete.«

»Wie spät ist es?«

»Es ist fünf vor sechs.«

»Den halben Tag in den Sand gesetzt«, murmelte ich. Dann zündete ich mir eine Zigarette an und bot ihr ebenfalls eine an.

»Ich rauche nicht«, sagte sie. »Das ist die dritte Dummheit des heutigen Menschen nach Kartoffelchips und Atomwaffen.«

»Kluges Mädchen?«

»Klug genug, um ein paar Dinge zu verstehen.«

»Also gut, kluges Mädchen, was führt dich hierher?«

»Ich komme auf Empfehlung meines Bruders Juan Ordóñez zu dir.«

»Ordóñez«, wiederholte ich und wußte nicht recht, ob meine Verwirrung von den mit diesem Namen zusammenhängenden Erinnerungen oder von Grisetas unschuldigem und zugleich keckem Blick herrührte. »Voltaire, der letzte Mambrú.«

»Und noch zwanzig weitere Spitznamen, die er bekommen hat, bis …«

»Ich habe über einen gemeinsamen Freund von seinem Tod gehört. In jenen Jahren stand nicht alles in den Zeitungen, und außerdem erzählte man sich so viele Geschichten über ihn.«

Griseta schwieg und schien etwas auf dem Schreibtisch zu suchen. Ich wartete, drückte die Zigarette aus und dachte an

Ordóñez: 1978 oder 1979, sieben Uhr abends in der Calle Matucana. Er zog einen Koffer voll Bücher hinter sich her, die er für sein Studium las und die ihm, wegen seines enzyklopädischen Wissens, den Spitznamen Voltaire eingetragen hatten. Man nannte ihn auch Mambrú, seit dem Tag, als er seinen engsten Freunden gestanden hatte, er würde nun allein in den Krieg ziehen, weil er drei Jahre nach dem Militärputsch nicht mehr an einen politischen Pakt zwischen den Gegnern von Pinochet glauben könne. Ich muß irgend etwas tun, was Sinn macht, gestand er, bevor er die Uni verließ und im Untergrund verschwand.

An jenem Nachmittag wechselte er gerade mal wieder seine Bleibe, wobei er auf alles außer seine Bücher verzichtete, die ihm halfen, die Einsamkeit und diese, wie er mir gestand, unbändige Sehnsucht auszuhalten, wieder im Haus seiner Eltern mit seinen gleichaltrigen Geschwistern und einer kleinen Schwester zu sein, die gerade geboren worden war.

»Zwanzig Jahre. Ich habe ihn 1975 kennengelernt«, sagte ich. »Fast alles, wofür es sich zu leben lohnt, ist jetzt zwanzig Jahre alt.«

»Genauso alt bin ich«, sagte Griseta, indem sie mich wieder mit ihren großen Augen ansah. »Ich war neun Jahre alt, als sie ihn getötet haben. Ich sah ihn nur selten, doch beim letzten Mal ließ er einen Brief zurück, und ich versprach ihm, ihn erst zu öffnen, wenn ich achtzehn wäre. Es war ein Bericht über sein Leben, und in einem Abschnitt sprach er von dir. Wenn du irgendwann einmal Hilfe brauchen solltest, wende dich an Heredia, sagte er dort.«

Ordóñez hatte mich einmal um Hilfe gebeten, vielleicht

hielt er mich deshalb für einen von den Seinen. Er war isoliert auf einem Grundstück in Peñalolén. Er wurde gesucht und wußte nicht, wie und womit er sich verteidigen sollte. Er ließ mir einen Brief zukommen, in dem er mir den Platz angab, an dem ich eine Tasche mit Waffen abholen sollte. Ich überlegte nicht lange, und zwei Nächte später durchquerte ich mehrere verlassene Viehpferche, bis ich zum Versteck von Ordóñez gelangte. Drei Stunden bevor sie den Ort umstellten und eine Schießerei begannen. Ordóñez war in Begleitung von sechs Freunden. Damals hatte ich keine Erfahrung mit Waffen, und erst als er mir eine Pistole in die Hand drückte, wurde ich mir des Ernstes der Lage bewußt. Es gelang mir, mit ihm und einem weiteren seiner Gefährten zu fliehen. Die anderen starben im Kugelhagel. Ein paar Tage später erschienen ihre Namen in einer kurzen Pressenotiz. Ich verließ Ordóñez in der Calle Maipú. Als ich mich von ihm verabschiedete, schenkte er mir die Pistole, die ich seitdem habe.

»Mir wurde erzählt, er sei in Nicaragua gestorben«, meinte ich. »Er soll Meinungsverschiedenheiten mit Leuten aus seiner Gruppe gehabt und sich den Sandinisten angeschlossen haben.«

»Er ist bei einem Angriff der Contras vor den Toren Managuas gestorben.«

»Und du? Was machst du?«

»Bis vor sechs Monaten lebte ich bei meinen Eltern in Talca. Sie stammen aus Santiago, sind aber, nachdem das mit meinem Bruder geschehen ist, in den Süden gezogen. Sie haben eine Werkstatt für Konfektionskleidung aufgemacht und verkaufen das, was sie herstellen, auf den Märkten der

Region. Ich habe das Gymnasium abgeschlossen und in einem Supermarkt als Kassiererin gearbeitet. Nach meinem Auszug von zu Hause habe ich mir mit einer Freundin eine Wohnung geteilt. Und jetzt habe ich beschlossen, es allein in Santiago zu versuchen. Und dafür brauche ich deine Hilfe«, sagte sie und wies auf einen grünen Rucksack, der an der Tür stand. »Ich möchte eine Arbeit finden und an der Universität studieren. Meine Eltern wollen nicht, daß ich studiere. Die Geschichte mit Juan hat sie tief getroffen, und sie fürchten, ich könnte denselben Weg gehen wie er. Außerdem gefiel ihnen der Gedanke nicht, daß ich allein nach Santiago komme.«

»Und wie kann ich dir helfen?«

»Ich brauche etwas, wo ich wohnen kann, bis ich eine Arbeit gefunden habe.«

»Ich bin ein Einzelgänger und ein bißchen schwierig.«

»Ich werde dir keine Probleme machen. Ich kann in der Wohnung für Ordnung sorgen und Briefe auf der Schreibmaschine schreiben, wenn du es brauchst. Sonst bin ich ziemlich gut drauf. Ich lese, geh ins Kino, wenn ich kann, und außerdem höre ich gern Musik in normaler Lautstärke.«

»Das ist ja ganz schön, aber ...«

»Mein Bruder hat dir vertraut«, unterbrach mich Griseta.

»Ich lebe allein und habe keine Zeit, mich darum zu kümmern, wie ...«

»Ich bin kein kleines Mädchen, Heredia.«

Weiter sagte sie nichts. Ich sah ihr in die Augen, und obwohl ich mich sträubte, überkam mich ein seltsames Gefühl, das jeden Widerstand unmöglich machte. Sie stand auf und kam zu mir, so nahe, daß sie meine Wangen beinahe streifte. »Bleibe ich nun, oder nicht?« fragte sie.

Ich machte eine zustimmende Geste, und als sie zufrieden lächelte, rief ich Simenon, der die Szene von weitem beobachtete. »Ich habe ein leeres Zimmer und etwas, was an ein Feldbett erinnert.«

»Das wird für ein paar Tage reichen. Ich kann in irgendeiner Ecke schlafen, viele Sachen habe ich nicht, nur was im Rucksack Platz hat.«

»Ich warne dich gleich, in diesem Haus gibt es für gewöhnlich nichts zu essen. Nur Konserven und abgepacktes Brot.«

»Ich komme in der Küche gut zurecht.«

»Und das ist Simenon«, fügte ich hinzu und zeigte ihr den Kater.

»Er gefällt mir«, sagte Griseta. »Obwohl er ziemlich grimmig dreinschaut.«

»Wirklich? Neunzig Prozent der Frauen hassen ihn.«

Griseta lächelte und näherte sich Simenon.

»Ich wünsche mir in meinem Haus eine vernünftige Frau«, zitierte ich. »Eine Katze, die zwischen den Büchern herumstreicht, und Freunde aus allen Zeiten, ohne die ich nicht leben kann.«

Griseta blickte mich erstaunt an und lächelte.

»Das ist ein Zitat von Apollinaire«, sagte ich.

»Interessant«, meinte Griseta, und ich hatte meine Zweifel, ob sie die Wahrheit sagte.

ZWEITER TEIL

I

Die Haustür fiel knarrend ins Schloß. Ein sinnliches Aroma von Toast und Kaffee wehte mir entgegen. Durch das Schlafzimmerfenster kamen die Rufe der Straßenverkäufer herein, die Krawatten, Kugelschreiber, Feuerzeuge und anderen billigen Plunder aus Taiwan anpriesen. Ich reckte mich und sah auf die Uhr. Es war fast zehn, und mir wurde, wie aus einem an wirren Bildern reichen Traum zurückkehrend, allmählich klar, daß es seit letzter Nacht genau drei Wochen waren, seit ich nicht mehr allein in der Wohnung lebte. Griseta trug das Ihre bei, indem sie in ihren Ecken Ordnung hielt, trotz ihres Alters und Aufbegehrens bereits von diesem krankhaften Brauch der Frauen beherrscht, das Leben der Männer zu reglementieren. Als wäre Ordnung etwas Notwendiges und nicht die Tugend der Törichten, wie Echenique sie nannte, ein Freund, der Philosoph und leichter Trinker war und der auf der Suche nach Opfern für seine langatmigen Ausführungen darüber, wie elend das Leben war, in den Bars aufzukreuzen pflegte.

Wir hatten uns aneinander gewöhnt. Mir gefiel die andere Luft, die man in den Zimmern atmete, an mehr als einem Abend hatte ich mich selbst dabei erwischt, wie ich die Idee, noch ein Glas zu trinken, verwarf, um eher in die Wohnung zurückzukehren und Griseta anzutreffen. Wir redeten über ihre Pläne, oder ich ließ mir meine Ermittlungen durch den Kopf gehen, während Charlie Parker oder Chet Baker uns jene Nostalgie, jene Stille bescherten, in der jeder an seine Dinge dachte, wir wieder zu uns kamen, uns aus den Augenwinkeln ansahen, die Zerbrechlichkeit des Augenblicks maßen und fürchteten, jemand Fremdes könnte kommen und den Frieden stören, der uns umgab und einander annäherte. Ich hatte mich in ihr Leben eingemischt, ihr alternative Vorschläge für Studium und Arbeit gemacht. Ich fühlte, daß sie über das Angedenken an Juan Ordóñez hinaus Unterstützung verdiente, selbst wenn dies Abschied nehmen hieß oder zumindest den Verlust ihrer Gegenwart, die so fröhlich, optimistisch war, wie es ihr ihre Jugend erlaubte. Im alltäglichen Leben hatten wir einen Stundenplan abgemacht für die Benutzung des Bades und den Gang zu den Marktständen von La Vega, um Gemüse, Fisch und was sie sonst noch für ihre unsteten Kochkünste brauchte, zu kaufen.

Während dieser drei Wochen war ich erfolglos hierhin und dorthin gelaufen, um eine Erklärung für Fernandas Tod zu finden. Ihre Familie war eine undurchdringliche Mauer, und ich konnte erst, nachdem ich ihre Mutter am Apparat gehabt hatte, die Stelle im Parque del Recuerdo finden, wo sie sie ohne öffentliche Zeremonie oder Anzeige in der Zeitung beerdigt hatten.

Ich stand vom Bett auf und brauchte ein paar Minuten, um den Bademantel zu finden, den mir ein argentinischer Boxer namens Ravelli vermacht hatte, der bei einer Schießerei in Punta Arenas in meinen Armen gestorben war. Ich dachte an Griseta und beeilte mich, in das Zimmer zu gelangen, in dem ich mein Büro eingerichtet hatte. Ich sah ein Exemplar der Zeitschrift *Rock and Pop* auf dem Schreibtisch, Toastreste und eine Nachricht, in der sie mir mitteilte, sie sei früh zu einem Vorstellungsgespräch bei irgendeinem Finanzunternehmen gegangen, das Personal suchte. Ich stellte mir vor, wie sie dort mit ihrem schwarzen Outfit in einen dieser mit Teppichen ausgelegten, gläsernen Räume trat, und zweifelte nicht daran, daß sie bei ihrer Rückkehr ziemlich niedergeschlagen sein würde. Ich setzte mich an den Schreibtisch und knabberte an einem Stück Toast. Dann blätterte ich in der Zeitschrift herum und verweilte bei der Chronik über die Orte, an denen sich in Santiago die jungen Leute trafen. Der Text war voller merkwürdiger Wörter wie Mongo, Nerds, Softie, Rapper und anderen, die ein verrückter Polyglotter erfunden haben mußte.

»Du bist halt schon über vierzig«, hörte ich Simenon sagen, während er auf den Schreibtisch kletterte und die Toastbrotkrümel betrachtete. »Und außerdem, was ist eigentlich mit dieser Fremden los? Es sind schon mehrere Wochen vergangen, und sie macht keine Anstalten zu gehen.«

»Laß ihr Zeit. Sie ist die Schwester eines Freundes, der mir vertraute und den ich gern wiedergesehen hätte.«

»Hat sie dir gesagt, ob sie in Schwierigkeiten steckt oder ihre Eltern sie suchen?«

»Nein. Ich habe sie auch nicht danach gefragt. Sie scheint in Ordnung zu sein, hat ihre eigenen Vorstellungen und den Wunsch, etwas zu tun. Das sind zwei heutzutage nicht so häufig auftretende Tugenden.«

»Und das einmal ganz abgesehen von ihren Augen, ihrem Lächeln und dem ganzen Rest.«

»Sie ist nur ein junges Mädchen.«

»Ich habe gesehen, wie du sie anguckst, wenn sie im Büro auf und ab geht. Wie du sie mit den Blicken streichelst, und wie erpicht du darauf bist, ihre Haut zu berühren.«

»Mistkater! Ich mag sie, klar, aber das heißt doch nicht ...«

»Du hast es mehr als dreimal gedacht, Heredia«, warf Simenon ein. »Gib es zu. Mir machst du nichts vor.«

»Jemand ruft dich von der Straße«, sagte ich, womit ich andeuten wollte, daß es Zeit für ihn war, zu seinem Morgenspaziergang hinaus auf die Dächer zu gehen.

Er befolgte mißmutig meinen Rat, und als ich allein war, ging ich in das Zimmer, in dem Griseta schlief. Das Bett war gemacht, ihr Rucksack stand in einer Ecke. An einer der Wände sah ich ein Foto von Ordóñez mit einem fünf- oder sechsjährigen Mädchen. Sie waren in einem Vergnügungspark, das Mädchen hielt einen Ballon, und beide lächelten. Ich öffnete Grisetas Rucksack und fand darin ein Paar Turnschuhe, drei schwarze Blusen und einen ebenfalls schwarzen Rock. Auch eine Kassette mit Sting und zwei Bücher. Eines mit Versen von Roger Dalton, das andere hieß *Die Lösung lautet: Bring den Ehemann um*. Ich nahm das Buch von Dalton und fand zwischen seinen Seiten ein Zeugnis über Grisetas Schulabschluß und den dicken, bereits vergilbten Brief, den Ordóñez einst geschrieben hatte. Ich überflog die Absätze und verweilte bei dem Teil, in dem er mich erwähnte. »Wenn du in Santiago jemanden brauchst, der dir hilft, wende dich an Heredia. Ein Freund. Er arbeitet als Privatdetektiv. Sein Büro liegt in einer kurzen Straße, an deren Namen ich mich gerade nicht erinnern kann, in der Nähe der Estación Mapocho.«

»Noch zwei, drei Wochen, und sie wird gehen«, sagte ich mir.

Das Läuten des Telefons holte mich in die Realität zurück. Ich kam ins Arbeitszimmer, als es zum sechsten Mal klingelte.

»Ich habe gerade den Bericht über die Obduktion von Fernanda Arredondo gelesen und kann einfach nicht glauben, daß sich ein Arzt für einen solchen Betrug hergibt«, sagte Solís am anderen Ende der Leitung. »Der Pathologe kommt zu dem Schluß, ihr Tod sei von einer Überdosis Diazepam herbeigeführt worden. Selbstmord, seiner Meinung nach, da sie die Spuren des Einstichs einer Spritze im linken Arm habe. Mir ist noch kein einziger Fall untergekommen, bei dem ein Selbstmörder sich selbst eine Spritze gegeben hat. So merkwürdig es klingt, die Psychologen sagen, es habe mit der Angst vor Schmerzen zu tun. Frauen greifen normalerweise zu Tabletten. Ein oder zwei Fläschchen bunter Pillen.«

»Fernanda war Linkshänderin, und daher wäre es logisch gewesen, sie hätte sich die Spritze in den rechten Arm gegeben.«

»Das möchte ich gern dem Arzt sagen und zusehen, was für ein Gesicht er macht.«

»Alles zu seiner Zeit, Solís. Du weißt besser als jeder andere, in welche Richtung die Ermittlungen gehen sollen.«

»Der Bericht weist auch darauf hin, daß sich unter den

Fingernägeln der linken Hand Blut und Hautreste befanden. Er kommt, was das betrifft, zu keiner Schlußfolgerung. Aber ich habe mit einem Assistenten gesprochen, dem ich vertraue, und der hat mir gesagt, der Arzt, der dieses Blut untersucht hat, hätte sich wegen des Ergebnisses aufgeregt. Daher habe ich diesen Assistenten gebeten, einen Teil der Probe aufzubewahren. Ich möchte sie einem befreundeten Labortechniker zur Untersuchung geben.«

»Wenn das Blut das eines Fremden ist und man eines Tages die entsprechende Person findet, haben wir den Täter«, sagte ich. »Wenn man es mit schon registrierten Proben abgleichen kann.«

»Man könnte es mit Angaben vergleichen, die es von Personen gibt, die schon einmal verhaftet worden sind, oder mit den Karteikarten der Ärzte in den Krankenhäusern, doch da nichts davon digitalisiert ist, wäre das eine Wahnsinnsarbeit. Zudem garantiert uns nichts, daß der Täter schon einmal im Krankenhaus oder im Gefängnis war.«

»Also ist es nicht viel wert.«

»Bis es Verdächtige gibt und wir ihnen Blut abnehmen und es mit dem anderen vergleichen können. Nach der Obduktion gibt es für mich keinen Zweifel mehr, daß der Tod deiner Freundin und der Tod Hillermans miteinander in Verbindung stehen. Was ich dir gerade erzählt habe, ist mir nur durch Zufall zu Ohren gekommen. Der Arzt wußte nicht, daß ich von dem Fall abgezogen worden war. Er hat mir den Bericht geschickt, und ich hatte gerade noch Zeit, ihn zu lesen, bevor er mir wieder weggenommen wurde.«

»Kannst du Angaben über das Vorleben von jemandem aus den Vereinigten Staaten anfordern? Ein guter Bericht könnte uns sagen, ob es Kontakte zwischen Hillerman und Fernanda gegeben hat.«

»Solche Informationen anzufordern ist schwierig. Man braucht die Unterschrift der Vorgesetzten. Die einzige Lösung wäre, einen Bekannten in den Vereinigten Staaten zu haben. Einen Journalisten zum Beispiel.«

»Oder einen verdammten mexikanischen Detektiv.«

»An wen denkst du, Heredia?«

»Ifigenio Clausel.«

»Der Name hört sich wie der einer Medizin oder eines Tarotlesers an.«

»Das ist ein Privatdetektiv, den ich vor vier oder fünf Jahren kennengelernt habe. Ich half ihm damals, einen Schwindler aus Chiapas festzunehmen, der sich auf dem Cerro Barón in Valparaíso versteckt hatte. Seitdem sind wir Freunde.«

»Ein Versuch lohnt sich immer, Heredia.«

Ich verabschiedete mich von Solís und schrieb ein Fax an Clausel. Ifigenio war der beste Detektiv von Coyoacán. Sein Büro lag einen Block von der uralten Residenz des Fernando Cortés entfernt, und er verbrachte einen Großteil seiner Tage in der Kneipe Cantina Guadalupana unweit der Häuser von Frida Kahlo und Trotzkij in Mexiko Stadt. In meiner Wohnung hatte ich noch den Borsalino, den er mir zum Abschied geschenkt hatte, und manchmal, wenn es nach Regen aussah, trug ich ihn und dachte an ihn, der in seiner Freundschaft und als Mixer von Cubas mit viel Rum, Eis, Limone und Coca-Cola unvergleichlich war.

Unser letztes Treffen hatte in Mexiko stattgefunden, wohin ich gefahren war, um drei Enkel eines reichen Mannes ausfindig zu machen, der auf die Idee verfallen war, seinen Besitz selbst zu verteilen, noch bevor er starb. Clausel hatte mich in seinem blauen Volkswagen wie ein Wahnwitziger kreuz und quer durch die Stadt kutschiert, bis wir eines Nachts auf der Plaza Garibaldi Streit mit Mafiosi bekamen, die einem Schriftsteller und Freund von Ifigenio die Seele aus dem Leib prügeln wollten. Curro Fiel, ein Stierkampfimpresario, wollte ihm an den Kragen, weil er in einer Fernsehsendung die Qualität seiner Stierkämpfe kritisiert hatte. Der Schriftsteller klapperte, zusammengekrümmt wie eine Mumie aus der Atacamawüste, mit den Zähnen, und hätte Clausel mitten im Gewühl nicht seine große, blitzende Pistole gezogen, hätten die Schläger den anderen zu Taco- und Quesadilla-Füllung verarbeitet.

Auf einer halben, engbeschriebenen Seite faßte ich den Fall zusammen und bat Clausel festzustellen, ob Hillerman und Fernanda sich getroffen hatten, bevor sie nach Chile gefahren waren. Für ihn würde es einfach sein, Kontakt zu einem befreundeten Detektiv in den Vereinigten Staaten aufzunehmen, oder er könnte sogar selbst nach Los Angeles fahren, wo die Redaktion der Zeitschrift, für die Hillerman arbeitete, ihr Büro hatte.

Ich beendete mein Schreiben mit Grüßen und versuchte zweimal vergebens, den Bruder von Pompeyo Tamayo anzurufen, bevor ich mich hinunter zum Kiosk von Anselmo begab.

Die Sonne brannte, und es gab wenig Schutz vor den zweiunddreißig Grad. Ich ging langsam, als könnte ich damit die Temperatur überlisten, ins Ciro's, um das kälteste Austral-Bier der Stadt zu trinken. Von der Bar aus rief ich den Bruder des Kochs noch einmal an und hatte endlich Erfolg.

»Walter Tamayo«, hörte ich eine tiefe Stimme kurz angebunden wie jemand sagen, dem man gerade in die Siesta hineingeplatzt ist oder der einen zudringlichen Bittsteller abwehrt.

»Heredia«, sagte ich. »Ich habe Sie schon zweimal angerufen. Wie ich Ihrer Sekretärin bereits erklärt habe, handelt es sich um Ihren Bruder Pompeyo. Ich untersuche gerade seinen Tod und…«

»Es ist gerade Bilanz-Zeit, und ich bin sehr beschäftigt.«

Walter Tamayo log, oder sein Bruder ließ ihn ziemlich kalt.

»Ich möchte über Ihren Bruder sprechen«, wiederholte ich. »Zwei oder drei Fragen, mehr nicht.«

Ich spürte, wie am anderen Ende der Leitung eine merkwürdige Stille auskristallisierte.

»Zwei oder drei Fragen«, ließ ich nicht locker.

»Er ist tot, und ich weiß nicht, was Sie an ihm interessieren könnte.«

»Ich habe bei der Firma, die ich vertrete, eine Lebensversicherung gefunden. Wir müssen einige Daten überprüfen, um zu sehen, an wen die Zahlungen gehen«, log ich.

»Versicherung«, wiederholte Tamayo ungläubig. »Die Nutznießer werden sicher seine kleinen Freunde sein.«

»Möglich. Ich bin nicht autorisiert, Angaben aus der Police zu enthüllen.«

»Wenn es sich um einen Mord handelt, zahlt dann die Versicherung überhaupt?«

»Die Klauseln sind weit gefaßt«, sagte ich. Und dann

fragte ich ihn ohne weitere Vorreden: »Haben Sie nie wissen wollen, wer ihn umgebracht hat?«

»Für mich war Pompeyo schon lange gestorben. Er hat sich von unserer Familie entfernt, und seit meine Mutter tot ist, haben wir uns nicht mehr um ihn gekümmert. Ich bin aus Mitleid zu seiner Beerdigung gegangen. Wir waren Brüder, doch das hat mich nicht verpflichtet, ihn zu mögen.«

»Sie verhalten sich wie einer dieser Richter, die niemals irren.«

»Es gibt Dinge, von denen Sie nichts wissen und die Sie im übrigen nichts angehen«, sagte Tamayo ärgerlich. »Pompeyo hat uns Schaden zugefügt. Mir, meinen Eltern. Er hat, was seine Krankheit betraf, kein würdiges Verhalten an den Tag gelegt.«

»Krankheit?«

»Das, was ihn anders machte. Er machte viel Aufhebens davon und hatte mit seinesgleichen Umgang. Seine Gestik, seine Kleidung, all das widerte mich an. Sein Tod war das Beste, was passieren konnte. Am Ende hätte er noch die Seuche bekommen, Sie wissen schon.«

»Aids.«

»Pompeyo hat uns von klein auf das Leben schwergemacht. Ich bin sogar so weit gegangen, zu leugnen, daß er mein Bruder war, wenn sie mich in der Schule oder im Stadtviertel belästigten. Die Freunde stellten Fragen, und die Mädchen lachten über uns...«

»Entschuldigen Sie bitte«, unterbrach ich ihn. »Ich bin weder Psychoanalytiker, noch stehe ich auf Seiten derer, die, wie Sie, das Leben nur von ihrem eigenen Bauchnabel aus sehen. Ich wollte einfach nur wissen, wo Ihr Bruder gewohnt hat, ob er Freunde hatte oder an irgendeinem besonderen Ort verkehrte.«

»Warum sollte ich Ihnen das sagen?«

»Weil ich in Ihr Büro kommen und mich dort hinsetzen und warten könnte, bis Sie mich empfangen. Ihre Kunden würden von Ihrem Bruder erfahren, würden Fragen stellen und die Stimmung würde immer bombiger.«

»Drohen Sie mir?«

Ich schwieg und ließ ihn überlegen.

»In den letzten Jahren habe ich nicht viel von ihm gehört. Doch vor sechs Monaten rief er mich an, um mich zu bitten, ihm Geld zu leihen. Er brauchte es, um ärztliche Untersuchungen zu machen oder so was. Er hat mir keine Einzelheiten verraten, und ich habe ihn auch nicht danach gefragt. Ich hatte den Verdacht, daß es für jemand anderen war, sonst hätte er nicht gewagt, um Hilfe zu bitten. Um ihn loszuwerden, sagte ich sofort ja und bot mich an, ihm das Geld zu bringen, wohin er wollte. Ich wollte damit verhindern, daß er in mein Büro kam. Er sagte, ich solle das Geld in die La Dalia Negra bringen, eine Bar in der Nähe der Plaza Egaña. Wenn ich gewußt hätte, was das für ein Ort war, wäre ich auf gar keinen Fall dorthin gegangen. Es war ein Nest von merkwürdigen Typen. Nun, wenn Ihnen damit gedient ist, in dieser Bar hat er mir jemanden vorgestellt, der Percy hieß.«

»Percy, und weiter?«

»Nur Percy. Sie schienen dicke Freunde zu sein, verstehen Sie?«

»Vollkommen.«

»Und wozu dienen diese Angaben?«

»Das werde ich wissen, wenn ich dort bin.«

»Das ist alles, was ich weiß«, beharrte Tamayo, und ich glaubte ihm.

»Hoffentlich bekommen Sie Ihre Bilanz hin. Vor allem die über Ihr Leben und Ihre Gefühle«, sagte ich und legte auf.

Ich nahm eine Serviette von der Theke und notierte mir den Namen des Freundes von Pompeyo Tamayo und den der Bar, in die er immer gegangen war. Ich starrte das leere Glas vor mir an und rief den Barmann.

»Man sieht den verdammten Boden«, sagte ich, indem ich auf das Glas zeigte.

»Noch eins?« fragte der Mann, ohne den Witz zu begreifen.

»Was glaubst du denn, du Blitzmerker?«

2

»Don Stevens möchte Sie sehen, und zwar dringend«, sagte Anselmo, kaum daß ich vor dem Kiosk stehengeblieben war, um die Schlagzeilen der Zeitungen zu lesen, die aus Mangel an Genie sich allesamt auf das letzte Tor von Iván Zamorano in der spanischen Fußballiga bezogen. »Er hat es mir gesagt, als ich ihm die Zeitungen raufgebracht habe.«

»Warum so dringend?«

»Wie soll ich das wissen? Don Stevens sagt nur das Allernotwendigste, obwohl er den ganzen Tag mit Däumchendrehen verbringt. Hört nichts als Opern und die Nachrichten im Radio. Ich weiß ja nicht, wie es Ihnen geht, aber mir sind Blinde nicht ganz geheuer.«

»Ich werde mal sehen, was er will«, sagte ich. Und ohne auf die unguten Gefühle meines Freundes, des Zeitungsmannes, einzugehen, fügte ich hinzu: »Gib mir eine Schachtel Derby und das Programm von der Pferderennbahn.«

»Wollen Sie was anlegen?«

»Weißt du was Gutes?«

»Gringo Hereje. Er ist gerade Achter geworden, ein Junge aus der Box sagt, daß er es im sechsten Rennen morgen macht. Der Junge weiß, was er sagt. Der ist kein Dummkopf und kein Schwätzer.«

»Und was meinst du dazu?«

»Rennen sind Rennen, alle Pferde haben vier Hufe und fressen Hafer. Dem einen haben sie den Trübsinn ausgetrieben, und es rennt, wie es soll. Dem Fisch macht es nichts aus, im Wasser zu sein. Kurz, wie mein Papa zu sagen pflegte, im Krieg hat man mehr verloren.«

»Sieh zu, daß das was bringt«, sagte ich zu ihm, während ich ihm fünf Tausenderscheine gab.

»Das wird garantiert 'n Gewinn, Don«, sagte er zufrieden, während er die Scheine mit besonderer Begeisterung zählte.

Ich überließ Anselmo seinen Zeitungen und pferdesportlichen Berechnungen, die den Stammbaum mütterlicherseits, das Gewicht von Gringo Hereje bei den letzten vier Rennen und ein paar zweifelhafte Läufe auf zweihundert Meter Distanz mit einem angehenden Jockey mit einbezogen.

Ich fuhr zu Stevens' Wohnung hinauf, in der wie üblich ein schwerer Knoblauchgeruch hing, der die Luft und den Atem des Blinden durchtränkte. Ich traf ihn am Fenster zur

Calle Aillavillú sitzend an, wo er vielleicht darauf wartete, daß ein Wunderstrahl dem Dunkel ein Ende bereitete. Er hatte eine dickbäuchige Pfeife zwischen den Lippen und ein Buch in Braille auf dem Schoß. Seine rechte Hand fuhr über das Buch, und seinem konzentrierten Gesichtsausdruck zufolge schien ihn die Lektüre zu interessieren.

Ich hustete leicht, blieb in zwei Metern Entfernung von ihm stehen und wartete auf ein Zeichen, näher zu treten, während aus dem Nebenzimmer die mächtige Stimme Mario del Mónacos mit einer Arie aus dem Bajazzo ertönte.

»Setz dich«, befahl er, klappte das Buch zu und nahm die Pfeife in die Linke. »Ich dachte, es würde länger dauern, bis du kommst.«

»Seit wann kontrollierst du mich?«

Stevens atmete tief, als filtere er einen bestimmten Geruch aus der abgestandenen Luft des Zimmers heraus. »Du hast wieder diese unsägliche Mischung aus Bier und Whisky getrunken«, sagte er. »B&B. Bécker und Ballantine's. Oder irre ich mich?«

»Du weißt, daß du recht hast, verdammt noch mal. Wie machst du das bloß?«

»Zehn Jahre hinterm Tresen, Heredia. Mein Vater war Barmann im Black and White, als es die Bar in der Casa Colorada noch nicht gab, wenige Meter von der Plaza de Armas entfernt. Meine Mutter arbeitete auch. Daher nahm mich der Alte am Schlafittchen mit in die Bar. Ich saß hinter dem Tresen und hörte den Gesprächen der Kunden zu. Zuerst lernte ich, mich an ihre Stimmen zu erinnern und an die Namen der Stammkunden. Dann brachte ich die Getränke, die sie bestellten, mit den Gerüchen zusammen. Ich konnte am Ende Biersorten, Weine und ein halbes Dutzend Liköre und Schnäpse nach Marken unterscheiden. Einige Kunden bezahlten sogar, um mein Können auf die Probe zu stellen. Sie zeigten meinem Vater einen Schnaps, und ich mußte ihn erkennen. Ich habe sie nie enttäuscht, Heredia.«

»Du überraschst mich immer wieder.«

»Und nicht nur Schnäpse. Als ich fünfzehn Jahre alt war, hatte ich ein intimes Verhältnis mit der Frau eines Elektrikers, der im selben Hinterhof lebte, in dem mein Vater drei Zimmer vermietete. Es war meine erste Frau. Sie hatte einen Geruch, den ich nie vergessen werde. Ein saurer Geruch, der aus ihrem Körper aufstieg. Ich konnte ihr nur vom Geruch geleitet durch alle Zimmer folgen. Und es war nicht nur der Duft. Ihre Möse schmeckte nach Zitrone und war immer feucht, sehnsüchtig. Wußtest du, daß jede Frau ihren eigenen, besonderen Geschmack hat? Ja, lächle nicht. Einmal, in einem Puff in der Calle Ricarte, habe ich es ausprobiert. Da waren drei Frauen, mit denen ich zuvor schon zusammengewesen war. Ich habe nur zwischen ihren Beinen gerochen und ihre Namen geraten, ohne ihre Stimmen zu hören oder sie zu liebkosen. Für sie war es eine ganz besondere Nacht, und ich gewann eine Wette, die ich mit einem Türken abgeschlossen hatte, der auf Blonde und Rennpferde stand. Du findest das unwahrscheinlich? Das ist es nicht, Heredia. Ich genieße die Welt mit den Sinnen, die ich habe. Du erinnerst dich sicher anhand ihrer Augenfarbe an die Frauen. Ich nehme ihre Düfte auf und bewahre sie mir.«

»Ich verneige mich vor deinen Fähigkeiten.«

»Sei nicht ironisch. Ich wollte dir nur zeigen, daß es nicht gut ist, auf den Schein zu vertrauen, wenn man zur Wahrheit gelangen will. Das gilt auch für deine Arbeit. Es gibt Beweise, sicher. Aber vergiß die Intuition nicht, die Erinnerungen, das Begehren.«

»Warum hast du mich holen lassen, Stevens?«

»Ich wollte wissen, wie du in der Sache mit deiner Freundin weitergekommen bist. Fernanda, nicht wahr?«

»Fernanda Arredondo.«

»Die Frau, die am nahsten dran war, dich einzufangen.«

»Ich habe es dir irgendwann schon mal haarklein erzählt. Sie war fröhlich, intuitiv, stark, fähig, ruhig zu sein. Nur hat sie einmal gelogen, und das habe ich ihr nicht verziehen. Weshalb? Man verzeiht Fremden so viele Lügen, aber denen, die man liebt, niemals. Die Liebe verlangt Vollkommenheit. Sie ist intolerant und ausschließlich, und aus diesem Grund zerbrechlich.«

»Man könnte meinen, du bist die Titelseite eines dieser Selbsthilfebücher. *Tun Sie alles ohne Hilfe anderer. Glücklich in zehn Klavierstunden. Freiheit und Grenzen in der Liebe.* Verdammt noch mal, Heredia! Laß uns über wichtige Dinge reden. Was hast du herausbekommen?«

»Mir geht das Waffenthema nicht aus dem Kopf. Darüber schrieb Fernanda in ihren letzten Artikeln. Außerdem hat sie, wie Solís erfahren hat, eine Freundin, mit der sie, ein paar Stunden bevor sie starb, zu Abend gegessen hat, nach Hillerman gefragt.«

»Wenn du meinst, daß Waffen der rote Faden sind, folge deiner Intuition.«

»Ein langer und vager Faden.«

»Hast du Blest aufgesucht? Ich sagte dir doch, er ist jemand, der viel über dieses Thema weiß.«

»Ich hatte wenig Zeit.«

»Dein Besuch läßt dir keine Zeit. Ich wußte nicht, daß du auf junge Mädchen stehst.«

»Sie ist die Schwester eines Freundes.«

»Und was ändert das? Im Haus redet man über nichts anderes mehr. Mir hat es Señora Hortensia erzählt, die Frau vom Hausmeister.«

»Klatschbase! Bekommt sie auch deine Therapien?«

»Sie kommt immer, um mir zu erzählen, wie sehr sie sich in ihrer Wohnung langweilt. Klagen über Klagen. Die Mieter, die Rechnungen, die Stellung der Sterne. Jede Menge Neurosen. Sie erscheint zweimal die Woche, und so bin ich, was das Geschehen im Haus betrifft, immer auf dem laufenden.«

»Jeder amüsiert sich, wie er kann.«

»Erzähl mir von dem Mädchen, Heredia.«

»Sie ist jung und hübsch.«

»Das ist sehr ungenau. Ich möchte Einzelheiten.«

»Kurzes Haar und dunkle Augen.«

»Einzelheiten, Heredia.«

»Und alles, was du dir vorstellst.«

»Du sagtest, sie sei die Schwester eines Freundes...«

»Juán Ordóñez.«

»Mambrú, ich erinnere mich an ihn«, sagte Stevens, und nach einer Pause zum Pfeifestopfen fügte er hinzu: »Apropos Freunde, ich habe mit Dagoberto Solís gesprochen. Er wollte zu dir, aber da du nicht da warst, hat er bei mir reingeschaut.«

»Kennt ihr euch?«

»Niemand, der sich in diesem Viertel bewegt, ist mir fremd.«

»Hat er etwas gesagt?«

»Nichts Besonderes«, antwortete Stevens. »Doch er macht mir Sorgen. Er ist müde, hat Angst. Er ist nicht fürs Alleinleben geschaffen.«

»Ihr habt über seine Frau gesprochen.«

»Und auch über die Toten im Comet.«

»Dann weißt du also soviel über den Fall wie ich.«

»Als er ging, fiel mir eine Nachricht ein, die Anselmo mir vor drei Wochen vorgelesen hat. Ich habe Señora Hortensia gebeten, mir die Zeitung zu besorgen«, sagte Stevens und wies auf den Tisch in der Mitte des Zimmers. »Seite elf.«

Das nordamerikanische Unternehmen Plantjet wurde seitens der Regierung des Landes wegen illegalen Verkaufs von Zirkonium an das chilenische Unternehmen Proden angeklagt, las ich. *Zirkonium dient zur Herstellung von hochwirksamem Sprengstoff, daher untersagen die Gesetze der Vereinigten Staaten jeglichen Handel ohne Zustimmung der Verteidigungsorgane.*

»Jeder, der regelmäßig Zeitung liest, weiß, was Proden macht. Es ist kein Geheimnis, und außerdem hat Proden, wie es scheint, seine Aktivitäten eingestellt.«

»Korrekt. Das Unternehmen will mit dem Zirkoniumgeschäft auch nichts zu tun haben. Es handle sich um eine Unterstellung.«

»Es wäre nicht das erste Mal, daß der Unternehmer lügt.«

»Ich glaube, er sagt die Wahrheit und es haben tatsächlich andere die Hände im Spiel. Wie? Und inwiefern? Ich weiß es nicht, Heredia. Aber wenn die Vereinigten Staaten beunruhigt sind, dann muß es sich um etwas Bedeutsames handeln. Nehmen wir einmal an, Proden hat die Waffenproduktion aufgegeben und dieser Raum könnte von anderen Unternehmen besetzt werden, dann erweitern sich die Möglichkeiten.«

»Waffen!«

»Das ist alles, was du bis jetzt hast. Blest kann dich über das Thema weiter aufklären. Sprich mit ihm«, ließ Stevens nicht locker. »Vertrau meinem Rat.«

»Blest«, murmelte ich, und mir rann ein kalter Schauer über den Rücken.

»Und sag deinem Mädchen, es soll mich mal besuchen.«

»Zuerst erzähl mir, wer Blest ist.«

3

Als ich in die Wohnung kam, konnte ich nicht einfach in mein Zimmer, zu meinem Bett gehen und mich bäuchlings darauf legen, wie ich es sonst immer tat, wenn ich die Trunkenheit vertreiben, lesen wollte, oder ganz einfach, wenn ich traurig war und meine ganze Umgebung grau wie ein Winternachmittag schien.

Griseta saß auf dem Bett in ihrem Zimmer. Mit dem Kopf, der zwischen den Beinen hing, und ihren über dem Nacken verschränkten Händen wirkte sie wie eine kaputte Puppe. Ich kam näher und berührte ihr Haar mit meinen Fingern. Sie hob den Kopf und sah mich mit verweinten Augen an, bis eine Grimasse über ihr Gesicht glitt.

Ich bot ihr eine Zigarette an und setzte mich neben sie. »Ich glaube, du solltest mit jemandem reden«, sagte ich.

Ihre dunklen Augen blickten durch mich hindurch. Sie

lehnte ihren Kopf auf meine linke Schulter, und meine Hände wurden zu toten Gewichten. Schließlich nahm ich sie in den Arm und suchte in einem tiefen Zug an der Zigarette Hilfe.

»Du riechst nach Bier«, sagte sie ohne Vorwurf. »Als ich klein war, lehnte ich mich an die Brust meines Vaters, um seinen Geruch nach Zigaretten und Wein einzuatmen.«

»Die Erinnerung sucht stets eine Zuflucht.«

»Es gab Zeiten, da litt ich darunter, mich nicht an Juan erinnern zu können. Die Fotos reichten nicht, und es fiel mir schwer zu begreifen, daß die Erinnerungen sich vor dem inneren Auge eines jeden wiedererschaffen. Ich nahm nicht hin, daß es ihn nicht mehr gab und die Bilder seines Gesichts immer verschwommener werden würden. Man stellt sich nie vor, die Menschen, die man liebt, zu verlieren.«

»Letztlich ist die Vergangenheit nichts als ein Gefühl. An nichts erinnert man sich so, wie es einmal war.«

»Mein Vater hat mir verboten, von Juan zu sprechen. Als wir nach Talca gezogen sind, hat er alles getan, damit niemand von ihm wußte. Er meinte, es könnte uns Probleme bringen. Anfangs dachte ich, er hätte Angst, Kunden zu verlieren oder daß sie unser Haus durchsuchen würden, wie sie es in Santiago so häufig getan hatten. Dann fand ich heraus, daß es etwas anderes war. Juan hatte ihn enttäuscht. Der Alte ist in seinen Vorstellungen etwas antiquiert. Er denkt, der älteste Sohn muß die Familie weiterbringen. Und daher sollte Juan einen Beruf haben, sich auszeichnen und nicht die Schinderei auf sich nehmen, die er in seinem Leben durchstehen mußte. Er glaubte – und glaubt es noch heute – Juan schulde ihm etwas.«

»Ich nehme an, das wollen alle Väter. Das Problem ist nur, daß die Kinder wachsen und sich damit immer weiter von ihnen entfernen. Es fällt ihnen schwer zu begreifen, daß es andere Leben sind«, sagte ich und war überrascht, mich über ein Thema reden zu hören, zu dem ich weder Kenntnisse noch Erfahrungen beisteuern konnte.

»Mein Vater litt unter Juans Tod. Zwischen den beiden gab es besondere Bande. Ich bin sicher, das ist mit deinem Vater das gleiche gewesen.«

»Ich habe ihn nie kennengelernt. Er muß wie einer dieser Seeleute von Neruda gewesen sein, die küssen und dann gehen. Ich wuchs in einem von Priestern geleiteten Internat auf. Eine Tante besuchte mich zweimal im Jahr und brachte mir Hemden und Hosen, die ihre Söhne nicht mehr trugen. Sie hat nie von meinem Vater gesprochen.«

»Und deine Mutter?«

»Sie starb, als ich drei Jahre alt war. An sie kann ich mich auch nicht erinnern.«

»Tut mir leid«, sagte Griseta. »Ich frage immer zuviel.«

Wir schwiegen, und ich versuchte, mich daran zu erinnern, wann ich das letzte Mal von meinen Eltern oder den endlosen Nachmittagen im Internat gesprochen hatte, in denen ich keinen anderen Zeitvertreib hatte, als durch die düsteren Korridore zu laufen, die von einem Geruch nach Wachs, Weihrauch und ranzigem Essen durchdrungen waren.

»Heute wollte ich dir eine frohe Nachricht bringen«, sagte Griseta. »Erst war ich im Finanzunternehmen und dann in der Jobagentur, deren Anzeige ich in *La Tercera* gesehen hatte. Beides war ein Fehlschlag. In der Agentur bediente mich eine große, knochige Frau. ›Ich habe nichts für dich‹, sagte sie, nachdem sie mich befragt hatte. ›Zu intelligent, um in einem Imbiß zu arbeiten, und zu schlampig, um als Sekretärin zu arbeiten.‹ Die blöde Gans! ›Magst du tanzen?‹ hat sie mich gefragt. ›Ich weiß, wo attraktive Mädchen gebraucht werden, und du könntest viel Geld verdienen.‹ Bevor ich gegangen bin, habe ich ihr auf den Schreibtisch gespuckt.«

»Was hattest du erwartet?«

»Eine Gelegenheit, zu arbeiten und aus deiner Wohnung auszuziehen.«

»Keiner bittet dich darum, und keiner drängt dich.«

Griseta blickte mir in die Augen, und ich fürchtete in ihnen mehr als Dankbarkeit zu entdecken. Vielleicht war es ja nur Einbildung, oder vielleicht dachten wir beide das gleiche. Ich ahnte ihre nächste Bewegung und rückte von ihr ab.

»Hast du Hunger?« fragte ich und ging zur Tür.

»Willst du kochen? Was kannst du denn überhaupt kochen?« fragte sie munterer.

»Knoblauch in Öl anbraten. Gewürze und mehrere Stücke Filet hinzufügen und am Ende alles mit viel Champignons bedecken.«

»Das kannst du?«

»Ich glaube, ich habe es geträumt oder in einem Roman gelesen.«

Vor lauter Reden über das Essen endeten wir schließlich in einem koreanischen Restaurant Ecke Santa Rosa/Alameda, in dem wir, von einem räudigen Neonschild geleitet, landeten, das den Eingang beleuchtete. Es war düster und stickig von den Dämpfen, die aus den auf den Tischen der Gäste aufgestellten Kochtöpfen aufstiegen. Ich fühlte mich wie auf einem anderen Planeten, von asiatischen Gesichtern und fremden Blicken umgeben. Wir bestellten ein Gericht, das wir aufs Geratewohl auf der speckigen Karte ausgesucht hatten. Nach einer halben Stunde stellten sie eine Sammlung von Schälchen mit in scharfer Chilisoße eingelegten Mangoldstengeln, gebratenen Sardinen, gekochtem Mais, kaltem Reis und kleinen, mit Schweineleber gefüllten Teigtaschen vor uns hin.

»Kommst du öfter hierher?«

»Das erste Mal.«

»Das dachte ich mir, als ich dein Gesicht sah.«

»Essen wir oder gehen wir?«

»Guck erst mal zur Tür«, sagte Griseta und zeigte auf zwei kräftige Koreaner, die über die Ruhe in der Pinte wachten. »Ich glaube nicht, daß die was für Zechpreller übrig haben.«

Ich zuckte entmutigt mit den Schultern und probierte die Teigtaschen. »Gar nicht so übel«, erklärte ich, denn ich war auf das Schlimmste gefaßt gewesen.

Griseta begann den Inhalt aller kleinen Schälchen zu probieren und aß schließlich mit dem Appetit eines Lastwagenfahrers. Ich bestellte ein Bier und verputzte die restlichen Teigtaschen.

»Laß uns einen Spaziergang durch das Viertel machen und über eine Arbeit sprechen, die ich für dich habe«, sagte ich nach dem Kaffee.

»Du hast mir schon genug geholfen. Das Zimmer, deine Gesellschaft. Seit langem habe ich mich nicht so wohl gefühlt. ›Sicher‹, das ist das richtige Wort. Wenn ich allein bin und das Gefühl habe, gleich traurig zu werden, dann denke ich an dich. Wie findest du das?«

»Andere Leute denken an Schokolade oder Alkohol«, meinte ich ausweichend.

»Juan hatte recht, als er schrieb, man könne Heredia vertrauen.«

»Es gibt viele vertrauenswürdige Menschen.«

»Stört dich, was ich gerade gesagt habe?«

»Ich brauche deine Mitarbeit«, ließ ich nicht locker, während wir am Fuß des Cerro de Santa Lucía in Richtung Parque Forestal gingen.

Die Dämmerung war heimelig. An uns kamen Pärchen von Arbeitern und Angestellten vorbei, die sich in eine kurze Umarmung geflüchtet hatten, bevor sie nach Hause zurückkehrten.

Wir blieben vor einem Drehorgelspieler stehen, und ich kaufte eine bunte Windmühle, die lustlos ihre Flügel drehte. Ich gab sie Griseta, und sie lächelte wie auf dem Foto, auf dem sie neben dem letzten Mambrú zu sehen war.

»Dein Bruder war tatkräftig«, sagte ich. »Er ergriff die Initiative, während die anderen Ausflüchte erfanden oder ebenso ausgeklügelte wie unnötige Analysen zur Korrelation der Kräfte oder über das Bewußtsein der Massen machten. Es waren beschissene Jahre. Und heute frage ich mich immer wieder, ob so viele Opfer sich überhaupt gelohnt haben. Ob es nicht besser gewesen wäre, ruhig abzuwarten, die anderen kämpfen zu lassen. Doch ich glaube, wir würden wieder genauso handeln, mit allen Irrtümern und Erfolgen, Ängsten und anonymer Tapferkeit.«

»Das Problem ist, daß sie verloren haben.«

»Viele von denen, die heute im Senat oder den Ministerien sitzen, verdanken es Leuten wie Juan. Denen, die damals ihr Gesicht gezeigt und den Mund aufgemacht haben. Die Diktatur hat nicht aus eigenem Willen irgend etwas aufgegeben.«

»Sei doch nicht blöd, Heredia. Triumphiert haben die, die immer schon da waren.«

»Niemand kann sich vom tauben Feuer befreien.«

»Du redest wie die Freunde meines Bruders. Purer Quatsch. Warum sein eigenes Leben für andere, Namenlose, Fremde kaputtmachen, die nicht einmal verstehen, was du willst? Heute interessiert sich niemand mehr für Schlagworte und Reden. Die Leute haben nur noch McDonald's und Shoppingcenter im Kopf. Wollen nicht von den Händlern im Tempel befreit werden. Sie wollen sich nur so gut wie möglich verkaufen und so viel wie möglich kaufen. Ich gehöre weder zu denen noch zu deinen Leuten. Ich will leben, ohne daß mich jemand belästigt oder mich benutzt.«

Ich sah sie wortlos aus dem Augenwinkel an. Was konnte ich sagen? In den alten Glaubenssätzen herumstochern? Aus ihnen das Geltende, Wertvolle herauspicken? Sie aufsagen, bis sich das Karussell wieder einmal gedreht hatte? Und wenn es keine nächste Runde gab? Wenn die Ideen zu undeutlichen Spuren oder Gleichgültigkeit wurden?

Wir würden bei anderer Gelegenheit darüber reden, wenn das Echo Fernandas verklungen und ich in der Lage sein würde, um mich zu blicken und zu wissen, wo ich stand.

Meine Füße sanken im Rasen ein. In der Ferne hörte man den Río Mapocho vor sich hin murmeln. Die tiefrote Sonne versank hinter einem Horizont aus alten Fassaden, während vier Kinder hinter einem Plastikball herliefen.

Ich wies auf eine Parkbank, und wir setzten uns schweigend.

»Laß uns über die Arbeit sprechen«, sagte ich nach einer Weile.

»Du brauchst gar keine Hilfe. Du hast irgendeine Arbeit erfunden, nachdem ich dir das von der Alten in der Job-Agentur erzählt habe. Du hast bereits genug für mich getan, Heredia.«

»Wie steht's bei dir mit dem Lesen?« fragte ich, ohne mich um ihre Bemerkung zu kümmern. »Ich möchte, daß du in die Biblioteca Nacional gehst und Nachrichten über die Herstellung und den Verkauf von Waffen in Chile kopierst.«

»Machst du Witze?«

»Aus einer oder zwei Zeitungen. Nachrichten über Waffen in den letzten sechs Monaten. Vor allem Artikel, in denen der Name Hillerman erwähnt wird.«

»Hillerman? Wer ist das? Warum ist der so wichtig?«

»Dazu muß ich weiter ausholen«, sagte ich, während ich auf das letzte bißchen Sonne am Horizont schaute.

Griseta sah mich ungeduldig an, und ich erzählte ihr die Geschichte von Fernanda. Später gingen wir zur Wohnung zurück, und als wir am Eingang angekommen waren, sagte ich ihr, ich hätte noch was zu tun. Sie blickte mich erstaunt an und schaute auf die Uhr. Es war fast zehn Uhr nachts. Wir waren handelseinig geworden, waren durch die Calle Huérfanos flaniert und hatten den fliegenden Händlern und Gauklern zugesehen, die die Aufmerksamkeit der müden Passanten zu einer Stunde auf sich zogen, in der das Neonlicht wieder zum Leben erwachte, das die besten Orte angab, um die einsamen Mädchen der Nachtclubs zu umarmen.

Ich kannte das Stadtzentrum und seine dunklen Durchgänge, die zu Billardsalons führen, in denen man Koksbriefchen kaufen und mit Typen handeln konnte, die die erotischen Dienste von zerlumpten Mädchen feilboten. Ich flanierte immer wieder durch diese Lasterhöhlen, um mich daran zu erinnern, daß die Realität perverser ist, als man sich vorstellt. Und hatte mich mehr als einmal den unbequemen Schlägern in schwarzen Lederjacken stellen müssen.

»Es ist zu spät, um noch auf der Straße zu sein«, sagte Griseta.

Ich schüttelte den Kopf, und sie lächelte.

»Wirst du jemanden besuchen?« ließ sie nicht locker.

»Vielleicht«, sagte ich, um ihre Neugier anzufachen.

»Armer Heredia. Er hat Besuch zu Haus und kann seine kleine Freundin nicht mitbringen. Ist es das?«

»Vielleicht«, meinte ich noch einmal und genoß den roten Farbton, den Grisetas Wangen annahmen.

»Ist sie hübsch?«

»Ich glaube nicht.«

»Du glaubst es nicht?«

»Es ist ein Er und keine Sie.«

»Er?«

»Geschäfte.«

»Kann ich dich begleiten?«

»Kleine Mädchen sollten sich um diese Zeit nicht auf der Straße rumtreiben.«

Griseta machte eine ärgerliche Handbewegung und ging schnell in die Wohnung.

»Falls Solís anruft, erwähn das Dalia Negra«, konnte ich noch gerade sagen, bevor sie verschwand. Und dann fand ich den Lada, der neben der präpotenten Farbverirrung eines Metallic-Mazda parkte.

Als ich ins Dalia Negra kam, bestellte ich, nachdem meine Augen sich an die Dunkelheit gewöhnt hatten, beim blonden Jüngling, der am Tresen bediente, einen Stolichnaya mit Eis und beobachtete die Tische, an denen Paare sich anlächelnder Typen beieinandersaßen. Einige tranken, die meisten redeten miteinander oder starrten auf den riesigen Video-Bildschirm, auf dem ein paar Rocker sich mit außergewöhnlicher Begeisterung wiegten.

Ich schaute den Blonden vom Tresen an und fragte ihn nach dem Freund von Pedro Tamayo.

»Percy?« fragte er seinerseits und versuchte ein paar Sekunden zu gewinnen, bevor er sich entschied, ob es ratsam war, mir zu vertrauen oder nicht.

»Ich bin kein Bulle und werde dir auch nicht viel Zeit stehlen. Ich habe eine Nachricht von einem Freund.«

Er lächelte und zeigte auf einen Tisch, an dem ein schlanker Typ mit Halbglatze Patiencen legte. Ich dankte ihm, nahm mein Glas und ging hinüber.

»Ich heiße Heredia und stelle Nachforschungen über den Tod von Pedro Tamayo an«, sagte ich ohne weitere Vorreden.

Percy riß überrascht die Augen auf und deutete ein nervöses Lächeln an.

»Nichts Unangenehmes für Sie«, fügte ich hinzu und begann mein Telefongespräch mit dem Bruder des Kochs zusammenzufassen.

Ich war überzeugend, und Percy hörte aufmerksam zu, war immer bereiter, auf meine Fragen zu antworten. Ich dankte ihm und schaffte mit einem Wodka-Tonic wieder Distanz zwischen uns, und sein Lächeln wurde entspannter.

»Ich vermisse ihn«, sagte er. »Wir haben uns in dieser Bar kennengelernt, mich hat seine Einsamkeit angezogen, die Einsamkeit eines Mannes, der fern von seiner Familie eine Arbeit machte, die im Grunde nicht seine Sache war. Er hatte ein mieses Zimmer gemietet, und dennoch war sein Optimismus unerschütterlich.«

»Nicht alle waren ihm so wohlgesinnt.«

»Sein Tod war ein Unfall.«

»Unfall?«

»Er war zum falschen Zeitpunkt am falschen Ort«, sagte Percy.

»Ich habe so meine Vermutungen«, entgegnete ich und erzählte ihm von Fernanda, ihrer möglichen Verbindung zu Hillerman und sprach auch die Homosexuellen an, die Pompeyo angeblich umgebracht hatten.

Ich beobachtete sein Gesicht und sah keine besondere Regung darin. Nur die Maske eines Menschen, der gewohnt war, Tag für Tag etwas vorzutäuschen, nur in dieser Bar nicht.

»Wir führen uns nicht so auf«, sagte Percy.

»Wer?«

»Die Freunde von Pompeyo, die in diese Bar gehen.«

»Vielleicht hatte er andere...«

»Nein«, fiel mir Percy ins Wort. »Er war treu und zurückhaltend.«

»Und?«

»Ich habe Ihnen doch bereits gesagt, daß es ein Unfall war.«

»Sie haben es gesagt, aber nicht erklärt.«

Er wedelte mit einem seiner Arme, um den Kellner herbeizurufen, bestellte einen trockenen Martini und wartete, bis er serviert worden war, bevor er wieder etwas sagte.

»Pompeyo war in der Nacht, als der Gringo getötet wurde, hier in dieser Bar. Das war ungewöhnlich, denn er kam normalerweise nicht wochentags. Er war nervös, und ich merkte sofort, daß er etwas erzählen wollte, es aber nicht wagte. Ich sprach ihn darauf an, doch er meinte, es sei besser, ich wisse von nichts. Ich habe die ganze Nacht gebohrt, und erst als wir zu mir nach Hause gingen, beschloß er, sich von seiner Angst zu befreien. Er erzählte, was er im Hotel gesehen hatte. Er hatte Fleisch gebraucht und war auf dem Weg in den Kühlraum. Als er aus der Küche kam, sah er drei Typen, die eilig durch den Notausgang verschwanden. Damals wußte er noch nichts vom Gringo, doch zwei der Männer waren ihm vertraut, er erkannte sie.«

»Zwei?«

»Es gibt da Dinge, die Sie nicht wissen, Heredia. Sie sind vor langer Zeit geschehen. Anfang 1974 hat sich Pompeyo mit einem Mann aus Uruguay angefreundet, der Medizin studierte und der Tupamaro-Bewegung angehörte. Ich weiß nicht, was er hier in Chile tat, doch nach dem Putsch machten die Militärs in den Universitäten Razzien auf Ausländer. Die Polizei suchte nach dem Uruguayer in der Medizinischen Fakultät, im Krankenhaus, wo er arbeitete, und schließlich durchsuchten sie die Wohnung, in der er mit Pompeyo lebte. Der Tupamaro war zu dem Zeitpunkt nicht da. Pompeyo aber war dort. Sie nahmen ihn fest, und er war drei Wochen in der Villa Grimaldi, bevor er seine Häscher davon überzeugen konnte, daß er weder Guerillero war noch mit Waffen handelte.«

»Was hat diese Geschichte mit Pompeyos Angst zu tun?«

»Er kannte einen der Männer sehr gut.«

»Gefangener in der Villa Grimaldi?«

»Folterer.«

»Wissen Sie, wie er heißt?«

»Perro Negro.«

»Perro Negro? Niemand heißt so.«

»Ich nehme an, es war ein Deckname.«

»Das könnte seinen Tod erklären«, dachte ich laut. »Er erkannte diesen Typ wieder, und der fürchtete, er könnte ihn verraten. Das scheint alles zusammenzupassen.«

»Er sagte, er habe zwei Männer erkannt: Der zweite war Gast im Hotel. Er nannte ihn den Kubaner.«

»Kubaner. Einfach nur so?«

»Ja.«

»Hat er Ihnen noch etwas erzählt?«

»Ich kann mich an nichts weiter erinnern, aber Pompeyo hatte große Angst.«

»Und Sie?«

»Ein paar Bullen sind nach seinem Tod hier aufgetaucht. Im Hotel wußte man, daß Pompeyo in diese Bar ging. Sie stellten den Kellnern Fragen und haben auch mit mir geredet. Aber ich hab was gegen Bullen und habe ihnen nichts gesagt.«

»Mit mir sprechen Sie aber.«

»Sie flößen mir Vertrauen ein, genau wie der Anwalt, den

ein paar Freunde und ich beauftragt haben, eine gerichtliche Untersuchung des Falls voranzutreiben. Er heißt Raimundo Ortega, und wenn Sie daran interessiert sind, kann ich Ihnen auch die Adresse seiner Kanzlei geben.«

»Aber gern«, sagte ich verwirrt.

»Noch ein Glas?«

»Gibt es sonst noch etwas?«

»Ich habe mit Pompeyo in jener Nacht nur kurz über dieses Thema gesprochen. Der Rest geht nur ihn und mich etwas an.«

»Wissen Sie, wo er wohnte?«

»Natürlich. Doch wir haben all seine Sachen aus der Wohnung geholt, und soweit ich weiß, ist sie bereits wieder vermietet. Es bringt Ihnen nichts, die Adresse zu kennen.«

»Hat er Tagebuch geführt oder so was?«

»Seine einzigen Hobbys waren Postkartensammeln und Opernhören. Wenn Sie die Postkarten sehen wollen, können Sie in meine Wohnung kommen. Ich habe alle mitgenommen, bevor die Geier sich darauf stürzen konnten. Tausende ...«

»Ich überleg es mir«, sagte ich ohne Interesse. »Und solange ich das tu, nehme ich gern noch einen Drink an.«

Percy lächelte und winkte den Kellner, der uns bediente, abermals mit einer ausladenden Geste herbei.

Als ich La Dalia Negra verließ, tanzte auf dem Bildschirm ein Paar vor einem Horizont aus Sand, der so falsch war wie die Versprechen eines Ministers. Ich sog die Rauchwolke eines nahen Joints ein und sah, bevor ich aus der Bar trat, ein letztes Mal zu Percy hinüber. Er hatte ein neues Glas vor sich stehen und sich wieder seinen Karten zugewandt.

Ich brauchte ein paar Minuten, bis ich den Platz wiederfand, an dem ich den Lada gelassen hatte. Ich fand ihn zwischen zwei Daewoos, und kaum war ich eingestiegen, kam schon einer dieser geisterhaften Bettler an, die auf die Wagen aufpassen. Er war klein, trug zwei Jacken und zwei Brillen übereinander, was ihn zu einem Weltraumreisenden der schlimmsten japanischen Science-fiction-Filme machte. Ich kurbelte das Fenster runter und gab ihm zwei Hundertpesomünzen, die er verächtlich anschaute.

»Hier gilt ein anderer Tarif«, sagte er.

»Tarif?«

»Nachttarif und Extratarif für stark besuchte Gegend«, fügte der Mann hinzu und rückte seine Brillen zurecht.

»Wieviel?«

»Fünfhundert!« Er streckte seine dreckigen Hände aus.

Genug für heute, dachte ich, das war der Gipfel, doch als ich nach einer halben Stunde Fahrt zu Hause ankam, merkte ich, daß ich mich geirrt hatte.

4

Ich öffnete die Tür und hörte Simenon, der sich zwischen meinen Beinen hindurchschlängelte, um gleichzeitig sich selbst und mich zu liebkosen. Ich machte das Spiel mit, nahm ihn dann in beide Hände und hob ihn bis auf Augenhöhe. Seine Augen glühten furchtlos und sagten mir, daß in der Wohnung alles ruhig war, reglos wie alte Spinnenweben.

»Alles in Ordnung?« fragte ich und nahm am Schreibtisch

vor drei Briefumschlägen Platz, die jemand der Größe nach geordnet hatte.

»Griseta?«

Simenon nickte leicht. Ich riß den größten Umschlag auf und holte eine Aufforderung heraus, einer Gesellschaft von Privatermittlern unter der Ägide von zwei Firmen beizutreten, deren schmierige, zum größten Teil während der Regierung Aylwin aus dem Geheimdienst entlassene Kerle sich Spitzeldiensten widmeten. Typen, die wie abgehalfterte Rambos aussahen und untreue Ehemänner überwachten und erpreßten; die Ansätze gewerkschaftlicher Arbeit ausspionierten, im Auftrag von Besitzern großer Ketten; oder nächtelang hinter ein paar Gramm Kokain her waren. Ich kannte zwei oder drei von ihnen von Übergriffen gegen Oben-ohne-Mädchen aus dem Caracol Bandera, sie hatten die Mädchen gezwungen, Schutzgeld zu zahlen oder bei Festen ihre Gäste zu unterhalten. Die Mädchen hatten sich an mich gewandt, ich hatte Schläge ausgeteilt, um jene von meinen Freundinnen fernzuhalten, auf deren schwarzen Listen ich nun einen herausragenden Platz einnahm.

Ich zerknüllte den Brief und warf ihn mit meiner Trefferquote eines vom Alter, den Kilos und zuviel Zigaretten besiegten Basketballspielers in den Papierkorb.

»Zum Teufel mit diesen Kerlen«, sagte ich, während ich die übrigen Briefe öffnete, die Werbung für Büroeinrichtung, Radios und Computer enthielten.

»Das war keine gute Idee, eine Anzeige in die Gelben Seiten zu setzen«, hörte ich Simenon sagen. »Vorher haben wir nicht so viel unnützes Papier erhalten.«

»Soweit ich mich erinnere, warst du begeistert.«

Simenon, rückte von mir ab und schaute mich ärgerlich an.

»Aber ich habe das Formular ausgefüllt«, fügte ich versöhnlich hinzu.

»Anstatt hier rumzuschimpfen, solltest du dich um deinen Besuch kümmern.«

»Was ist mit ihr los?«

»Sie ist traurig. Sie ist die ganze Zeit in der Wohnung herumgetigert, hat alles saubergemacht, was ihr in die Finger kam, und dabei Rockergebrüll gehört.«

Die Tür von Grisetas Zimmer war geschlossen, es drang kein Lichtschein heraus.

»Sie schläft«, sagte Simenon.

»Das sollten wir auch tun«, meinte ich, während ich ein paar Eiswürfel aus der Küche holte und sie mit einem ordentlichen Schluck Wodka bedeckte. Dann ging ich ins Bad, drehte die Dusche auf und stellte mich mit dem Schnaps unter den eisigen Strahl, bis meine Haut rot war und ich meine wirren Gedanken wieder einigermaßen auf die Reihe brachte. Mir wurde bewußt, daß die Ermittlung sich in einem engen Kreis drehte und anders als die Untersuchungen war, zu deren Lösung ich, den Ellenbogen auf den Tresen einer Bar gestützt, mit Hilfe von verarmten Spitzeln oder dadurch gelangte, daß ich dem einen oder anderen finsteren Burschen drohte. Fernanda hatte mich in unbekannte Gefilde entführt, über die der Schatten meiner Schritte sonst nie fiel, fern von jenen Winkeln, in die ich mich frei von jeglichem Ehrgeiz verkroch, um allein zu sein, und in denen ich mein Leben hingebracht hätte bis zum Tage meines Todes; diesem Ende, das im Morgengrauen stattfinden mußte, »der Stunde, in der die sterben, die zu sterben wissen«, wie Roberto Rufino sang. Wie im Tango von Rufino y Ferrer würde ich im Morgengrauen »die Dinge des Lebens sanft bewahren, die Poesie der Abschiede und Kugeln, meinen Tabak, meinen Tango«.

Ich dachte an die Formel S und G – Schweiß und Glück –, die Dagoberto auf seine Arbeit anwandte. Ich ließ das leere Glas mit Wasser vollaufen und trank daraus, bis jeder Millimeter meiner Eingeweide erfrischt war. Da wußte ich, daß mein Ende noch nicht gekommen war und meine einzige Alternative wie bei einem ausgebufften Kartenspieler nur darin bestand, das Schicksal herauszufordern.

Ich kam aus dem Bad. Schwüle Luft drang durch das Schlafzimmerfenster. Die Einsamkeit war vollkommen. Ich legte mich nackt auf mein Bett, während von der Straße her Sprachfetzen und Schritte heraufdrangen, Vollbremsungen, die mir nicht wie in vergangenen Zeiten Angst einjagten, sondern mich nur noch an das Vorübergehen der Jahre, den Schmerz in meinem unabwendbar alternden Körper denken ließen, der in den Nächten nichts Lebendiges mehr hatte, an dem er sich festhalten konnte; fern jeder Magie.

Ich ließ mich als Vorspiel auf einen Dialog mit mir selbst von den Bettüchern streicheln, um zu erkennen, daß, obwohl nichts mehr sein würde wie vorher, die einzig gültige und konsequente Geste die war, sich an die Erinnerung zu klammern. Mit diesem Gedanken versuchte ich einzuschlafen, bis der zögernde Schritt von jemandem, der etwas suchte, auf der Flucht war oder zu überraschen versuchte, mich in die Wirklichkeit zurückholte. Ich tastete nach der

Pistole, und noch bevor ich ihre kalte Haut unter dem Kopfkissen berührte, sah ich den Schatten, der sich durch das Zimmer bewegte. Ein Gesicht, eine vollkommen nackte Gestalt, die sich neben mich fallen ließ, sanft, katzenhaft, zärtlich und brutal zugleich.

Grisetas kleine und feste Brüste liebkosten meinen Bauch, ihr Atem drängte meine Lippen einzuwilligen, und ausgeliefert, wie ich war, versuchte ich, den zarten Eindruck der ersten Begegnung heraufzubeschwören: ihre Worte aus diesem Mund, der meinen suchte, die Zweifel, das Begehren, das jedem ihrer Schritte in den engen Grenzen der Wohnung voranging. Ich umarmte sie, tastete nach ihrem Nacken, der Linie ihrer Schultern, an ihrem festen, ausladenden Hintern entlang zur verborgenen Feuchtigkeit ihrer Scham. Ich küßte ihre winzigen Brüste, und sie klammerte sich an meinen Körper, spannte sich, nahm mein Fleisch in ihrem auf. Ich spürte, wie ihre Haut an meinem Penis entlangglitt, und faßte sie an den Hüften, um ihre Bewegungen meinen Wünschen anzupassen. Was folgte, war die ewige Reise vom Feuer zum Spiel; unwiederholbares Fliehen und Wiederfinden, bis ich merkte, wie sie mich anstarrte, aufmerksam jede Reaktion meines Gesichtes bei diesem kurzen Finale wahrnahm, das den Schatten vorausgeht; dem Schweigen, um keine Erklärung für das Geschehene abzugeben; unseren getrennten Körpern; der Furcht, aufzuwachen und wieder allein zu sein.

Als ich die Augen öffnete, lag sie noch neben mir. Es wurde hell, fahles Licht schien herein und teilte ihren Körper in zwei symmetrische Hälften. Sie lag auf dem Rücken, das Licht streifte die zarte Furche zwischen ihren Brüsten, die vom Vlies bedeckte Scham. Ich küßte sie, und sie hielt die Augen weiter geschlossen, wartete auf meine Worte.

Ich sagte nichts. Ich küßte ihre Füße, ihre Beine, bis ich meine Lippen in ihrem feuchten Geschlecht vergrub. Ich hörte ihre Stimme und suchte ihre Augen, in denen ein strahlendes Lächeln lag.

»Ich wollte dich gern kennenlernen«, sagte sie. »So wie heute nacht und wie jetzt.«

»Es war ein Traum, glaube mir«, sagte ich.

»Was ich gefühlt habe, war real.«

»Ich weiß.«

»Ich weiß nicht, was du jetzt über mich denkst.«

»Ist das wichtig?«

»Nein.«

»Es ist passiert.«

»Und was macht dir dann noch Sorgen?«

»Ich, Sorgen?«

»Du schaust mich an, als fürchtest du eine Strafe.«

»Es war schön, und ich weiß nicht, wie es weitergeht.«

»Dein Alter? Mein Bruder?« sagte sie lächelnd.

»Ich wache nicht jeden Morgen mit einem jungen Mädchen in meinem Bett auf.«

»Wen willst du betrügen?«

Ich lächelte und streichelte eine ihrer Hinterbacken.

»Ist es wirklich das erste Mal?«

»Früher habe ich davon geträumt, wenn ich junge Mädchen wie dich gesehen habe. Ich glaube, ich werde alt.«

»Ich glaube nicht, daß dir das Sorgen macht«, sagte sie und setzte sich, ihre Knie umarmend, mit einem unschuldigen Ausdruck neben mich.

»Schau mich nicht so an.«

»Wie?«

»Als wäre ich gezwungen, eine Beichte abzulegen.«

»Wovor fürchtet sich Heredia, nachdem er ein junges Mädchen verführt hat?«

»Daß die Zeit vergeht und ich eines Tages aufwache und du nicht mehr da bist. Davor, daß nur noch Erinnerungen zurückbleiben.«

»Ich habe Zeit und auch Lust!«

»Worauf?«

»Auf dich, du mißtrauischer Mensch.«

»Nach drei Wochen?«

»Ich wollte dich schon nach einer Stunde.«

Ich nahm sie in meine Arme und küßte sie.

»Sag, daß dir der Gedanke gefällt«, setzte sie nach.

»Bring mich nicht dazu, etwas zu versprechen.«

Griseta sah mich an und küßte mich dann auf die Lippen, bis ich spürte, daß ich die Wohnung verlassen mußte, bevor uns das Verlangen wieder zwischen den Bettüchern zurückhielt.

»Wann bist du drauf gekommen?« fragte ich sie am Tisch im Restaurant, in das wir frühstücken gegangen waren, einem neuen Laden vor der Iglesia Santa Ana, der auf vegetarische und makrobiotische Kost spezialisiert war.

»Gestern abend war ich traurig. Ich war ständig durch die Wohnung gewandert, ohne zu wissen, was ich tun sollte. Deine Dinge kamen mir völlig fremd vor, und ich war der Eindringling, der da war, ohne gerufen worden zu sein«, antwortete sie, nachdem sie den Kaffee probiert hatte. »Ich habe dich kommen und Selbstgespräche führen hören, so wie einen, der am Ende des Tages gern mit jemandem reden würde, aber nicht weiß, mit wem. Ich bin schon lange kein kleines Mädchen mehr und versichere dir, daß ich dem nicht mehr Bedeutung beimesse, als ihm gebührt. Wir waren beide allein, und ich brauchte jemanden, der sich um mich kümmerte, auch wenn es nur für eine Nacht war.«

In ihrer Stimme lag ein Quentchen Traurigkeit, die im Widerspruch zur Sicherheit ihrer Worte stand.

»Ohne Flachs, Heredia. Wenn du heute oder morgen beschließen solltest, daß ich gehen ...«

»Wenn ich mit jemandem zusammen bin, habe ich die Tendenz zu glauben, daß es für immer ist.«

»Das ist dein Problem, Heredia. Mir hat gefallen, was passiert ist, aber ich kann dir nicht garantieren, daß ich immer an deiner Seite sein werde. Bislang haben meine Pläne keine Beziehung vorgesehen.«

»Und?«

»Wir haben heute und morgen ...«

»Und alle Tage, die noch kommen«, unterbrach ich sie.

»Und alle Tage, die noch kommen«, wiederholte sie nicht sehr überzeugt und verschränkte ihre Hände mit meinen.

Wir lächelten, und ich sagte, alles sei gut. Der Kellner kam heran und bot uns noch mehr Kaffee an. Er arbeitete gemächlich, mit einstudierter Affektiertheit in jeder Geste. »Sind Sie mit dem Service zufrieden?« fragte er und fügte, ohne auf die Antwort zu warten, hinzu: »Eine hübsche Nichte haben Sie, Señor.«

»Meine Nichte ...«

»Die Mädchen werden von Jahr zu Jahr hübscher. Gott wird immer vollkommener.«

»Ich dachte, die Mädchen kommen aus Paris?«

»Von Gott«, entgegnete der Kellner.

»Vielleicht nicht aus Paris, aber ganz bestimmt aus Taiwan.«

Der Kellner warf Griseta einen Blick zu und ging.

»Hat es dich geärgert?«

»Was?«

»Daß ich deine Nichte sein könnte?«

»Es hat mich an gewisse Befürchtungen erinnert.«

»Vergiß sie. Die Geschichten müssen nicht zwangsläufig alle gleich sein.«

Ich probierte den Kaffee und machte mich daran, ein Toast zu buttern.

»Erzähl mir etwas von dir.«

»Haben wir nicht heute nacht darüber gesprochen?« wehrte ich ab.

»Nicht genug.«

»Ich war in einem Internat, das von Schülern von Boris Karloff geleitet wurde. Dann bekam ich ein Stipendium und versuchte zu studieren. Ich hielt es ein Jahr lang bei den Juristen aus, gewann dort ein paar Freunde, dafür wurden mir die Gesetzeswerke und aufgeblasenen Typen verhaßt, mit denen ich tagtäglich zusammensein mußte. Der Militärputsch hat mich in der Universität erwischt, und was darauf geschah, gefiel mir nicht. Wie andere hätte ich so tun können, als wäre nichts geschehen, aber ich kann das nicht. Ich lernte Dagoberto Solís kennen und verbrachte zwei Jahre unter anderem als Versicherungsvertreter, Schuhverkäufer und Angestellter bei Beerdigungsunternehmen. Dann, nachdem ich einen Job als Nachtwächter im Nachtclub

Lolitas aufgegeben hatte, beschloß ich, ein Detektivbüro aufzumachen. Solís hat mir beigebracht, wie man mit Waffen umgeht, Leute beschattet, und noch ein paar Kniffs. Es kamen immer mehr Menschen, die Hilfe suchten. Nichts Großes, kleine Diebstähle, Beschattungen, von zu Hause abgehauene Töchter, Jungs, deren Eltern sie vom Koks wegkriegen wollten. Und zwischendurch zwei oder drei schwierige Fälle.«

»Gestern, als ich deine Bücher aufgeräumt habe, fand ich Zeitungsausschnitte. Dein Name tauchte in Verbindung mit einem von der Geheimpolizei entführten Kind oder so etwas Ähnlichem auf.«

»Eine Geschichte, die dazu gedient hat, daß ein müßiger Katzenliebhaber mit zuviel Phantasie und Alkohol im Kopf einen Roman darüber geschrieben hat. Ich habe ihm die Geschichte eines Abends erzählt, aber ob sie ihm auch ein paar Pesos eingebracht hat, habe ich nie erfahren. Der Typ taucht immer wieder in den Zeitungen auf, läßt sich über den Roman und über mich aus. Manchmal würde ich ihn gern finden und ihm sagen, er soll den Blödsinn lassen. Aber, was soll's. Er ist nur ein Schriftsteller und versucht mit den Lügen, die er erzählt, glücklich zu werden.«

»Ist das alles?«

»Den Rest kannst du dir denken. Man braucht doch bloß die Wohnung anzusehen.«

»Ich hätte gern mehr gewußt.«

»Es ist schwierig, über Schmerzhaftes und kaputtgegangene Träume zu sprechen. Eines Tages sind sie nur noch ein paar Sätze im Vorübergehen wert.«

»Und trotzdem möchtest du sie nicht missen.«

»Was würde ich ohne Erinnerungen machen?«
Griseta senkte den Blick, starrte in ihren Kaffee.
»Es ist aber auch kein Grund für uns, traurig zu werden.«
»Erzähl mir etwas von Fernanda.«
»Wozu?«
»Sie hat mit deinen Ängsten etwas zu tun.«
»Vielleicht.«
»War sie so alt wie ich?«
»Etwas älter.«
»Hübsch?«
»Sehr.«
»Hast du sie geliebt?«
»Du stellst zu viele Fragen, jetzt wird es Zeit, etwas zu tun. Du gehst in die Biblioteca Nacional. Ich werde jemanden aufsuchen, der mir empfohlen wurde. Und wenn alles gutgeht, sehen wir uns heute abend wieder.«
»Gibst du mir dann die Antwort?«

5

Juan Vicuña ist eine zwei Blocks lange Straße zwischen Santa Rosa und San Francisco, wenige Meter von der Avenida Matta und dem Stadtteil Barrio Franklin entfernt mit seinem Schlachthof, seinen Suppenküchen und Bürgersteigen voller Straßenhändler. Vor fünf Jahren war ich dort gewesen und hatte zwei Studenten aus einer Drogengeschichte herausgeholfen, die in der verwanzten Pension von Almiro Pulido wohnten, einem Peruaner mit Boxervergangenheit, der sich dem Verkauf von Marihuana und Kokapaste widmete. Die beiden Jungs wurden bei einer Razzia festgenommen, und der Onkel des einen engagierte mich. Ich konnte dank der Hilfe von Solís verhindern, daß sie ins Gefängnis kamen. Ihr Verbrechen bestand allein darin, ein paar dumme Provinzler zu sein, die sich mit der Grazie von zwei nassen Wellensittichen durch Santiagos Straßen bewegten.

Die Straße hatte sich seither verändert. Auf der einen Seite war ein Spielplatz eingerichtet worden, der sich offensichtlich nicht an der Dunkelheit störte, die in den dichtgedrängten, ausgeblichenen, fast schon zu einem Haufen zerbröselter Lehmziegel zerfallenen Häusern nistete.

Einige der Häuser waren billige Pensionen, das eine oder andere beherbergte ärmliche Schlafsäle, zu denen jeden Abend eine zerlumpte Schar aus Herumstreunern und Rentnern zurückkehrte, die sich als Träger im Schlachthof verdingten oder in den Läden Ecke San Diego/Avenida Matta bettelten. Doch der Mittelpunkt dieser Straße war die Cité Imperial, ein langgestreckter Hinterhof, der an einem Eisentor begann und sich dann in einem engen Schlauch fortsetzte, auf dessen beiden Seiten den ganzen Tag lang müßige, finster aussehende Typen postiert waren.

Als mir Stevens sagte, daß Blest in dieser Höhle wohnte, wußte ich, es würde nicht einfach sein, zu ihm zu gelangen. Ich wußte nicht genau, worauf ich mich einließ, doch die Empfehlung von Stevens genügte, um mich meine Furcht vergessen zu machen und den Besuch mit der ruhigen Resignation dessen anzugehen, der die kaputten Eingeweide der Stadt kennt.

Ich ließ den Lada drei Block weit von der Avenida Juan Vicuña stehen und machte einen Knoten in mein Taschentuch, bevor ich mich, die Hände in klugem Abstand von meiner Pistole, zu dem Durchgang aufmachte. Vor dem Tor hielt mich ein kaugummikauender, kleiner, massiger Mann mit gerötetem Gesicht und einem Schnurrbart wie Emiliano Zapata auf, der das halbe Dutzend Männer, die ihn umgaben, zu befehligen schien.

»Ich möchte zu Blest«, sagte ich an ihn gewandt.

Der Kerl sah seine Begleiter aus dem Augenwinkel an, dann musterte er mich.

»Du bist kein Bulle, wirkst aber wie einer«, meinte er und deutete ein boshaftes Lächeln an.

»Ich möchte ihn sprechen. Keine Tricks und keine Gewalt.«

»Um diese Zeit wird das kaum was werden.«

»Ich muß ihn unbedingt sehen.«

»Das heißt nicht viel. Als Eintritt reicht das nicht. Vielleicht kannst du das genauer erklären.«

»Eine Privatangelegenheit«, fügte ich hinzu und vergewisserte mich vorsichtig, daß meine Pistole noch da war. »Nur er und ich, sonst niemand.«

»Du redest für meinen Geschmack zu sehr in Andeutungen.«

»Wenn ich nicht mit ihm sprechen kann, gehe ich. Aber ich würde es mir an deiner Stelle noch einmal überlegen. Wenn Blest erfährt, daß ich hier war und nicht hereindurfte...«

»Ich muß nachfragen«, sagte der Kerl beunruhigt.

»Sag ihm, ich komme von Stevens.«

Der Typ musterte mich abermals, öffnete dann wortlos das Tor und verschwand dahinter. Seine Begleiter umringten mich. Ich lächelte ihnen zu und bot Zigaretten an. Keiner nahm eine. Ich steckte mir meine an und ließ den Rauch sein teuflisches Spiel mit meinen Bronchien treiben. Erst da fühlte ich mich ruhiger.

Der kleine Dicke kam fünf Minuten später wieder zurück. Ohne das Tor zu schließen, zog er eine Grimasse und bedeutete mir mit einem Zeichen, ihm zu folgen.

»Bleib dicht bei mir. Manchmal sind die Freunde schlecht gelaunt«, sagte er und beobachtete die jungen Kerle, die an den Wänden lehnten, aus den Augenwinkeln: Sie waren dreckig, schlecht angezogen und wirkten so, als würden sie jeden, der sie länger als fünfzehn Sekunden anschaute, zusammenschlagen. Die Sonne brannte herunter und machte den Gestank, der von dem Hinterhof ausging, unerträglich. Ein Gestank aus Fett, aufgewärmtem Essen und Urin, der mich zwang, mir die Hand vor die Nase zu halten, während der dicke Kerl unverhohlen lächelte. Ich dachte an ein Glas mit irgendwas Starkem, das meine Sinne betäuben würde, und setzte meinen Weg fort.

Neben uns gingen zwei als Frauen angezogene junge Männer vorbei. Ihre Lippen waren rot angemalt, und sie wackelten in einem Rhythmus mit dem Hintern, der ihnen nicht angeboren war. »Hübsche Mädchen«, meinte der dicke Kerl anzüglich.

»Gibt's hier viele davon?«

»Da hinten ist ein Schwulenpuff«, sagte er und wies auf das Ende der Passage. »Möchtest du eine kennenlernen?«

»Wenn du meinst«, entgegnete ich. »Du scheinst dich da ja auszukennen.«

Ihm gefiel meine Antwort nicht. Ich fürchtete schon, er

würde mir gleich eins überziehen, doch er beschränkte sich auf ein Grunzen und vergrößerte den Abstand zwischen uns. Wir gelangten zu einem Gang, dessen Wände mit Resten von Bettüchern, Pappe und Holzstücken ausgekleidet waren. Am Boden floß eine schleimige Flüssigkeit. Ein gebeugter Alter stellte sich meinem Führer in den Weg. Seine Augen waren glasig, über seiner Nase verlief eine fingerdicke Narbe.

»Der hier will mit Blest sprechen«, sagte mein Begleiter.

»Ich werde dem Meister Bescheid sagen«, antwortete der andere und beobachtete mich verstohlen.

»Wer ist das?« fragte ich, während ich ihn in dem Gang verschwinden sah.

»Ovando. Die rechte Hand des Chefs«, entgegnete der Dicke. »Er sieht nicht so aus, aber auf der Liste seiner Toten stehen eine Reihe von Typen wie du.«

Blest war Pole, war am Ende des Zweiten Weltkrieges vor den Russen, die Polen eingenommen hatten, geflohen und nach Chile gekommen. Stevens hatte ihn viele Jahre später in einem Schachclub der Calle Independencia kennengelernt, den beide besuchten. Der andere hatte den Namen Blest angenommen, weil sein ursprünglicher Name zu kompliziert war. Er galt als Experte auch für die Waffenproduktion in Europa, und seine Kenntnisse entsprachen stets dem neuesten Stand.

Nach seiner Ankunft in Chile hatte er in verschiedenen Unternehmen der chemischen Industrie gearbeitet, und Stevens zufolge hätte er ein unscheinbares Leben geführt, wenn da nicht seine Abneigung gegen Frauen gewesen wäre. Mitte der siebziger Jahre – damals war er schon alt und verbittert – mietete er sich im Dachgeschoß eines dreistöckigen Hauses in der Calle Sazié ein. Im Erdgeschoß lebten drei ruhig vor sich hin alternde Schwestern, deren einzige Laster das Backen von Plätzchen und die Messen in der Iglesia San Lázaro waren. Blest freundete sich mit ihnen an, teilte manchmal mit ihnen den Tee und die Plätzchen, die die Frauen ihm bedenkenlos und möglicherweise von der Hoffnung angeregt anboten, der Pole könnte sich für die jüngste der drei interessieren. Doch Blest ertrug sie nicht, und eines Nachts, am Abend vor Weihnachten, griff er sie mit dem Messer an. Die Untersuchung des Verbrechens war schnell abgeschlossen. Damit befaßt war René Vergara von der Mordkommission, der das Bohèmeleben und Krimis liebte. Das Geständnis – ich habe sie umgebracht, weil sie Frauen waren – kam ohne Druck zustande. Und brachte ihm die Verurteilung zu lebenslanger Haft ein, an deren Herabsetzung niemand interessiert war.

Ovando tauchte wieder auf und stellte sich neben mich. Er murmelte etwas, was er zweimal wiederholen mußte, bis ich es verstand. »Der Meister sagt, Sie sollen hereinkommen. Nur Sie.«

Ich hatte keine zwei Schritte gemacht, da gingen die Klauen des Dicken auf meinem rechten Arm nieder. Ich versuchte zu reagieren, doch er war schneller. Flink und behende tastete er mich von Kopf bis Fuß ab. Ich sah meine Pistole in seinen Händen und lächelte wie ein Junge, den man mit dem Finger im Essen erwischt hat.

»Ich passe auf sie auf«, sagte er und zeigte eine gelichtete Reihe Zähne.

Blest war groß und schlank. Er sah nicht aus wie jemand,

der achtzig oder älter war. Er hatte große, hervortretende Augen und einen langen Bart wie aus Zuckerwatte. Er stand neben einem Tisch, und hinter ihm befand sich eine Tafel, die mit Flugzeugen, Panzern und anderen Waffen vollgekritzelt war. Sonst gab es nur noch ein einfaches Bett und viele Kisten, die wie eine improvisierte Bibliothek nach Größe geordnete Bücher enthielten.

Ich erwartete einen aggressiven, kräftigen Ton und war überrascht von seiner sanften Stimme, die ihre Freude über den Besuch nicht verhehlte. »Setzen Sie sich doch bitte«, sagte Blest und wies auf einen Hocker. »Mir wurde gesagt, Sie kommen von meinem Freund Stevens.«

»Ja, unserem Freund Stevens«, bestätigte ich.

»Ich habe ihn seit Jahren nicht mehr gesehen. Und glauben Sie mir, ich erinnere mich gut an ihn. Wir haben eine Partie Schach nicht zu Ende gespielt. Er hätte mich in drei Zügen matt gesetzt, ich hatte nur noch die Springer. Auf Reiterspiele habe ich mich nie recht verstanden...«, fügte er hinzu, und ich fragte mich, ob mein Besuch einen Sinn machte. »Sagen Sie ihm, daß wir die Partie demnächst mal beenden werden.«

»Er wird sich über einen Besuch freuen«, sagte ich, um nicht in ein Schweigen zu verfallen, aus dem es schwer gewesen wäre, wieder herauszukommen.

»Möchten Sie einen Tee?« fragte er und nahm die Thermoskanne vom Tisch.

»Tee?«

»Lapsang Souchong. Ich habe ihn von...«

Er suchte in seiner Erinnerung vergebens nach dem Namen, dann goß er zwei Tassen ein. Seine Hände zitterten, ich befürchtete schon, daß die halbe Kanne auf dem Holzboden landen würde.

»Stevens wird Ihnen erklärt haben, warum ich an diesem Ort wie in einem Gefängnis lebe.«

Ich schüttelte den Kopf.

Der Pole schien überrascht. »Ich wurde einmal wegen eines unbedeutenden Verbrechens verurteilt. Ich ließ fünf Jahre vergehen und organisierte dann meine Flucht aus dem Gefängnis. Ich hatte zwar meine Freiheit wieder, doch die Kommissare haben meinen Aufenthaltsort ausfindig gemacht. Verständnisvolle Leute. Wir trafen eine Abmachung, die bis heute gilt, obwohl sie inzwischen pensioniert sind. Ich zahle eine gewisse Summe, und im Gegenzug werde ich in Ruhe gelassen.«

»Eine Hand wäscht die andere, und beide…«

»Für sie bin ich außerhalb des Gefängnisses nützlicher.«

»Reine Mathematik.«

»Geld«, sagte Blest, und nachdem er einen Schluck Tee probiert und den Geschmack für gut befunden hatte, fragte er. »Was kann ich für Sie tun, Señor…?«

»Heredia.«

»Heredia? Als Stevens anfing, mich nach Waffen auszufragen, dachte ich, es sei bloße Neugier, dann hat er mir ein paar Dinge offen gesagt, und ich begriff, daß meine Informationen seinen politischen Zwecken dienten. Im Grunde ist mir das gleich. Doch ich hatte seinetwegen Angst.«

»Angst?«

»Er gehörte zu den Wichtigen. Sie wissen, was ich meine.«

»Stevens und ich…«

»Wahrscheinlich rede ich zuviel. Mittlerweile ist Stevens wohl nicht mehr in Gefahr, nur wahrscheinlich enttäuscht von dem, was in dieser Welt geschehen ist, die er trotz der Warnungen, die ich ihm gegenüber mehr als einmal ausgesprochen habe, für ideal hielt. Aber nein, wahrscheinlich ist dem nicht so. Männer wie Stevens sind nie enttäuscht. Sie analysieren, lernen und warten darauf, daß sich die Lage ändert.«

»Das scheint mir eine intelligente Definition eines Politikers zu sein.«

»Sind Sie wirklich ein Freund von Stevens?« fragte Blest, während er sich schwer auf das Bettende fallen ließ. »Ich kann mich nicht daran erinnern, daß er Ihren Namen je erwähnt hat. Als ich ihn kennenlernte, hatte er einen Jungen, der ihm dabei half, seine verrückten Berichte und Pläne zu ordnen. Der kümmerte sich auch darum, daß er pünktlich zu den Versammlungen kam, las ihm Unterlagen vor und schrieb für ihn mit.«

»Er riet mir...«

»Es ist so viel Zeit vergangen, seit wir uns zum letzten Mal gesehen haben. Wie sollte ich da seine neuen Freunde kennen.«

»Stevens sagte, Sie könnten mir Informationen über Waffen geben.«

»Das ist ein weites Feld«, sagte Blest mit einer gewissen Begeisterung in der Stimme. »Wollen Sie welche kaufen?«

»Ich möchte etwas über die Produktion und den Handel mit Waffen in Chile wissen. Ich meine damit hochmoderne, hochwirksame Produkte.«

Blest atmete tief ein und wies mit seiner Hand auf ein Dutzend Ordner, die neben dem Tisch aufgereiht standen.

»Zeitungsausschnitte, Schriften, Statistiken. Alles über Kriegswaffen. Ich habe mich schon damit beschäftigt, bevor ich hierher kam«, fügte Blest hinzu. »Sie müssen mir sagen, was Sie wissen wollen.«

»Da wären ein paar Fragen: Welches Interesse könnte jemand, der mit der Kriegsindustrie befaßt ist, an unserem Land haben? Was kann ein Journalist oder Waffenhändler hier wollen?«

»Oder ein Spion. Wissen Sie es wirklich nicht, Heredia?«

»Wenn ich es wüßte, wäre ich nicht hier«, entgegnete ich, behielt aber meine Meinung über die Gerüche in dieser Höhle und die Ansammlung von Nichtsnutzen, die sie bewohnten, für mich.

»Informationen oder Geschäfte. Das ist die einfachste Antwort«, sagte Blest und schaute in seine Tasse, als wäre eine Fliege oder Schlimmeres hineingefallen.

Ich schwieg weiter. Blest war zu abgebrüht, als daß ich den harten Typ spielen konnte. Ich überlegte mir, daß eine freche Bemerkung meinerseits das Gespräch beenden und er womöglich Ovando rufen würde. Ich entschied mich für das Vernünftigste, lobte seine Kenntnisse und machte eine Unwissen ausdrückende Geste, in der Hoffnung, er würde seine Ausführungen wieder aufnehmen.

»Die Medien wiegen die Leute in dem Glauben, wir seien die Erfolgreichsten in diesem Teil des Hinterhofes der Welt. Und man könnte das beinahe glauben, wenn man die Augen verschließt vor der Realität hinter den Zahlen und der Propaganda. Es gibt Dinge, die funktionieren. Kommunikation, Umgang mit der Inflation und einige neue Exportartikel wie Obst und Waffen. Etwas, das wir der Macht hinter der

Macht verdanken und das sich aus unserer geopolitischen Lage ergibt. Die Macht braucht bestimmte Strategien, um sich entfalten zu können.«

»Langsam, langsam.«

»Ich will nicht in Details gehen, Heredia, nur auf drei, vier Punkte eingehen«, sagte Blest lächelnd. »Während der Militärregierung setzte man auf die Wirtschaft und auf Waffen, um die Entwicklung des Landes voranzutreiben und ihm Respekt zu verschaffen. Die Militärs hatten die fixe Idee, die Nachbarländer könnten womöglich in Chile einfallen, und das brachte sie dazu, ihre Waffensysteme zu erneuern und zu erweitern. Anlaß gab es durchaus. 1978 standen wir kurz vor einem Zusammenstoß mit Argentinien. Nur sie und Gott wissen, was ihn abgewendet hat. Tatsache ist, daß die armeeeigene Waffenindustrie heute in der Lage ist, Raketen, Ausrüstungen, Panzerfahrzeuge und Bomben zu produzieren. Die Kriegsmarine baut Schiffe, und die Flieger tun das Ihre. Dahinter steht ein klares Konzept, verstehen Sie?«

Er wartete mein Nicken ab, um dann fortzufahren. »Die Militärs waren daran interessiert, hochtechnisierte Bomben herzustellen, daher haben sie begonnen, Gespräche mit einem Unternehmer zu führen, der beim Bergbau verwendete Sprengstoffe herstellt. Sie haben gute Geschäfte gemacht, bis der Geschäftspartner munter wurde und anfing, unter eigener Flagge zu segeln. Sie haben doch schon von Seferino Proden gehört?«

»Er ist immer in den Klatschkolumnen abgebildet.«

»Er weiß sich in der Welt zu bewegen. Viele Interviews, Schenkungen und berühmte Sätze. Marketing nennt man das, glaube ich. Ein gewitzter Mann mit der richtigen Nase. In den siebziger Jahren gelangte er in die Salons der Militärs. Hat Freundschaften geschlossen und Geschäfte gemacht. Als der Wind sich dann drehte, hat auch er die Richtung gewechselt und neue Freunde gesucht. Es heißt, er habe die Wahlen von 1989 mitfinanziert. Die Politiker brauchen Geld, jemand stellt es zur Verfügung, und wenn es Erfolg beschert, will er auch etwas davon haben. Daher wurden viele Unternehmer, die merkten, daß der Diktatur die ausländischen Märkte verschlossen waren, zu Demokraten. So funktioniert das Räderwerk, auch wenn man es übertüncht oder anders verpackt.«

»Was Sie sagen, erinnert mich an die Reden der siebziger Jahre«, sagte ich.

»Das sind nur Phrasen. Kehren wir zu dem zurück, was Sie interessiert. Proden machte sich unabhängig und verkaufte seine Bomben ins Ausland. In arabische Länder und auch in Länder Lateinamerikas wie Ecuador, das sich angesichts eines möglichen peruanischen Angriffs bewaffnete. Das störte die Militärs. Sie sorgten sich um ihre Märkte und wollten besser ausgerüstet sein als die Armeen der Nachbarländer. Jahre später, als die Demokratie zurückgekehrt war, verlor dieser Konflikt an Brisanz. Die Herstellung von Waffen begann einen politischen Preis zu haben, die neue Regierung versuchte sie auf armeeeigene Unternehmen zu beschränken. Chile sollte kein aggressives Land mehr sein, die Bewaffnung der Region bekämpfen und Beziehungen zu ganz Amerika pflegen. Die Spielregeln hatten sich geändert, und Proden begriff das. Im Jahre 1992 kündigte er an, er werde sein Unternehmen schließen. Sechs Monate später erfuhr man von der Existenz von Interarm, eines Unternehmens, das dank irakischer Finanzierung einen Teil der Projekte und Installationen von Proden kaufte.«

»Was für Projekte?«

»Die Streubombe ist das bekannteste. Ein Apparat mit Mehrfachsprengwirkung und drei äußerst geschätzten Eigenschaften: Sie ist leicht, läßt sich jederzeit transportieren; modern, kann von Hubschraubern und kleinen Schiffen aus abgeschossen werden; effektiv, ideal für verstreute Ziele wie Truppen, Panzer oder Lastwagen. Sie ist mit einem Zünder versehen, der losgeht, wenn sie abgefeuert wird, und seinerseits andere, kleinere Bomben zündet, die sich in der Nähe des Ziels wie eine Traube öffnen. Man kann sie gut lagern. Zudem hält sie länger als fünf Jahre. Diese Bombe wurde zum ersten Mal öffentlich während des Golfkrieges eingesetzt.«

»Woher wissen Sie das alles?«

»Ich beziehe Fachzeitschriften aus den Vereinigten Staaten, Deutschland und England. Das ist mein Steckenpferd; und mit schon vorhandenem Wissen ist es einfach, zwischen den Zeilen zu lesen.«

»Sagt Ihnen der Name Hillerman etwas?«

»Travis Hillerman. Vor ein paar Wochen wurde er tot im Hotel Comet aufgefunden. Ich las immer seine Artikel. Alle gut fundiert und kühn in ihren Hypothesen.«

»Und was halten Sie von seinem Tod?« fragte ich gespannt.

»Ein wirres Thema. Mich interessieren die technischen Aspekte der Waffen, nicht die mit ihrem Vertrieb verbundenen Tragödien. Ich trage nur Daten und Zahlen zusammen«, sagte Blest und blätterte schnell in einem Ordner, der auf dem Tisch lag. »Vielleicht war Hillerman ein Schnüffelreporter oder ein Agent, der etwas über die Aktivitäten der Interarm erfahren wollte. Nur Spekulationen, und ich bezweifle, daß sie Ihnen nützen. Es sterben häufig Leute, die etwas mit der Waffenproduktion zu tun haben. In Tokio, Washington, Rom, Bagdad, London. Warum nicht auch in Santiago de Chile? Waffen bringen einen starken Handel mit Informationen mit sich, und es gibt immer Leute, die für gute Bezahlung zuviel reden. Mit Waffenentwicklung befaßte Wissenschaftler werden häufig eliminiert. Offenbar kennt sie niemand, sie leben als unscheinbare Nachbarn. Doch wenn ihre Namen in den Tageszeitungen auf den Seiten mit den Todesanzeigen auftauchen, erfährt man, daß sie keine harmlosen Leute mit einem guten Gedächtnis für Formeln waren. So gesehen, wer weiß schon, was wirklich mit Hillerman passiert ist?«

Ich erhob mich, machte ein paar Schritte auf und ab und bemerkte, wie dreckig und unordentlich das Zimmer war. Blest blätterte weiter in seinem Ordner herum. Ich hatte das Gefühl, als sei er mit seinen Gedanken weit weg. Ich mußte an die Geschichte mit den ermordeten Frauen denken, und es fiel mir schwer, sie mit dem leutseligen Gesicht des Polen in Verbindung zu bringen.

»Hier sind Angaben, die Sie interessieren könnten«, hörte ich ihn sagen.

Ich trat zu ihm, bereit, ihm noch ein Weilchen zuzuhören.

»Wissen Sie etwas über Zirkonium, Heredia?«

»Genausoviel wie über die obere Bauchvene. Nichts.«

6

Ich hörte Blests Ausführungen noch eine halbe Stunde lang zu und ließ ihn dann allein und Erinnerungen stammelnd in der Höhle seiner Archive und kriegerischen Obsessionen zurück, in der er gefangen war. Beim Abschied dachte ich, daß die einzigen Augenblicke geistiger Klarheit diejenigen waren, in denen er von Waffen redete. Die restliche Zeit schien er in den verschwommenen Bildern seines Verbrechens verloren. Als ich sein Zimmer verließ, erwarteten mich der Dicke und Ovando. Ich trat auf sie zu, und sie verständigten sich mit einem Blick. Bei ihnen standen mehrere wie Henkersknechte wirkende Typen, die jeden Gedanken daran zunichte machten, die von den Herren am Platz aufgestellten Regeln zu unterlaufen.

»Ich habe meinen Besuch beendet«, sagte ich, ohne mich an jemand Bestimmten zu wenden.

»Er bleibt noch da«, befahl der Bucklige dem Dicken und verschwand in Blests Zimmer.

»Er braucht die Erlaubnis vom Chef«, sagte der Dicke, während er die Pistole streichelte, die noch immer in seinem Besitz war.

»Sind das nicht ein bißchen viel Vorsichtsmaßnahmen?«

»Anweisungen vom Polen. Niemand Unbekanntes kommt ohne seine Erlaubnis hier rein oder raus.«

»Mißtrauen? Oder nur Macken des Alten?«

Der Dicke deutete ein Lächeln an, bevor er antwortete.

»Es gibt Leute, die mögen ihn nicht«, begann er und hielt inne, als Ovando ihm von innen ein Zeichen gab. Ich sah mich nach dem Buckligen um, erkannte aber nur noch seinen Schatten, der sich in der räudigen Bruchbudenarchitektur verlor. Der Dicke wies mir den Weg und gab mir, am Tor angelangt, die Pistole zurück.

Auf der Straße atmete ich so tief durch, wie ich nur konnte mit meinen von den Zigaretten und der schlechten Luft in den Bars zerstörten Lungen. Ich ging zum Lada und fuhr gemächlich Richtung Plaza de Armas. Das war geschafft, und ich dachte, durch einen Besuch in der City Bar könne sich meine Stimmung heben.

Die Unterhaltung mit Blest kreiselte in meinem Inneren wie eine in die Luft geworfene Münze, die länger als erwartet brauchte, um wieder herunterzukommen. Zuviel Information für einen klaren Kopf. Ich versuchte, Verbindungen zu Fernandas Artikel herzustellen, und merkte, daß ich mir nie hätte träumen lassen, wieviel sie über dieses Thema wußte.

In den Vereinigten Staaten herrschte Besorgnis wegen der Herstellung von chemischen Kampfstoffen mit hochtoxischer Wirkung auf das Nervensystem. Im Ersten Weltkrieg hatte ihr Gebrauch zum Tod Tausender Soldaten geführt. Chemische Waffen waren durch das Genfer Protokoll von 1925 verboten, doch es war für niemanden ein Geheimnis, daß sie ungeachtet der Beschlüsse weiter hergestellt wurden.

Blest zufolge hätte der, der chemische Waffen in Lateinamerika herstellte, einen unschätzbaren Vorsprung gegenüber seinen Nachbarn. Eine komplexe und abstrakt wirkende Materie, an der mich nur interessierte, was mich auf die Spur von Fernandas Mördern bringen konnte. Ich brauchte etwas Konkretes, einen Namen oder ein Gesicht. Alles andere würde sich weiterhin so fern von meinen eigenen Sorgen abspielen wie bis zu dem Tag, an dem Solís mir den Tod meiner Freundin mitteilte.

Ich erinnerte mich an den Anwalt, den Percy erwähnt hatte, und beschloß, ihm einen kurzen Besuch abzustatten. Ich verließ die Bar und setzte mich, bevor ich Ortegas Kanzlei aufsuchte, auf eine Parkbank an der Plaza de Armas. Ich beobachtete gern die Vorübergehenden, ihre Gesichter und Gesten. Sich irgendwo niederlassen und zusehen hieß, sich auf gewisse Weise von der Welt zu lösen oder zumindest Abstand zu bekommen von dem Gewusel rund um die Plaza.

Auf der Liste der Personen, die ich nicht ausstehen kann, nehmen Prediger und Rechtsanwälte den ersten Platz ein. Vor allem diese Rechtsverdreher, die ihr Universitätsdiplom dubiosen Beziehungen verdanken und, wenn sie durch die Stadt spazieren, rechts und links ihre Visitenkarten verteilen, die sie als Rechtsunkundige in einem Land ausweisen, in dem die Gesetze auf der Straße feilgeboten werden und selbst der Ahnungsloseste sie beim geselligen Beisammensein nach dem Essen zu kommentieren pflegt. Ich hatte ein paar von ihnen im Embryonalzustand bei meinem kurzen Aufenthalt in der Uni kennengelernt und war immer wieder überrascht, wenn ich sie wiedersah, welche Aura falscher Weisheit und welche Hochnäsigkeit sie an den Tag legten, als wären alle um sie herum nichts als hirnlose Ameisen.

Doch Raimundo Ortega, der Anwalt, den Percy und die Freunde von Pompeyo Tamayo engagiert hatten, war eine

Ausnahme, er erinnerte in nichts an jene prätentiösen Tintenkleckser. Sein Büro lag in der Calle Catedral, einen halben Block von der Plaza de Armas entfernt, in einem Gebäude mit alten Fahrstühlen und labyrinthischen Fluren, die zu den Büros von Wohnungsmaklern, pensionierten Zahnärzten, Ärzten und zu Massagesalons führten, die ihr Tun hinter Schildern verbargen, auf denen Friseur- oder Fußpflegesalon stand.

Ortega war schlank. Aus seinem knochigen Gesicht ragte eine gekrümmte Nase hervor, die ideal war, um die starken Gläser seiner Brille zu halten, hinter der seine Pupillen winzig wirkten. Er trug einen schwarzen Anzug mit zu großen Schultern, eine rote Krawatte und eines von jenen weißen Hemden, die man hundertmal bügelt, ohne die Falten rauszubekommen.

Er wirkte einsam und gesprächig. Ich sagte ihm meinen Namen, deutete den Grund meines Besuches an. Er bat mich, in dem Sessel vor seinem Schreibtisch Platz zu nehmen. Die gelbgestrichenen Wände seines Büros zierten ein Diplom der Universidad de Chile und das Foto von drei dünnen Jungen, die ihre Häßlichkeit zweifellos vom Vater geerbt hatten.

Ich erwähnte, ohne auf Einzelheiten einzugehen, das Gespräch mit Percy, sprach von Fernandas und Pompeyo Tamayos Tod.

Er hörte aufmerksam zu und zog dann eine braune Mappe aus dem Schreibtisch.

»Ich hätte nie gedacht, daß es Leute wie Sie gibt«, meinte er. »Es ist das erste Mal, daß ich hier in Chile auf einen Privatdetektiv treffe.«

»Manchmal habe ich auch meine Zweifel«, sagte ich und zündete mir umständlich eine Zigarette an.

Ortega lächelte über meine Antwort und ließ seine kleinen, gelblichen Zähne sehen.

»Womit kann ich Ihnen dienen?« fragte er.

»Ich möchte mich über einige Ungereimtheiten austauschen und die Vorgeschichte des Falls in Erfahrung bringen. Sie waren von Anfang an dabei, das läßt mich annehmen, daß Sie am besten Bescheid wissen.«

»Sie nehmen eine Menge an und wirken etwas verwirrt.«

»Das bin ich«, sagte ich, während ich mich fragte, ob die Verwirrung von dem Fall herrührte oder von dem, was ich in der City Bar getrunken hatte.

»Von der Geschichte mit Ihrer Freundin wußte ich nicht«, fügte er hinzu. »Doch was Tamayo betrifft, so habe ich keinen Zweifel daran, daß es sich um einen geplanten Mord handelt.«

»Homosexuelle?«

»Auf gar keinen Fall. Seine Mörder sind diejenigen, die den Journalisten umgebracht haben.«

»Warum vermuten Sie, daß dieser Tod kein Selbstmord war?«

»Ich habe gute Verbindungen zu den Carabineros und habe erfahren, daß ihre Leute zu anderen Ergebnissen gekommen sind als denen, die von der Kripo vorgelegt wurden. Injektionsspuren an den Schenkeln und einige andere Details, die die Hypothese eines Selbstmordes entkräften. Hillerman wurde von Ausländern umgebracht, die mit dem Waffenhandel in Verbindung stehen.«

»Ausländer! Ohne Mithilfe von Chilenen?«

»Das wissen wir noch nicht. Jemand muß ihn überwacht haben. Den Ermittlungen der Carabineros zufolge war sein Aufenthalt in Chile ziemlich bewegt. Er reiste nach Iquique und Punta Arenas. Hatte drei- oder viermal mit Offizieren der Luftwaffe ein Essen und war in verschiedensten Nachtclubs unterwegs. Ziemlich umtriebig für jemanden, der die Stadt nicht kennt.«

»Und wie kommt der Bericht der Kripo zustande?«

»Ich will nicht böswillig sein und einmal annehmen, daß hier Nachlässigkeit oder der Wunsch im Spiel war, die Sache schnell abzuschließen. Ich persönlich habe mehr als zwanzig Anträge an die Gerichte gestellt, und keiner wurde bearbeitet.«

»Das hat alles mit Hillerman zu tun, nicht mit Tamayo.«

»Die Verbindung sticht doch ins Auge!« sagte Ortega. »Sein Tod erfolgte zwei Tage nach dem von Hillerman. Und Tamayo, entschuldigen Sie bitte die Formulierung, war ein ruhiger Schwuler. Er hatte einen festen Partner, machte keine Pferdewetten und nahm auch keine Drogen.«

»Und hat jemanden erkannt, an dem Tag, als Hillerman starb«, sagte ich, während ich meine Zigarette im Kupferaschenbecher ausdrückte, der auf Ortegas Schreibtisch stand.

»Korrekt. Darauf wollte ich hinaus, Heredia«, sagte der Anwalt, und fügte dann etwas nervös hinzu. »Könnten Sie mir eine Zigarette geben?«

Ich reichte ihm die Packung, er zog eine heraus, ich gab ihm Feuer, und er verschluckte sich am ersten Zug.

»Ich bin aus der Übung«, entschuldigte er sich. »Früher habe ich geraucht, aber zu Hause haben sie es mir verboten.

Genauso wie Alkohol und Fritiertes. Meine Frau glaubt, das Glück eines Mannes läge darin, einem Kleiderschrank zu ähneln. Dick und unverrückbar, auf ewig an seinem Platz.«

»Tamayo hat jemanden gesehen, den er kannte«, wiederholte ich schnell, weil ich keine Lust hatte, zum Eheberater zu werden. »Perro Negro.«

»Ist das alles? Der Deckname?«

»Ein Deckname wie viele andere.«

»Der zu jemandem gehören könnte, der dort gearbeitet hat, wo Pompeyo Tamayo in Haft war.«

»Korrekt«, meinte Ortega. »Was Tamayo gesagt hat, legt dies nahe. Ich habe die Gerichte um Unterlagen aus dem Verteidigungsministerium gebeten, und sie haben mir geantwortet, Verträge würden auf Vor- und Nachnamen ausgestellt.«

»Was hatten Sie denn erwartet?«

»Ich wollte nur, daß meine Anfrage aktenkundig wird.«

»Sehr nützlich«, bemerkte ich.

»Seien Sie nicht ironisch, Heredia. Ich mache, was ich angesichts des Falles und des mangelnden Interesses der Richter an Fällen wie dem von Tamayo für angemessen halte. Außerdem müßte ein Wunder geschehen, damit die Militärs an der Aufklärung eines Verbrechens mitarbeiten. Sie sind nach wie vor überzeugt davon, heroisch und ehrenvoll gehandelt zu haben.«

»Entschuldigen Sie, ich wollte nicht …«

»Ich gehöre zu den Anwälten, die die Gesetze achten und glauben, daß die anderen es ebenfalls tun. Zu denen, die während der Diktatur Hilfsersuche gestellt und sich jede Menge Fälle von Mißhandlung und Mißachtung der Menschenrechte aufgehalst haben. Ich habe es getan, weil ich dazu ausgebildet wurde. Ich bin nicht naiv...«

»Mir gefällt, was Sie da sagen.«

»Oder vielleicht bin ich doch naiv. Wenn ich mir diese Kanzlei ansehe, glaube ich es manchmal.«

Ich steckte mir noch eine Zigarette an und schaute dabei noch einmal auf das Foto mit den drei Kindern. »Sie gleichen sich wie ein Ei dem anderen«, meinte ich, ohne mich um den Gemeinplatz zu scheren, um den Anwalt wieder etwas freundlicher zu stimmen.

Ortega lächelte stolz und betrachtete das Foto ein paar Sekunden lang, als sähe er es zum ersten Mal. Dann schlug er eine Mappe auf, die er aus dem Schreibtisch genommen hatte, und suchte darin nach ein paar vergilbten Seiten.

»Was die Decknamen betrifft, habe ich weitere Ermittlungen angestellt«, sagte er. »Ich kenne einen Kollegen, der ein Fanatiker von Statistiken und Daten ist. Er hat im Solidaritätsvikariat gearbeitet und jahrelang aus den Anzeigen die darin vorkommenden Decknamen herausgezogen. Er hat davon eine Liste angefertigt und ihnen im Lauf der Zeit die wirklichen Namen zugeordnet.«

»Und?« fragte ich mit einem Hoffnungsschimmer.

»Im Zusammenhang mit Übergriffen in der Villa Grimaldi wird Perro Negro sechsmal angegeben. Leider gibt es keinen Hinweis auf seinen richtigen Namen.«

»Zumindest wissen wir, daß Tamayo nichts erfunden hat.«

»Und auch keiner derjenigen, die Interesse an seinem und an Hillermans Tod gezeigt haben«, sagte Ortega in einem Tonfall, der mich vermuten ließ, daß er mehr wußte, als er sagte.

»Was meinen Sie damit?«

Ortega zog den Rauch ein, atmete dann eine dicke Wolke aus und sah ihr nach, bis sie sich in der Luft aufgelöst hatte. Ich merkte, daß er blitzschnell überlegte, wieviel er sagen sollte.

»Jemand, der in der Botschaft der Vereinigten Staaten arbeitet, hat mich aufgesucht. Er hat mir seine Ausweise gezeigt. Gesagt, er und andere Leute seien am Tod Hillermans interessiert und glaubten nicht an die Selbstmordversion. Der Journalist habe von Waffenproduktionen gewußt, die ohne die Erlaubnis der Vereinigten Staaten vonstatten gingen.«

»Hat er das Wort Zirkonium erwähnt?« fragte ich und dachte dabei an die Unterhaltung mit Blest.

»Korrekt«, sagte Ortega und benutzte zum dritten Mal diese Floskel. »Ein nordamerikanisches Unternehmen hat diese Substanz an ein chilenisches verkauft. 130 000 Tonnen. Genug für einige tausend Bomben. Das Interesse Hillermans, oder vielmehr seine Mission, bestand darin, herauszufinden, wer das Zirkonium benutzte.«

»Sind Sie sich da sicher? Jeder kann in der Presse etwas über Zirkonium nachlesen.«

»Der Besucher bot an, weitere Angaben zu liefern. Er möchte sie den Gerichten unterbreiten, dabei jedoch anonym bleiben.«

Ich erhob mich und umrundete Ortegas Schreibtisch. Ich dachte an Fernanda und an das Gespräch, zu dem es nicht mehr gekommen war. Sie mußte von Hillermans Informationen gewußt haben. Oder vielleicht hatte sie sogar mit ihm zusammengearbeitet. Ich setzte mich wieder vor Ortega hin und betrachtete ihn aufmerksam, um hinter seinen dicken Brillengläsern, die seine kurzsichtigen Augen verspiegelten, die Wahrheit zu entdecken.

»Hillerman war kein Journalist.«

»Ein Journalist ist hinter Informationen her, Heredia.«

»Ein Spion auch.«

»Das ist ein starkes und gefährliches Wort.«

»Hillerman war Spion. Sonst hätte man Sie nicht aufgesucht.«

»Fragen Sie das, oder behaupten Sie das?«

»Ich behaupte es.«

»Das haben Sie gesagt...«

»Haben Sie Angst oder verheimlichen Sie etwas, Ortega?«

»Ehrlich gesagt, beides, Heredia.«

»Was verheimlichen Sie?«

»Nichts, was Ihnen dazu dienen könnte, den Mörder Ihrer Freundin zu finden. Angaben, die mein Mandant mich nicht weiterzugeben gebeten hat.«

»Ihr Mandant?«

»Ich habe Ihnen mehr gesagt, als ich einem Fremden sagen sollte. Drängen Sie mich nicht. Und was die Angst betrifft, das sind Kosten, die in den Honoraren mit eingeschlossen sind.«

DRITTER TEIL

1

Die Antwort auf Ortegas letzte Frage benötigte mehrere Kaffees, die wir im Do Brasil mit seinen Spiegeln und Dampfwolken am Tresen aus Marmorimitat tranken, während wir aus den Augenwinkeln auf die Beine der Kellnerinnen schauten. Nach dem Kaffee wollte ich Ortega zu einem Glas einladen, aber er lehnte es mit dem Hinweis ab, er müsse noch zum Elternabend in der Schule seines ältesten Sohnes. Aus seinen Erinnerungen und der Beschreibung seiner heutigen Arbeit sprach bei Ortega die ruhige Resignation eines Mannes, der weiß, daß er an den Grenzen seiner Möglichkeiten angelangt war. Er hatte weder Sorgen noch besondere Träume und plante seine Zeit, ohne überraschende Wendungen in seinem Leben zu erwarten. Bis Ende 1973 hatte er in der Rechtsabteilung der Sozialversicherungskasse für Angestellte gearbeitet, und nachdem er wegen seiner Zugehörigkeit zu einer radikalen Partei entlassen worden war, hatte er seine Kanzlei eröffnet und sich auf die Verteidigung von Angestellten spezialisiert, die durch die von den Militärs entfesselte Verfolgung von Mitgliedern der Unidad Popular ihre Arbeit verloren hatten.

Wir verabschiedeten uns am Eingang des Do Brasil, und ich sah zu, wie er sich, die Aktenmappe unter den Arm geklemmt, in der Menge verlor. Es wurde dunkel, und eine kühle Brise erfrischte die ersten flanierenden Nachtschwärmer. Ich machte mich auf die Suche nach meinem Freund Stolichnaya. An der Bar des City traf ich ihn zwischen den dicken Ballantine's-Flaschen. Ich mischte seinen durchsichtigen Körper unter zwei Eiswürfel und trank auf die Gesundheit des Nichts, bis das Glas sich mit Einsamkeit füllte und es wieder nach Gesellschaft verlangte. Am Ende eines Arbeitstages mußte erst einmal Ruhe einkehren. Ich dachte an Simenon und Griseta, und auch daran, daß ich am nächsten Tag zum Buchladen in der Calle San Diego gehen wollte, wo ich schon in meiner Studentenzeit immer meine Lektüre gekauft hatte, damals noch beim Besitzer Cabero, der seine Kunden mit Argusaugen im Halbdunkel seines mit alten Büchern vollgestopften Ladens zu überwachen pflegte. Der Alte war gestorben, doch den Laden mit seinen alten Ausgaben gab es noch. Ich war auf der Suche nach einem Roman von Patricia Highsmith, denn mir gefielen ihre besessenen Personen, ihre starken Plots.

Die Besucher der Bar waren zumeist Kaufleute, Versicherungsvertreter, Angestellte von Wechselstuben und Journalisten, die jeden Abend zusammenkamen, um die Nachrichten zu kommentieren, die die Spalten ihrer Zeitung am kommenden Tag füllen würden. Manchmal kamen auch Schriftsteller wie Mauro Yberra und Bartolomé Leal. Sie tranken zwei oder drei Glas, redeten über Kriminalromane und verschwanden wie Aschenputtel, wenn die Glocken der Kathedrale Mitternacht schlugen. Ich ging immer ins City, seit ich im Zentrum von Santiago nach einem ruhigen Lokal mit Holztischen, großen Aschenbechern und Stühlen gesucht hatte, auf denen man sich zurücklehnen konnte, ohne fürchten zu müssen, damit umzukippen. Eine Bar, in der man auf die Qualität des dort ausgeschenkten Alkohols vertrauen konnte, ohne viel Plastik oder Kellner, die einem Fastfood mit Mayonnaise und Essiggurkensauce aufdrängten.

Nach einer Stunde in der Bar dachte ich mir, daß ich, um nach Hause zu kommen und die Fragen von Simenon zu ertragen, noch eine Stärkung brauchte. Ich rief Stolichnaya noch einmal herbei, und er war schweigend und verständnisvoll wie immer zur Stelle. Aus meiner Ecke beobachtete ich die Trinker, während Stolichnaya mir aus den Gläsern zuzwinkerte, die schneller, als es ratsam war, aufeinander folgten.

Als ich die Bar verließ, war es bereits nach Mitternacht. Ich ging über die Plaza de Armas, und der Anblick einiger finster aussehender Jugendlicher ließ mich schneller ausschreiten, wie einen ängstlichen Alten, der zuviel über Straßenüberfälle gelesen hat. Ich kam betrunken und zittrig in meiner Wohnung an. Ein seltsamer, warmer Duft umfing mich, als ich hereinkam. Ich brachte ihn mit Namen in Verbindung, die ich in den Supermärkten las. Dill, Kümmel, Curry, Rosmarin. Am Tisch neben dem Büro schlief, den Kopf auf die Arme gelegt, Griseta. Und neben ihr zeugten die leeren Teller von einem gescheiterten Abendessen.

Griseta wachte auf, brauchte ein paar Sekunden, um sich zurechtzufinden. Dann rieb sie sich wie ein kleines Mädchen die Augen und sah mich an, als habe sie in diesem Augenblick die Wahrheit herausgefunden: daß sie jemand anzog und ihr zugleich angst machte. Sie stand auf und kam zu mir, um mich zu umarmen. Ich spürte die Berührung ihrer Wange und suchte ihre Lippen mit einem Kuß.

»Du stinkst«, sagte sie und löste sich von mir.

»Das ist der Atem von Herrn Stolichnaya«, sagte ich mit einem Sprung in der Stimme. »Ein respektabler Wodka.«

»Du bist betrunken«, fügte sie hinzu, und ich sah in ihren Augen das Grauen von jemandem, der zum ersten Mal die dunkle Seite des Mondes erkennt. »Und ich warte auf dich wie ...«

»Ein Engel«, unterbrach ich sie.

»Wie ein dummes Ding.«

Ich wollte etwas Freundliches sagen. Eine dieser Entschuldigungen, die Ehemänner anbringen und mit denen sie genau den richtigen Punkt treffen, um den Zorn ihrer Frauen zu mildern. Doch ich war nie mit jemandem verheiratet gewesen, und was das Trinken betraf, hatte ich keine Entschuldigungen parat. Ich brauchte es ganz einfach. Und basta.

»Nicht alles läuft so, wie wir es uns vorstellen, Mädchen«, sagte ich, das letzte Wort betonend. »Ich hasse es, wenn die Qualität oder die Quantität dessen kontrolliert wird, was ich trinke. Und ich will nicht, daß du dich wie eine Ehefrau aufführst.«

»Mistkerl«, rief Griseta und schaute auf den mit Tellern, Besteck und Servietten gedeckten Tisch.

Ich fühlte in mir eine Woge hochkommen und kämpfte gegen die Versuchung, mich wie einer von den Trunkenbolden auf den Straßen aufzuführen, während die verdammte Wohnung außer Kontrolle geraten kreiselte.

»Ich bin, wie ich bin, und bin, was ich bin«, sagte ich, ohne mich um die Komplexität des Zungenbrechers zu scheren, die der Alkohol meinen Worten verlieh. »Und sag nicht, ich hätte dich nicht gewarnt. Du und ich, das kann nicht dauern. Ich bin doppelt so alt und habe doppelt so viele Laster.«

Sie senkte den Kopf und starrte auf den Boden, als würde dort gerade eine Parade von Küchenschaben vorbeiziehen. Sie spielte nervös mit ihren Händen, und ich fürchtete, sie würde gleich losheulen wie ein Schulmädchen, das nicht zur Party darf.

»Probleme mit der Kleinen?« hörte ich Simenon aus einer Zimmerecke fragen.

»Zuschauer sind nicht erwünscht«, brüllte ich und versuchte, seinem weißen, plustrigen Schwanz einen Fußtritt zu versetzen.

»Ich möchte nur bei dir sein«, begann Griseta.

»Wozu?« fragte ich hart, distanziert wie eine schlechte Kopie von Robert Mitchum. »Um die freundliche Ehefrau zu spielen?«

»Dummkopf, von Gefühlen verstehst du überhaupt nichts.«

»Wer in Dreiteufelsnamen glaubst du bin ich?« fragte ich, während ich auf dem erstbesten Stuhl zusammensackte.

Sie gab keine Antwort. Ich sah, wie sie ihr Gesicht in ihren Händen verbarg. Dann wurde es dunkel um mich herum, und es herrschte Stille bis zum nächsten Morgen, als ich von einer Autohupe geweckt wurde. Simenon war auf den Tisch geklettert und beobachtete mich vorwurfsvoll. Ich rief ihn, und er sprang auf meinen Schoß, um sich dort zusammenzurollen. Ich streichelte seinen Rücken, und wir sahen uns ohne Groll an. »Ich wollte dir nicht weh tun.«

»Du bist brutal und ein Lästermaul.«

»Die bösen Ratschläge von Stolichnaya!«

»Von Stolichnaya und Walker und Daniels und von noch ein paar Herren. Das Problem sind deine Freunde.«

»Meine Freunde.«

»Es sind viele.«

»Viele?« fragte ich und sah mich in der Wohnung um. »Siehst du hier viele Leute?«

»Du weißt schon, was ich meine.«

»Hast du etwa den Predigten der Zeugen Jehovas zugehört, die sich immer an der Straßenecke aufbauen?«

»Sie sagen schöne Dinge. Du solltest ihnen zuhören.«

»Zum Teufel! Mir scheint, ich habe zuviel Rum in deine Milch gegossen.«

»Ich mache nur Spaß, Heredia. Die Sektierer treten mir auf den Schwanz. Und was den Alkohol betrifft, vergiß nicht, was uns Chandler gesagt hat: Mit dem Alkohol ist es wie in der Liebe. Der erste Kuß ist Magie, der zweite Intimität, der dritte Routine. Hinterher ziehen wir nur noch das Mädchen aus.«

»Und Griseta?« fragte ich, weil ich keine Lust hatte, mich an Zitate zu erinnern.

»Sie ist gegangen.«

Ich erhob mich und ging durch die ganze Wohnung. Die einzige Spur von ihr war ein Zettel auf dem Nachttisch. Die Botschaft weckte mich vollends auf. »Ich habe Geld aus deiner Jacke genommen. Ich gebe es dir zurück, wenn ich groß bin.«

»Du bist zu alt für solche Probleme«, sagte Simenon hinter meinem Rücken.

»Wohin ist sie gegangen?«

Simenon strich zwischen meinen Beinen hindurch und ließ mich ihm bis zur Tür folgen. Ich öffnete sie, und er ging zu Stevens' Wohnung.

»Na, immerhin ist sie nicht weit gekommen.«

Ich stieß die Wohnungstür ganz auf und ging hinein.

Stevens war vor dem Fenster friedlich eingeschlafen. »Zwei Stunden früher als erwartet«, flüsterte er, sobald er meine Schritte hörte. »Das heißt, du bist besorgt.«

»Griseta?«

»Ein nettes Mädchen, Heredia. Du solltest sie besser behandeln.«

»Wieso ist sie hier gelandet?«

»Ich habe gehört, wie jemand die Tür zu deiner Wohnung zuknallte, und bin auf den Flur gegangen. Sie weinte, ich habe sie angesprochen und sie davon abgebracht, wegzulaufen.«

»Wo ist sie?«

»Sie schläft. Ich habe ihr ein paar Dinge über meinen Nachbarn gesagt, und sie hat mir von sich erzählt. Aus irgendeinem Grund, den ich einfach nicht zu verstehen vermag, liebt dich dieses Mädchen.«

»Wir sind erst seit zwei Wochen zusammen.«

»Sie sucht jemanden, an den sie sich klammern kann, und glaubt, du seist der Richtige dafür. Nenn es meinetwegen Angst. Letztlich führt auch die Angst zur Liebe. Angst vor der Einsamkeit oder vor dem Unbekannten.«

Ich machte eine zweifelnde Gebärde und setzte mich neben ihn.

»Warum glaubst du mir nicht, Heredia?«

»Habe ich etwas gesagt?«

»Du hast den Kopf bewegt.«

»Es heißt, du seiest blind.«

»Das bin ich, vergiß das nicht«, sagte Stevens. Und dann fragte er: »Möchtest du etwas trinken? «

»Nein, ich hatte gestern einen schweren Tag.«

»Nie wieder?«

»Nie ist zuviel Zeit.«

»Atme tief durch und entspann dich. Du brauchst dir keine Sorgen zu machen, sie wird nicht gehen.«

»Was kann ich tun, Stevens?«

»Laß deine Gefühle zu. Deine und ihre. So wirst du wenigstens, wenn alles einmal zu Ende ist, den Trost haben, dir selbst eine Chance gegeben zu haben. Denk darüber nach. Dann warte, bis sie aufwacht, lade sie zum Essen ein und sag ihr, was du empfindest.«

»Ist das alles?«

»Nach einem Streit gib der Frau erst einmal recht. Sie wird dich einen Moment lang ernst ansehen, und dann ist sie wieder wachsweich. Das solltest du wissen, Heredia.«

»Ich sollte vieles wissen.«

»Man darf nicht mit hilflosen Mädchen spielen. Entweder man liebt sie, oder man läßt sie in Ruhe, bevor man sie verletzt hat. Verstehst du? Oder bist du etwa wie dieser perverse Anselmo, unser Freund, der Zeitungsverkäufer, der die Frauen nicht nach ihrem Alter, sondern nach ihrem Gewicht fragt?«

Was bedeutete mir Griseta? Reichte es, ihre Haut gespürt zu haben? Lieben ist immer ein Mysterium. Egal, wie oft es geschieht und wie oft es nicht geschieht. Es geschah unvermittelt. Es zu erklären hieße das Unerklärliche erklären. Niemand versteht den Strahl, der dein Leben an einem regnerischen Nachmittag plötzlich in zwei Hälften teilt. Das war zwar nicht genau, aber in etwa der Satz, den ich in einem Roman von Cortázar gelesen hatte. Darin lag ihre Magie. Im Unerwarteten, Spielerischen, Tiefen und Endgültigen, das sie immer zu haben schien. Ich erinnerte mich an einen Brief von Fernanda wenige Wochen nach ihrer Abreise. *Die Tage vergehen, einer nach dem anderen. Die Morgen zeigen sich unterschiedlich. Einige voll von dir, andere ruhig, alltäglich. Gewiß ist, daß ich dich sehr geliebt habe und dieser Liebe treu bin, die so häufig wiedergeboren wurde. Jetzt besteht unsere Liebe aus Erinnerungen und Abwesenheit. Ich habe dich aus unerklärlichen, aus vielen Gründen geliebt. Die Zeiten, die kommen werden, die Zeit, die ich noch zu leben habe, werde ich dich immer in meiner Seele bewahren.* War es das? Wollte ich einen ähnlichen Brief bekommen, um in Augenblicken größter Verlassenheit daran denken zu können? Worte, die man sich einprägen konnte. Spuren, unvermitteltes Begehren, der Wunsch, einander wiederzusehen. Und wenn Griseta nun eine andere Gelegenheit war? Jener Strahl?

»Woran denkst du?« fragte Stevens.

»An nichts«, sagte ich. »Ich brauche eine Zigarette.«

»Sogar ein Blinder wie ich merkt, daß du lügst.«

»Ich weiß, daß ich sie nicht verletzen möchte«, sagte ich, während ich mir die erste Zigarette des Tages ansteckte.

2

»Blest läßt dich grüßen. Er erinnert sich an dich und hofft, dich bald wiederzusehen«, meinte ich unvermittelt. Wir hatten über Griseta und über Frauen gesprochen, bis das Licht, das ins Fenster fiel, heller geworden war und man die Dinge im Zimmer erkennen konnte.

»In der Hölle?« fragte sich Stevens, während er uns zwei Tassen Kaffee hinstellte, die er gekocht hatte, um uns wach zu halten und das Essen abzurunden, das wir uns nach Mitternacht spontan zubereitet hatten.

»Blest hätte ewig über Waffen sprechen können«, fügte ich hinzu, nachdem ich das Aroma des Kaffees geschnuppert und einen Schluck getrunken hatte, der mir half, den Nebel der Schläfrigkeit abzuschütteln.

»Waffen sind sein Leben. Anfangs waren sie sein Hobby und seine Arbeit. Und später sein Schutz angesichts dessen, was um ihn herum geschah.«

»Was für ein Schutz?«

»Der, den man im Gefängnis braucht, um nicht erstochen zu werden oder als Sexualobjekt zu enden. Bei einem intelligenten Typen wirkt sich Gefängnis doppelt verheerend aus, Blest hat das von Anfang an erkannt und dafür mit einem Toten bezahlt.«

»Was ist denn das nun wieder für eine Geschichte?« fragte ich, während ich die Teller zusammenräumte, die wir gebraucht hatten, um das Fleisch zu essen, das Stevens trotz seiner Blindheit und der Unordnung in der Küche gebraten hatte.

»In den Gefängnissen bilden sich Gangs, sie kontrollieren die Flure und die Insassen, die dort leben. Es sind geschlossene Verbände mit ihren eigenen Gesetzen und Hierarchien, die sich der Kontrolle der Justizbeamten entziehen. Als Blest im Gefängnis war, hat er es zum Capo eines von Mördern und Drogendealern bewohnten Flurs gebracht. Er verschaffte sich Respekt. Geschäfte, Ausbruchversuche, Racheakte: Nichts geschah ohne seine Zustimmung, selbst die Wärter waren auf sein Wohlwollen angewiesen. Bevor er in das Gefängnis kam, war Peteck der Capo dieses Flurs gewesen, ein Priester, der drei seiner Gemeindemitglieder in Puerto Natales umgebracht hatte. Die Verteidigung plädierte auf zeitweilige Umnachtung, und angesichts seines Priesterrockes wurde er mit Wohlwollen behandelt. Man nahm an, man könnte ihn mit der entsprechenden Behandlung resozialisieren. Doch der Priester war von Grund auf schlecht. Er wurde zu zehn Jahren verurteilt und brachte in dieser Zeit seinen Zellengenossen um. Nach dem zweiten Verbrechen wurde er nach Santiago verlegt, und als Blest ins Gefängnis kam, hatte der Priester bereits fünf Morde auf dem Kerbholz und kontrollierte den Flur. Keiner der Gefangenen wagte es, Petecks Zelle zu betreten. Blest studierte die Lage und beschloß, bei den Gefangenen Eindruck zu machen. Er traf alle Vorbereitungen, um eine Nacht in Petecks Zelle zu verbringen. Man wies ihn darauf hin, daß dies die sicherste Art sei, seine Haft zu verkürzen, doch er ließ sich nicht davon abbringen. Am nächsten Morgen wurde der Priester tot aufgefunden, und von diesem Augenblick an sagte Blest, wo es langging.«

»Drei Frauen und ein Priester«, meinte ich.

»Und wahrscheinlich sind das noch nicht alle«, fügte Stevens hinzu.

»Und du hast mich zu ihm geschickt, damit ich mit ihm rede.«

»Wir schleppen alle unsere dunklen Geschichten mit uns. Schatten, die wir jeden Morgen vor den Leuten verbergen. Masken. Doppelleben.«

»Es gibt Geschichten und Geschichten. Es fällt mir schwer, deine Beziehung zu Blest zu verstehen.«

»Ich habe ihn, kurze Zeit nachdem er aus dem Gefängnis geflohen war, im Schachklub kennengelernt. Ich war auch auf der Flucht, und keiner von uns beiden stellte viele Fragen. Er war freundlich zu mir, und als ich von seiner Geschichte erfuhr, hatte ich ihn bereits gern. Dann zog er sich in seine Höhle zurück, und als ich mich einmal von allen Seiten bedroht und allein fühlte, wandte ich mich an ihn. Er beschützte mich, ohne Fragen zu stellen.«

»Trotzdem ...«

»Er ist nicht der einzige Kriminelle, der frei herumläuft. Gib doch ruhig zu, daß es sich gelohnt hat, mit ihm zu sprechen. Jetzt kennst du das Terrain, auf dem du dich bewegst. Sicherlich hast du nicht gewußt, wie interessant das alles ist. Waffen sind nach dem Drogenhandel das lukrativste Geschäft. Der Wert eines Kampfflugzeuges entspricht dem eines Krankenhauses oder mehreren tausend Einheiten Impfstoff, und heutzutage geht es nicht darum, von Staats wegen Gutes zu tun, sondern darum, Geschäfte zu machen. Mit dem Ende des kalten Krieges haben die Donnerbüchsen nicht ausgedient: Hier und da gibt es immer wieder jemanden, der bereit ist, einen guten Preis dafür zu zahlen.«

»Die Verbindung zwischen Fernanda und Hillerman ist mir jetzt klarer. Doch ich brauche noch Fakten, muß das, was sie schrieb, mit den möglichen Betroffenen in einen Zusammenhang bringen. Bislang habe ich nur Informationen aus der Presse. Details, die jeder aufmerksame Zeitungsleser kennt. Chemische Bomben, Waffenproduktion. Alles sehr allgemein, außer der Information, die ich von dem Rechtsanwalt habe, der einen Prozeß wegen des Todes von Tamayo, dem Koch im Comet, angestrengt hat. Er hat mir ein, zwei Dinge verraten, die eine Spur sein könnten. Wie es scheint, hat der Koch tatsächlich einen der Mörder von Hillerman erkannt.«

»Einen der Mörder?«

»Jemanden, den Tamayo aus der Villa Grimaldi kennt.«

»Militär?«

»Ich nehme an, ja. Bislang kenne ich nur den Decknamen.«

»Diejenigen, die während der Diktatur auf seiten der Repression gearbeitet haben, sind weiterhin organisiert. Sie schützen sich gegenseitig und sind zu allem fähig, um ihre Anonymität zu wahren und straffrei zu bleiben. Ich möchte nicht zu deiner Beerdigung gehen, Heredia.«

»Mach dir keine Sorgen. Niemand wird mir das Privileg abspenstig machen, bei deiner Beerdigung eine Rede zu halten. Eine lange, langweilige Rede, damit diejenigen, die dich begleiten, deinen Tod wirklich beklagen.«

»Die Sache ist ein paar Nummern zu groß, um sich ihr ganz allein zu stellen.«

»Die Rede oder die Ermittlung.«

»Du weißt genau, was ich meine.«

»Dagoberto Solís hilft mir.«

»Solís? Ein Bulle?«

»Ich bin ihm was schuldig.«

»Hüte dich vor den Bullen, Heredia.«

»Was willst du damit sagen?«

»Mich würde nicht wundern, wenn es auch Bullen gibt, die in Waffengeschäfte verwickelt sind.«

»Solís war immer auf meiner Seite, auch in der schweren Zeit.«

»Wir haben alle unseren Preis, Heredia.«

»Wo es schon keinen Gott, kein Gesetz und keine Utopien gibt, vertrauen wir doch zumindest unseren Freunden.«

3

Griseta schlief noch immer, als ich Stevens' Wohnung verließ. Ich rief Dagoberto Solís aus meinem Büro an, und man sagte mir, er sei noch nicht an seinem Arbeitsplatz erschienen. Es war kurz vor zehn, und obwohl ich riskierte, die Fahrt umsonst zu machen, fuhr ich in Richtung Barrio Franklin. Ich parkte an der Plaza Hermanos Matte und beobachtete die Hausfrauen, die sich mit ihren täglichen Einkäufen abschleppten. Der Platz sah verwahrlost aus. An einer Seite standen zwei Fahrräder mit Schiffchenanbau der Erdnussverkäufer und ein halbes Dutzend fliegende Händler, die dort die Busse abpaßten, um einzusteigen und ihre Waren anzupreisen.

Solís war gerade beim Frühstück, als ich in seiner Wohnung ankam. Nachdem ich dreimal geklingelt hatte, öffnete er die Tür. Er trug gestreifte Unterhosen und ein noch nicht zugeknöpftes, geblümtes Hemd. Sein übermäßig dicker, weicher Bauch hing bedrohlich tief herunter, und sein Gesicht wies die Spuren einer Nacht am Hals einer Flasche auf. Er ließ mich herein, war aber nicht besonders begeistert. Die Wohnung roch nach Gebratenem, und auf dem Wohnzimmertisch sah ich zwei leere Piscoflaschen, drei Schachteln Marlboro und ein schlecht gefaltetes Exemplar von *La Cuarta*. Die Wohnung spiegelte Solís' Seelenzustand wider. Staubflusen häuften sich in den Ecken, und auf dem Tisch standen Essensreste und dreckige Teller.

»Ich habe gerade Kaffee gekocht«, sagte er und stützte sich an den Rahmen der Tür, die vom Wohnzimmer ins nächste Zimmer führte. »Ich kann dir eine Tasse anbieten, oder was Alkoholisches, wenn du schon so früh die Flasche küssen möchtest.«

»Kaffee«, antwortete ich und sah ihn verschwinden.

Ich nahm die Marlboroschachteln. Zwei waren leer, in der dritten fand ich ein paar Gramm weißen Staub. Solís kam zurück und merkte, daß meine Neugier Früchte getragen hatte. Er stellte eine Tasse vor mich und nahm die Schachtel mit dem Kokain eilig an sich.

»Guter Stoff«, meinte ich.

»Reste einer gerichtlichen Beschlagnahmung.«

»Niemand kann zwei Flaschen Pisco ohne Hilfe von ein paar Reihen Koks wegkippen.«

»Sei doch nicht so kleinlich.«

»Seit wann?«

»Siehst du denn nicht, was los ist?« fragte er, breitete die Arme aus und wies auf die Wohnung. »Ich komme allein nicht klar, und meine Frau hat nichts Besseres zu tun, als mich um noch mehr Geld zu bitten. Sie hat sogar Anwälte engagiert, die mich wegen Zahlung von Unterhalt vor Gericht bringen sollen.«

»Und der Schnee löst alle Probleme?«

»Zum Teufel mit deinen moralinhaltigen Kommentaren. Ich schnupfe, seit ich wieder im Dienst bin. Nerven, Müdigkeit, Angst. Gründe gibt es genug. Ich bin am Rand, Heredia. Hier und bei der Arbeit«, sagte er und sah mich wie von fern an, mit seinen Gedanken weit weg von der Wohnung und meinen Worten.

»Setz dich«, befahl ich. »Wir werden über ein paar Dinge reden, die dich deine Klagen vergessen lassen.«

Dagoberto machte eine angewiderte Geste und schloß die Augen auf der Suche nach der Ruhe, die es nur in seiner Einbildung gab. Ich dachte darüber nach, welches die angemessenen Worte sein könnten, doch alle, die mir einfielen, kamen mir nutzlos vor. Dick, stoppelbärtig und mit einem gewaltigen Kater war er ein Bild des Jammers. Und dennoch konnte ich nicht vergessen, daß es ebendieser Dagoberto Solís gewesen war, der mich häufiger aus mißlichen Lagen gerettet hatte, als ich mir hatte merken können. Es war jetzt nicht der Augenblick für Standpauken. Jetzt mußte sein Kopf mit Ideen gefüllt werden, die ihn auf andere Gedanken brachten.

»Ich komme mit Fernandas Tod nicht weiter«, sagte ich. »Ich wollte hören, ob du irgend etwas Neues erfahren hast.«

»Ich wollte dich heute nachmittag oder morgen anrufen«, entgegnete er und strengte sich an, sich auf das zu konzentrieren, was er sagen wollte. »Ich habe das Ergebnis der Untersuchungen des Blutes, das unter Fernandas Fingernägeln gefunden wurde. Es entspricht tatsächlich nicht ihrer Blutgruppe. Der Techniker hat es mit einigen Daten von Gewohnheitsverbrechern verglichen, aber nichts gefunden.«

»Vielleicht sollte der Vergleich mit deinen Kollegen angestellt werden.«

»Glaubst du, nur weil du hier ein paar Gramm Koks gefunden hast, könntest du jetzt mit Dreck um dich werfen?« fragte Solís leicht durcheinander. »Beim Dienst gibt es ein paar miese Typen, aber die meisten sind ehrliche Leute, die ihre Arbeit machen und tagtäglich ihre eigene Haut riskieren.« Das Blut in seinen Adern kam in Wallung, und das war gut so.

Ich lächelte, um ihn zu beruhigen. »Ich habe Gerüchte gehört. Wie es scheint, haben die Carabineros eine Version zum Tod von Hillerman, die mit der deiner Leute nicht zusammenpaßt.«

»Gerüchte!«

»An jedem Gerücht ist etwas Wahres. Du weißt schon, diese Sprichworte ...«

»Sie könnten andere Untersuchungsmethoden angewandt haben«, sagte Solís.

Er trank einen Schluck Kaffee und sah mir direkt in die Augen.

»Oder jemand ist daran interessiert, die Wahrheit zu vertuschen«, fügte ich hinzu.

»Und weshalb?«

»Geld, Einfluß, Schuld. Wer ist für die Ermittlung zuständig?«

»Tonioni. Doroteo Tonioni, El Mulo.«

»Wurde er nicht mal vom Dienst suspendiert, weil er ein paar junge Leute gefoltert hat, die er dabei überrascht hat, wie sie Neins gegen Pinochet an die Wände gemalt haben?«

»Der Prozeß wurde eingestellt. Dann kam der Regierungswechsel, und er gelangte auf die Liste der Unberührbaren.«

»Doroteo Tonioni«, murmelte ich.

»Woran denkst du?«

»Ich buchstabiere mir nur noch einmal seinen Namen... Doroteo Tonioni. Du warst irgendwann sein Vorgesetzter.«

»Kurz nach meinem Eintritt in die Kripo. Später hat ihn dann die Scheiße nicht angewidert, und ihm sind Flügel gewachsen. Er ist der richtige Mann, um den Fall Hillerman zu begraben. Doch wir sollten uns einstweilen nicht seinetwegen den Kopf zerbrechen«, meinte Solís. Und fügte dann hinzu: »Ich habe eine Liste der Gäste, die nach dem Tod von Hillerman das Hotel verlassen haben.«

Er ging zu der dicken Aktentasche auf dem Tisch, zog etwas heraus und kam mit einem Blatt Papier zu mir zurück, auf dem zwölf Namen standen.

»Araber, Chinesen, Koreaner, Israelis und ein einziger christlicher Name, Florencio Angel«, sagte ich, nachdem ich die Liste der Gäste gelesen hatte.

»Die Araber waren Geschäftsleute, ebenso wie die Chinesen und die Koreaner. Die Israelis ein Touristenpaar. Angel ist Kubaner. In seinem Paß gibt er an, Journalist zu sein, und er wurde einmal am Zoll wegen illegalen Waffenbesitzes festgehalten. Er hatte eine Magnum bei sich, mit der man Stiere umpusten kann. Er hat seinen Wohnsitz in Miami und könnte etwas mit der Sache zu tun haben. In Miami denken die immerhin ständig an Waffen, um irgendwann bei Fidel Castro einzumarschieren.«

»Das war in den siebziger Jahren. Jetzt hat Castro viel mehr Probleme als damals. Seine Leute fliehen auf Flößen, und die Kubaner in Miami können es sich leisten, an Drogen, Badeorte und Fernsehsender zu denken.«

»Ich habe nachgeforscht. Er arbeitet in einem Reisebüro, das als Geldwäscherei dient.«

»Wenn er was mit den Toten im Comet zu tun hat, ist er sicher schon in Miami.«

»Ich würde mir auf jeden Fall seinen Namen merken.«

»Der Name von Tonioni geht mir nicht aus dem Kopf. Spiel den Vampir, saug ihm ein paar Blutstropfen aus und vergleich sie mit dem Blut, das unter Fernandas Fingernägeln gefunden wurde.«

Solís lachte laut heraus, und das Blitzen in seinen Augen sagte mir, daß er die Sause der vorangegangenen Nacht überleben würde.

»Ich werde sehen, was ich mit Tonioni und diesem Gerücht wegen des Berichts der Carabineros machen kann.«

Ich stand auf und ging zur Wohnungstür. Dagoberto tat es mir nach, und als wir nebeneinanderstanden, umarmte er mich.

»Rasier dich, zieh dir ein sauberes Hemd an und wirf dieses Scheißpulver ins Klo«, sagte ich zu ihm, bevor ich die Tür öffnete.

»In genau der Reihenfolge?« fragte er ironisch.

Ich ging in den Gang hinaus, blieb nach ein paar Schritten stehen und wandte mich wieder an Solís. »Da ist noch was. Villa Grimaldi. Erinnerst du dich an den Namen von jemand, der dort war? Jemand Vertrauenswürdiges.«

»Jerónimo Larios«, sagte er nach kurzem Nachdenken. »Wir waren Kollegen in der Berufsschule. Ich habe etwas über ihn in der Zeitschrift gelesen, die das Solidaritätsvikariat herausbrachte.«

»Was für ein Vikariat?«

»Sei kein Idiot, Heredia. Jerónimo Larios. Das ist ein guter Name.«

»Der Dichter? Ein kleiner Glatzkopf, der in Belgien im Exil war?«

»Er ist 1986 nach Chile zurückgekehrt.«

»Gerade rechtzeitig«, sagte ich, ein Lächeln andeutend. »Wenn der das ist, dann kenne ich ihn. Er kam immer in die Bar in der Calle Catedral, in der ich Stammgast war. Dort traf sich ein Kreis von zehn oder zwölf Leuten. Wir wollten über Pferdesport und Fußball reden, und er ließ sich nicht davon abbringen, über Literatur zu schwatzen. Er war etwas stur. Wir nannten ihn Amado Nervo, weil er so nervig war.«

»Das muß derselbe sein. Ich glaube, ich habe Kolumnen von ihm in *La Nación* gelesen.«

»Oder im *Erwachet*, dem Blatt der Heilsarmee.«

»Sei kein Idiot, Heredia. Warum interessiert dich die Villa Grimaldi?«

»Nostalgie. Schlicht und ergreifend Nostalgie. Damals war der Feind besser zu erkennen. Der allumfassende Konsens heutzutage bringt mich völlig durcheinander.«

»Du änderst dich nicht, du Westentaschendetektiv.«

»Warum sollte ich auch? Nichts hat sich so sehr geändert, daß es einen Anlaß dafür gäbe. Es sei denn, du bist an Geschäften interessiert oder daran, Fernsehstar zu werden.«

»Wie üblich läßt du mich mit Zweifeln zurück«, hörte ich Dagoberto Solís sagen, als ich schon auf der Treppe war, die zur Straße führte.

Ich lächelte in mich hinein und stellte mir vor, daß Solís es auf dem Weg zur Dusche auch tun würde. Ich ging eilig zu meinem Lada, und während ich den Rückwärtsgang einlegte, dachte ich darüber nach, wie ich Larios finden könnte.

Er arbeitete bei keiner Zeitung mehr. Sechs Monate lang war er bei *La Nación* gewesen und hatte dann eine Anstellung als PR-Mann bei einem Fruchtexportunternehmen gefunden. Ich brauchte nicht lange, um das herauszufinden. Ich mußte nur zu *La Nación* gehen und mit dem Personalchef reden, einem dicklichen Schwätzer, der sich wortreich über die Leistung von Larios ausließ und mir den Namen seiner neuen Arbeitsstelle verriet. Wie es schien, besaß Larios nicht viel Talent, oder seine Faulheit, die der Informant vier- oder fünfmal hervorhob, hatte ihn daran gehindert, die Arbeit zu leisten, die von ihm erwartet worden war. Ich hatte nicht nach ihm gesucht, um ihm den Nationalen Pressepreis zu überreichen, daher verabschiedete ich mich eilends und verließ die Zeitung, wobei ich die Hitze verfluchte, die die Calle Agustinas zum Einschlafen brachte.

Die Arbeitsstelle von Larios lag in der Nähe der Avenida Manuel Montt. Ich rief dreimal in seinem Büro an, und jedesmal teilte mir seine Sekretärin mit, er sei in Konferenzen, von denen sie zwar die Anfangszeit wußte, aber nicht, wann sie wieder aufhörten. Ich beschloß, zu warten, bis er herauskam, und ging in einen Imbiß, von dem aus man das Büro überwachen konnte.

Er kam um sieben heraus. Rötliches Licht spiegelte sich in meinem dritten Bierglas, als ich ihn erkannte. Ich beglich eilig die Rechnung und holte ihn ein, während er die Treppe zur Metro hinunterstieg. Er war überrascht, erkannte mich nicht und wollte weitergehen.

»Jerónimo Larios«, sagte ich und hielt ihn an einem Arm fest.

Er schaute mich mißtrauisch an und schüttelte meine Hand ab, die ihn fest genug gepackt hatte, damit er verstand, daß ich ihn so lange festhalten würde, wie ich es für nötig hielt.

Er war dicklich wie eh und je, doch seine Kleidung hatte sich radikal verändert. Er hatte immer Dunkles getragen, jetzt trug er einen weinroten Leinenanzug, ein gestreiftes Hemd und eine breite italienische Krawatte. Er wollte ein postmoderner Geck sein, wirkte aber nur wie eine armselige Neuauflage von Tony Caluga, dem Clown.

»Ich weiß nicht, was Sie wollen«, sagte er verärgert.

»Bar Congreso. 1974 und folgende.«

»Ich verstehe Sie nicht«, meinte Larios, doch meine Angaben hatten bereits in seinem Gedächtnis eingeschlagen.

»Prof Fuentes, Castaño, Mardoqueo Vilches, Apablaza, ein paar Namen von damals. Erinnern Sie sich daran?«

»Sie waren ...?«

»Heredia.«

»Der Jurastudent«, sagte Larios. Und fügte, nachdem er mein Aussehen eingeschätzt hatte, hinzu: »Haben Sie das Studium abgeschlossen?«

»Das steht jetzt nicht zur Debatte.«

»Ich habe auch nicht viel Zeit«, sagte er, während er auf seine Uhr schaute. »Wenn Sie etwas von mir wollen, erreichen Sie mich morgen in meinem Büro.«

»Früher hattest du es nicht so eilig, mein Freund«, meinte ich ironisch. »Ich bin weder auf Geld noch auf Gefälligkeiten aus. Nur auf ein Gespräch von fünf Minuten und auf Erinnerungen.«

»Morgen.«

»Bis morgen dauert's mir zu lange«, fügte ich hinzu, während ich seinen Arm wieder packte. »Ich möchte nicht unangenehm werden.«

Larios folgte mir in den Imbiß, in dem ich auf ihn gewartet hatte. Ich bestellte ein Bier, er einen Cappuccino. Nachdem wir eine Viertelstunde geredet hatten, war ihm klar, daß ich keine alten Rechnungen begleichen wollte, und er war wieder der alte. Ich verzieh ihm seine Arroganz und dachte, sie sei nur darauf zurückzuführen, daß er sich in einem Milieu einen Platz zu erkämpften versuchte, das nicht seines war.

»Es ist seit damals viel Wasser unter der Brücke durchgeflossen«, sagte er, wie gewohnt in vorgefertigten Sätzen redend. »Das Leben ändert sich, und wir ändern uns mit ihm. Ich hatte Glück. Ich habe andere Beziehungen aufgetan und glaube, endlich den Platz erreicht zu haben, der mir zukommt.«

Seine Worte schienen aus einem schlechten Bolerotext zu stammen, aber das sagte ich ihm nicht. Ein Teil meines Berufes bestand darin, Leuten wie Larios zuzuhören, ihrem Schwachsinn mit einem Nicken beizupflichten und auf den richtigen Augenblick zu warten, um das aus ihnen herauszuholen, was mich interessierte.

»In dieser Bar Catedral haben sich doch nur die Gescheiterten getroffen.«

»Damals schien es Ihnen dort zu gefallen.«

Meine Bemerkung war ihm unangenehm, und die nächste Frage ließ ihn auffahren, als hätte ich mit glühenden Nadeln in seine Geschlechtsteile gepikt.

»Denken Sie heute immer noch wie früher? Ihre Vorstellungen waren ziemlich radikal.«

»Meine?« fragte Larios, bevor er lächelte und nervös von seinem Kaffee trank. »Das sind Streiche aus der Vergangenheit. Sie wissen ja …«

»Jugendsünden«, unterbrach ich ihn.

»Die Zeiten haben sich geändert. Wer sich nicht anpaßt, verliert den Anschluß. Heute kennen wir die Fehler der Vergangenheit, die Mauern der Bürokratie, den Betrug …«

»Ziemlich teure Jugendsünden. Haben Sie ein paar Jahre in Belgien gekostet und eine nicht besonders glückliche Rückkehr.«

»Ich habe es vergessen, Heredia.«

»Das glaube ich gern«, sagte ich, doch er bemerkte die Ironie in meiner Stimme nicht.

»Wem nützt das was? Ich hatte einmal einen Kumpel in meinem Viertel, mit dem analysierte ich Zitate von Mao und Lenin. Wir begriffen sie nicht, aber konnten sie auswendig.«

»Vielleicht lag da der Fehler. Ihr habt sie nur nachgebetet.«

»Witzbold«, sagte er und wartete auf ein Lächeln von mir, das nicht kam.

Ich folgerte daraus, daß er sich in den vergangenen Jahren darauf spezialisiert hatte, aller Welt nur Nettigkeiten zu sagen, und, wenn er damit nicht ankam, nicht wußte, wie er reagieren sollte.

»Immer mit der Ruhe. Wir sind hier nicht in einer Prüfung. Ich stolpere ständig über Typen wie Sie. Sie wollen nichts mehr hören von etwas, wovon sie gar nicht wissen, was es war. Sie hatten Gedanken gepredigt, weil sie in Mode waren, oder hörten nur dem Geläute von ein paar Glocken zu, ohne sich zu fragen, für wen sie läuteten.«

»Ich habe Sie sympathischer in Erinnerung«, entgegnete er und fand für einen Augenblick zu seiner aufgesetzten Arroganz zurück.

»Die Erinnerung täuscht und entstellt, besonders bei Scheinheiligen.«

»Wollen Sie mich irgendeiner Sache bezichtigen?«

»Würde es sich lohnen? Jeder schaut mal auf den Grund des Brunnens«, entgegnete ich und hatte meine Zweifel, ob Larios die Bedeutung dieser Worte verstanden hatte.

»Ja und?« fragte er. »Wohin soll dieses Gespräch führen?«

»In die Zeit, die Sie vergessen wollen.«

»Haben Sie nachgeforscht, in welchem Betrieb ich arbeite, und wollen mich nun erpressen?«

»Ihre Chefs werden alles über Sie wissen. Heute interessiert niemanden mehr, was für ein Exsoundso man ist. Ich hätte gern, daß Sie sich an die Villa Grimaldi erinnern.«

Larios' Blick gefror in einem Ausdruck, der beinahe angsterfüllt war, und er brauchte ein paar Minuten, bis er sich wieder gefangen hatte.

»Berührt Sie das so stark?«

»Sie haben keine Ahnung, was das bedeutet hat.«

»Ich war nie dort, aber ich weiß es.«

Larios griff zur Kaffeetasse, stellte fest, daß sie leer war. Er bestellte einen zweiten Kaffee für uns beide. Ich steckte mir eine Zigarette an und ließ Larios durch seine Erinnerungen streichen.

»Ich vergesse es nicht«, sagte er schließlich.

»Perro Negro. Sagt Ihnen der Spitzname etwas?«

»Es war einer von …«

»Den Folterern«, sagte ich, als ich merkte, wie er zögerte. »Fürchten Sie sich nicht, die Dinge beim Namen zu nennen.«

»Er war der Schlimmste«, schloß Larios.

»Erinnern Sie sich an seinen Namen?«

»Nein, ich …«

»In der Bar damals haben Sie sich immer mit Ihrem guten Gedächtnis gebrüstet.«

»Baeza. Leutnant Rogelio Baeza, der schwarze Hund, Perro Negro. Ich habe diesen Namen einmal nachts gehört, als sie mich aus der Zelle holten. Offenbar rief ihn jemand an, und irgendein Neuling, der glaubte, es seien keine Verhafteten im Raum, machte sich nicht die Mühe, den Namen zu verschweigen. Als ich in Belgien lebte, habe ich diesen Namen im Büro der Vereinten Nationen hinterlassen.«

»Kein Zweifel?«

»Niemand, der einmal dort gewesen ist, wird Perro Negro vergessen.«

»Haben Sie schon irgendwann einmal versucht herauszubekommen, wo er sich aufhält? Ich meine in den letzten Jahren.«

»Niemals.«

»Wahrscheinlich ist er Oberst, Militärattaché oder Hüter der Schutzengel.«

»Wer weiß das schon?«

»Gute Frage, Larios«, sagte ich und trank mein Bier aus. »Jetzt können Sie Ihre Krawatte zurechtrücken und gehen. Jetzt nervt mich's wirklich nicht, Amado Nervo.«

Larios lachte, als er seinen Spitznamen hörte. Er erhob sich und ging Richtung Ausgang.

»Vergessen Sie nicht, was ich über die Glocken gesagt habe«, rief ich ihm hinterher, doch er hörte mich nicht oder wollte mich nicht hören. Ich verfluchte mein schlechtes Gedächtnis für Zitate, und mir fiel nur eines halbwegs wieder ein, das am Anfang eines Romans von Hemingway steht: Frag nie, wem die Stunde schlägt, sie schlägt für dich. »Pavese, Trakl, Rilke«, murmelte ich. Schließlich fiel mir doch noch ein, daß jenes andere Zitat von John Donne stammte. Ich mußte den alten Hemingway wieder einmal lesen. Ich hatte ihn genauso vernachlässigt wie Simenon und Griseta. Ich dachte an ein weiteres Bier, doch das Gespenst der vergangenen Nacht umkreiste mich wie ein Raubtier.

4

Ich ging weder nackt durch die Straße, noch hatte ich mich grün angemalt, aber es kam aufs gleiche heraus. Als ich mich der Wohnung näherte, betrachteten zwei Nachbarinnen, die vor der Fleischerei des Viertels miteinander schwätzten, spöttisch den Veilchenstrauß, den ich an die Brust gedrückt hielt, als wäre er aus zartem, zerbrechlichem Porzellan. Ich hatte ihn beim Portal Fernández Concha von einem Mädchen erstanden, das Blumen neben einem Stand verkaufte, der Teigtaschen und Kuchen zweifelhafter Herkunft feilbot.

Als ich beim Kiosk von Anselmo anlangte, machte ich einen Bogen, um das kleine Fenster zu umgehen, von dem aus er inmitten seiner Tageszeitungen, Sportbeilagen und Zeitschriften mit Fotos nackter Frauen, die er erst unter die Leute brachte, nachdem er selbst sie mit fieberhafter Aufmerksamkeit durchgeblättert hatte, die Welt analysierte. Ein Blumenstrauß war genau das Richtige, um seine Scherze in Gang zu setzen, und hätte mich gezwungen, ihm mehr Erklärungen über Griseta und meinen Versöhnungsversuch abzugeben, als ich wollte. Doch Anselmo war in ein Gespräch mit der Dicken vertieft, die jede Nacht auf der Straße stand, um die Typen in ihren Armen aufzufangen, die schwankend aus La Piojera oder dem Wonderful kamen.

Ich stürmte zwei Stufen auf einmal nehmend die Treppe zur Wohnung hinauf. Simenon, der vor meinem Schreibtisch lag, zerriß geduldig den Band mit Erzählungen von Jack London, den ich ein paar Wochen zuvor gelesen hatte, als ich auf einen Klienten wartete, der daran interessiert war, etwas über die Geschäfte seiner Schwester zu erfahren, die die Verwalterin eines Erbes war, das sie sich weigerte aufzuteilen. Ein einfacher, erbärmlicher Fall, der mich nicht mehr Anstrengungen gekostet hatte, als mit den Nachbarinnen der Frau zu reden und die Bewegungen der letzten sechs Monate auf ihrem Bankkonto in Erfahrung zu bringen. Es war einer dieser Routinejobs gewesen, die ich nicht besonders mochte, die mir jedoch für gewöhnlich für das dienten, was Anselmo »die unermüdliche Aufgabe, zu überleben und zum Erhalt der Menschheit beizutragen« nannte. Ich schrieb einfach nur den Bericht auf der alten Royal, auf der ich seit meinem Universitätsstudium tippte, und ließ mir im Büro des Klienten von einer Sekretärin das Honorar auszahlen, die so liebenswürdig war wie ein Treibstachel.

Das Wasserrauschen der Dusche ließ mich geradewegs zum Badezimmer gehen, wo ich den sanften Duft von Lavendel einatmete und Grisetas nackten Körper unter der Dusche sah. Ich dachte gerade noch darüber nach, was ich am besten mit den Blumen machen sollte, da öffnete sich plötzlich der Vorhang. Das Wasser ging auf Grisetas Schultern nieder, floß über ihre Brüste bis zum Hintern, der vom darüberrinnenden Wasser glänzte. Ich zeigte ihr die Blumen, und sie zog mich an der Krawatte zu sich heran, bis ich ihre Lippen unter dem Wasser fühlte. Sie half mir aus den Kleidern, und kaum standen wir beide darunter, legte sie ihre Arme um meinen Hals, und wir küßten uns. Als das Wasser abkühlte, suchten wir zwischen den Bettüchern Zuflucht, die noch von der vergangenen Nacht zerwühlt waren.

»Willst du immer noch, daß ich gehe?« fragte sie.

»Nur, um die Veilchen ins Wasser zu stellen. Es sind immerhin die ersten Blumen, die ich in meinem Leben gekauft habe.«

Der nächste Morgen hatte die Verschlafenheit eines Wochenendes an sich, es war warm, und sie lag bei mir. Ich hatte an ihren Rücken geschmiegt geschlafen, ihr Duft war in mir und erinnerte mich an die Nächte, in denen ich davon geträumt hatte, neben einer Frau mit einer Haut wie ihrer einzuschlafen: jung, sanft und geradezu durchsichtig.

»Wirst du mir jetzt sagen, wie sehr du mich liebst?«

»Habe ich es nicht gestern nacht gesagt?«

»Nicht mit Worten, die ich dir später einmal ins Gedächtnis zurückrufen könnte.«

»Ist das notwendig?«

»Man muß seine Gefühle ausdrücken, Heredia. Du kannst nicht ewig auf die Intuition der anderen vertrauen oder glauben, daß Worte überflüssig sind. Sie sind der Ursprung. Nichts existiert, was nicht auch benannt wird.«

»Wer hat dir denn das beigebracht?«

»Ich habe es in einem Film gehört, in den ich mitgenommen wurde, als ich noch im Gymnasium war«, sagte sie. »Aber nun reicht's mit Fragen. Sag mir nur, was ich gerne hören möchte.«

»Einfach nur so?«

»Wovor hast du Angst, Heredia?«

Ich erzählte ihr von meiner Angst vor den Abschieden oder davor, daß sie meiner überdrüssig werden könnte. Ich wußte, dies würde irgendwann geschehen, sie würde ›Auf Wiedersehen, Heredia‹ sagen, die Tür schließen und gehen.

Doch an diesem Morgen wollte keiner von uns beiden daran denken. Wir frühstückten ohne Eile, und als ich eine Glocke in der Nähe zwölf Uhr mittags schlagen hörte, setzte ich mich an den Schreibtisch, um den Fortgang der Ermittlungen zusammenzufassen. Das war die Methode, die ich immer anwandte, wenn meine Gedanken sich überstürzten und ich keinen roten Faden fand.

Griseta kam zu mir und legte die Fotokopien der Presseartikel auf den Schreibtisch, die sie in der Biblioteca Nacional gemacht hatte. Es war mehr als erwartet, doch sah es auf den ersten Blick nicht sehr ergiebig aus.

»Ich hab mich wie ein wild gewordener Papiertiger da durchgefressen«, sagte Griseta.

»Nicht wie ein Bücherwurm?«

»Ist doch egal. Die Angestellten waren schon ganz sauer wegen meiner vielen Bitten.«

»Niemand mag seinen Hintern bewegen, wenn man ihm zu wenig dafür bezahlt.«

»Wenn du möchtest, fasse ich es dir zusammen.«

»Ich höre«, sagte ich, während ich in den Fotokopien blätterte.

»Die Produktion von Kriegswaffen erreichte während der Regierung Pinochet ihren Höhepunkt. Die Möglichkeit eines Krieges mit Peru oder Argentinien, zu der noch der Mißkredit kam, in den Chile in der Welt geraten war, führte zwangsläufig dazu, daß Chile sich selbst mit Waffen versorgen mußte. Einige Projekte wurden von der armeeeigenen Waffenfabrik realisiert, andere von privaten Unternehmern, die in diesen Sektor zu investieren begannen.«

»Du redest wie eine Spezialistin über das Thema«, unterbrach ich sie lächelnd.

»Einige Abschnitte kann ich auswendig«, erklärte sie und fuhr dann mit ihrem Bericht fort. »Die Presse stellt alle möglichen Spekulationen zum Tode von Hillerman an. Die Verantwortlichen könnten sowohl der CIA als auch iranische Agenten sein. Wobei Selbstmord nicht ausgeschlossen wird.«

»Ist das alles?« fragte ich eine Viertelstunde später, nachdem sie die Informationen wiedergegeben hatte, die sie sich eingeprägt hatte.

»Hilft dir das nicht weiter?«

»Gute Arbeit«, sagte ich, aber sie glaubte mir nicht. Ich deutete an, daß ich erst einmal einen Kaffee bräuchte, und während Griseta einen zubereitete, überlegte ich, daß mir diese allgemeinen, jedermann zugänglichen Informationen nicht weiterhelfen würden. Es ging jetzt nicht darum, zu wissen, wer gegen wen Kriege führte und wer dabei zum Millionär wurde. Ich mußte die Namen derjenigen erfahren, die die Drecksarbeit machten, derjenigen, die nicht auf den Titelblättern der Zeitschriften erschienen. Gewalttätige Typen, die im Comet auf detaillierte Anweisungen hin gehandelt hatten und die sich womöglich noch jetzt irgendwo in der Stadt versteckten.

Ich nahm das Telefon und rief Dagoberto Solís an. Seine Worte kamen etwas undeutlich bei mir an, ich schloß daraus, daß ich ihn beim Essen gestört hatte. Er fragte mich, in welchem Zustand ich ihn bei meinem Besuch in seiner Wohnung angetroffen hätte, und ich beruhigte ihn mit ein paar Worten zum schlechten Gedächtnis der Menschen.

»Ich habe den ganzen Dreck weggeworfen«, sagte er leise, und ich hoffte, er würde bis auf weiteres ohne Kokain auskommen. »Noch am selben Tag.«

»Das hatte ich schon ganz vergessen«, log ich.

»Ich weiß, du wirst es niemandem erzählen«, sagte er leise. Dann fügte er etwas erleichtert hinzu: »Was die Ermittlungen betrifft, die dich interessieren, habe ich keine Neuigkeiten.«

»Ich habe meine Nase in andere Dinge gesteckt und brauche deine Hilfe, um eine bestimmte Information zu bekommen.«

»Ich hatte gedacht, du wolltest dich nach meinem Gesundheitszustand erkundigen: Ich weiß nicht, wie lange ich noch Geduld für dich aufbringe, Heredia. Du läßt mich für dich arbeiten. Du willst Daten haben, und am Ende muß ich mich um deine Knochen kümmern. Eines Tages...«

»Ja, ich weiß«, unterbrach ich ihn. »Eines Tages wirst du mich zum Teufel jagen. Das sagst du mir, seit wir uns kennen. Genauer gesagt, seit zwanzig Jahren. Seit du mir in den Prüfungen für Rechtsphilosophie eingesagt hast. Erinnerst du dich daran? Du bist wahrscheinlich der einzige gewesen, der *Die Reine Rechtslehre* von Kelsen gelesen hat.«

»Ich bin bis Seite dreißig gekommen und beschloß dann, Polizist zu bleiben.«

»Bis du auf Seite dreißig angelangt warst, hatte ich schon kein Geld mehr, um Bier zu kaufen.«

»Und da hast du mich das erste Mal um Hilfe gebeten.«

»Ist schon möglich.«

»Noch eine Erinnerung, und ich werde mich gezwungen sehen, dich auf ein paar Gläser einzuladen.«

»Habe ich dir erzählt, daß der Koch vom Comet in der Villa Grimaldi gewesen ist?«

»Daran kann ich mich nicht erinnern.«

»Dort hat er eine bestimmte Person kennengelernt«, sagte ich und machte eine Pause, um Simenon wegzuschieben, der es sich zwischen meinen Beinen gemütlich machen wollte. »Er hat sie an dem Tag wiedergesehen, als Hillerman umgebracht wurde.«

»Und?«

»Er wurde Perro Negro genannt. Sein Name lautet Rogelio Baeza. Einer vom Militär, der entweder noch im Dienst ist oder im besten Falle mit einer Medaille für Wohlverhalten in Pension geschickt wurde.«

»Was willst du von ihm?«

»Wissen, wo er arbeitet oder lebt.«

»Möchtest du nicht lieber, daß ich meine Hände in eine Bratpfanne lege und sie dir zum Frühstück serviere?«

»Du hast doch sicher Kontakte im Verteidigungsministerium. Bitte um die Information, als würde es sich um etwas Offizielles handeln.«

»Dann braten sie mir die Eier anstelle der Hände.«

»Es geht doch nur um eine kleine Angabe. Keine Tragödie von Shakespeare.«

»Ich will sehen, was sich machen läßt«, sagte Solís. »Aber versprechen kann ich dir nichts.«

»Versprechen kann ich dir nichts«, wiederholte ich, nachdem ich den Hörer aufgelegt hatte. Das war einer dieser vorgefertigten Sätze, die Dagoberto Solís immer benützte, um zu sagen, daß er es tun würde. Irgendwann einmal würde ich ihm sagen, daß diese Tricks bei mir und bei jedem, der ihn gut kannte, nicht mehr funktionierten.

Ich streckte meine Arme nach Simenon aus, damit er sich an meiner Brust zusammenrollte. Er war etwas zu dick, doch sein Fell war immer noch weiß und glänzend wie eh und je. Er ähnelte einem Schneeball, nur wenn man ihn berührte, fühlte man jeden einzelnen seiner Muskel, die bereit waren, jederzeit zur Verteidigung eines noch so aussichtslosen Falles loszuspringen. Darin, und in der Vorliebe für dunkle Dächer, waren wir uns ähnlich. Während ich seinen Rücken streichelte, kam Griseta herein. Sie hatte sich die Lippen rot geschminkt und hatte lange Paillettenohrringe angelegt. Sie trug einen schwarzen Minirock, der ihren Hintern betonte, und ein kurzes T-Shirt, das den Ansatz ihrer Brüste frei ließ.

»Was siehst du mich so an?«

»Mir scheint, du bist plötzlich erwachsen geworden.«

»Gefällt es dir?«

»Das weißt du doch.«

»Ich meine, was ich anhabe. Ich wollte es tragen, wenn du mich ins Kino einlädst.«

»Ins Kino?«

»Du bist doch hoffentlich nicht einer dieser Langweiler, die am Wochenende arbeiten und Arbeit mit nach Hause nehmen? Kino, Pizza, Bier und ein paar Stunden Salsatanzen im Barrio Bellavista. Was hältst du von unserem Programm?«

»Unserem Programm?« fragte ich überrascht, während Simenon aus meinen Armen sprang und Griseta umkreiste. »Ist das nicht ein bißchen viel? Vergiß nicht, daß ich ein über vierzigjähriger Greis bin und das letzte Mal zur Musik der Beatles oder der Ramblers getanzt habe.«

»Mir könnte ja noch etwas einfallen, damit du die Prähistorie vergißt.«

5

Die verrückte Auszeit des Wochenendes wurde von Anselmo beendet, der gleich am Montag morgen erschien. Am Samstag waren wir nachts durchs Bellavistaviertel gezogen, inmitten der jungen Leute, die in die Tanzlokale strömten oder wieder aus ihnen herauskamen, vom Bier oder dem Marihuana beschwingt, dessen Duft über den von Kunsthandwerkern und Verkäufern von anderem Krimskrams gesäumten Wegen hing. Im ›La puerta de al lado‹ zwang mich Griseta zur Musik von ›Los Miserables‹, ›Los Peores de Chile‹ und ›La Ley‹ zu tanzen. Wir kamen im Morgengrauen in die Wohnung zurück und liebten uns genießerisch wie Menschen, die sich ihrer Liebe sicher sind und alle Zeit der Welt haben. Den Sonntag faulenzten wir im Bett, bevor wir am späten Nachmittag ins Kino gingen, um *Amnesia* von Justiniano zu sehen, der letzten Station meiner anstrengenden Reise zurück in die Zeit, als ich zwanzig war.

Ich las die Erzählung ›El Rayo Macoy‹ von Rafael Ramírez, als der Kioskbesitzer hereinkam und über den Sessel stolperte, den ich für meine Klienten vor den Schreibtisch gestellt hatte. Er trug abgewetzte Jeans, eine Jacke, die an das Konzert von Rod Stewart im Estadio Nacional erinnerte, und eine Baseballmütze mit dem Logo der Chicago Bulls. In seiner linken Hand hielt er ein Blatt Papier und in der rechten ein Handy: er war seit kurzem wie besessen von technischen Spielereien. Sechs Monate zuvor hatte er das von einer entfernten Verwandten geerbte Haus verkauft und vom Erlös seinen Kiosk mit einem Fax, einem Kabelfernseher, einem Mikrowellenherd, in dem er Hot dogs aufwärmte, und einem PC ausgestattet, auf dem er mehrere Dutzend Spiele hatte, um sich die Stunden zu verkürzen, in denen er sich nicht dem Studium von Pferdesportzeitschriften oder den Heftchen widmete, die er bei Valdés kaufte, einem Dicken an der Plaza Almagro, von dem behauptet wurde, er vertreibe Bücher, die Gangs von kleinen Rotznasen in den Provinzbuchhandlungen klauten.

Anselmo und ich waren seit dem Abend Freunde, an dem ich ihm geholfen hatte, sich von drei Schlägern zu befreien, die ihm das Fell wegen eines erfolglosen Pferdes aus dem einzigen Grund über die Ohren hatten ziehen wollten, daß er eintausend Pesos mit Nichtstun verdienen wollte. Wir befanden uns in einer Filiale des Pferderennsportclubs in der Calle Bandera, und seine Überlebenschancen standen ebenso schlecht wie die, einmal Isabel Adjani in den Hintern zu kneifen. Wir hatten Glück und schnelle Beine. Seither war er immer für mich da, wenn es darum ging, mich über das Geschehen im Viertel auf dem laufenden zu halten und das eine oder andere für mich zu erledigen.

»Don Heredia«, sagte er mit einem gewissen Erstaunen in der Stimme.

»Sieht so aus, als hättest du den Teufel persönlich gesehen.«

»Wo haben Sie denn gesteckt? Ich hab Sie das ganze Wochenende lang nicht gesehen.«

»Ich habe eine verrückte Reise durch die Freuden Santiagos gemacht.«

»Das müssen Sie mir genauer erklären, Don. Ich habe nicht mal die Hälfte verstanden.«

»Ist auch unwichtig. Wie ist es mit Gringo Hereje gelaufen?«

»Schlecht, Don. Ich glaube, Sie schulden mir drei- oder viertausend Pesos.«

»Schulde? Ich habe dir einen Fünftausendpesoschein gegeben!«

»Ich hab ein paar Wetten für Sie abgeschlossen, Don.«

»Es gibt nichts Schöneres, als die Woche mit Schulden in der Tasche zu beginnen.«

»Seien Sie mir nicht böse. Ich habe Ihnen doch nur was Gutes tun wollen. Und Sie waren, wie ich gehört habe, ja mit Ihrem Täubchen verschollen.«

»Sie heißt Griseta.«

»Das hört sich nicht wie ein christlicher Name an.«

»Meiner doch auch nicht, Anselmo.«

»Aber ja doch, ich vergesse das immer wieder«, sagte er. Und dann, nachdem er um sich geblickt hatte, fügte er fast flüsternd hinzu: »Ist sie tatsächlich so jung, wie sie aussieht?«

»Wenn du ihre Haut fühlen könntest«, sagte ich und war mir sicher, daß seine Phantasie auf Hochtouren arbeitete.

»Mein Gott. Wie kommt es, daß Sie, Don…«

»Glück, Anselmo. Nimm es dir nicht so zu Herzen.«

»Mit mir hat das Glück nichts im Sinn. Am Wochenende hatte ich eine Verabredung mit Señorita Oriana, der, die im Grillrestaurant an der Ecke bedient. Ich habe mich feingemacht wie für eine Taufe, und es lief alles prima, bis sie mich nach dem Kino einlud, ihre Freunde kennenzulernen. Ich dachte, wir würden zu einer kleinen Party gehen, aber ich bin bei der Versammlung der Brüder der Kirche des Siebten

Siegels oder so gelandet. Sie hat mich dem Pastor vorgestellt und mich in den Kurs ›Einführung in den Glauben‹ eingeschrieben. Aber das war nicht das Schlimmste. Sie zwangen mich, in einer Art Kreis von blöden Typen meine Sünden laut vorzusingen.«

»Und?«

»Ich fing mit einer an, dann kam noch eine, und bei der dritten haben sie mich an den Schultern gepackt und an die Luft gesetzt. Und jetzt grüßt mich Orianita nicht mal mehr aus Versehen. Was soll man da machen, Don?«

»Frauen und Kuttenträger, das ist eine schlimme Mischung.«

Anselmo setzte sich in den Sessel und legte mir, weil ihm der Grund seines Besuches wieder einfiel, ein Blatt Papier auf den Schreibtisch.

»Ein Fax, Don. Importiert.«

Heredia, begann die Nachricht von Ifigenio Clausel. *Ich komme gerade aus Los Angeles zurück, noch ganz durcheinander von den blonden Gringas und dem besten Rum, den ich seit Jahren getrunken habe. Meine Angelegenheiten und die Ihren, die letztlich in eins gehen, wurden erledigt. Ich bin mit der Zeitschrift in Kontakt getreten, bei der Hillerman gearbeitet hat, sie ließen mich sogar seinen Terminplan für die Interviews einsehen, den er im Arbeitscomputer hatte. Der Kerl hat sich tatsächlich zweimal in Los Angeles mit dieser Fernanda getroffen. Worüber sie gesprochen haben? Weiß ich nicht, aber ich könnte wahrscheinlich zu einer Folgerung kommen, wenn wir nicht so weit voneinander entfernt und daher außerstande zu einem Austausch von Worten wären. Denn letztlich ist es doch so, wie ein alter Arschficker es ein-*

mal gesagt hat, der es mit der Wahrheit nicht so genau nahm: Was man nicht weiß, denkt man sich. Das Paar hat sich, den Notizen zufolge, die die Sekretärin nach einem Telefongespräch mit ihm gemacht hat, in Buenos Aires wiedergetroffen. Seine Kumpels von der Zeitschrift meinten, der Gringo sei schon eine Medienleiche. Mies, so was, Heredia, altes Haus. Auf den Spuren von Toten rumlaufen, ist nicht mein Schönstes. Von hier aus, lieber Bruder, umarme ich Dich, an den Flachmann geklammert, der so hell ist wie dieser Nachmittag und die Augen meiner Kleinen, die ich, so Gott will, stets in meinen unersättlichen Armen halten werde.

»Haben Sie was verstanden, Don?« fragte Anselmo, als ich das Fax wieder auf den Schreibtisch legte. »Ich habe es mehrfach gelesen und habe, Ehrenwort, nicht mal die Hälfte verstanden.«

»Vielleicht ist es extra so geschrieben, daß nur der Empfänger es versteht.«

»Nun werden Sie nicht gleich böse, Don. Ich habe es angeguckt, als es im Kiosk ankam, nicht mehr. Sie glauben doch nicht etwa, daß ich in fremden Angelegenheiten herumschnüffle. Nur Neugier, nichts weiter. Wenn Sie den Apparat nicht benutzen würden, käme nicht mal Weihnachten ein Fax.«

»Ist schon gut. Niemand wird dich anklagen«, sagte ich, während ich über die Treffen zwischen Fernanda und Hillerman nachdachte. Eine berufliche Beziehung zwischen zwei Journalisten? Oder waren sie beide in die Spionage verwickelt, die Rechtsanwalt Ortega angedeutet hatte? Die beiden waren hinter demselben her, das war klar, und es war jemand früher zu dieser Schlußfolgerung gekommen als ich.

»Ich gehe mal wieder«, hörte ich Anselmo sagen, der über die Schnürsenkel seiner Turnschuhe stolpernd die Wohnung verließ.

Ich wollte Fernandas Bild wieder vor mir erstehen lassen. Die Farbe ihrer Augen oder ihrer Haut wieder sehen, doch ich fühlte nur Wehmut. War das alles, was mir von ihr geblieben war, oder war ihr Bild von dem Grisetas überlagert worden? Fragen, nichts als Fragen, die bei den Ermittlungen nicht weiterhalfen. Du brauchst etwas Konkretes, sagte ich mir in dem Augenblick, als Griseta ins Zimmer kam und sich an meine Taille schmiegte wie ein kleines, schutzsuchendes Mädchen.

»Ernst, sehr ernst«, sagte sie. »Zu ernst, als daß ich in deinen Augen lesen könnte, was du gerade denkst. Und das macht mir angst, weißt du?«

»Ich dachte an dich.«

»Deine Lügen funktionieren bei mir nicht, Heredia. Du dachtest an Fernanda«, sagte sie, indem sie von mir abrückte. »Gestern, als du schliefst, habe ich im Nachttisch das Bild gefunden, das du von ihr aufbewahrt hast.«

»Sie ist tot«, sagte ich hart.

»Die schlimmsten Kämpfe ficht man gegen Gespenster aus, und du lebst umringt von ihnen.«

»Ohne die eigene Vergangenheit bist du nichts. Es gibt einen Roman von Fitzgerald, den du lesen solltest, *Der Große Gatsby*. Ich habe sein Ende immer noch im Gedächtnis: So regen wir die Ruder, stemmen wir uns gegen den Strom und treiben doch stetig zurück, dem Vergangenen zu.«

»Zitate!«

»Vergiß das nicht. Man kann nicht alles in den löchrigen Sack der Zukunft werfen.«

»Du redest wie ein alter Mann«, rutschte es Griseta raus.

»Falten durchziehen meine Haut, ich habe weiße Haare und laufe nicht mehr so schnell wie früher.«

»Ich möchte, daß du an mich denkst, bemerkst, daß ich da bin und an deiner Seite sein möchte. Bei allem.«

»Seit du in dieser heruntergekommenen Wohnung erschienen bist, tue ich nichts anderes«, rechtfertigte ich mich, bevor mir das Läuten des Telefons zu Hilfe kam.

Ich nahm den Hörer ab und hörte Solís' Stimme. »Es ist Montag, und ordentliche Leute arbeiten.«

»Was glaubst du wohl, was ich tue?« fragte ich.

»Du sitzt mit dem Rücken zum Schreibtisch, schaust aus dem Fenster und hast die achte Zippe dieses Morgens fast aufgeraucht. Du denkst seit einer halben Stunde über dein Pech nach und schreckst bei jedem Geräusch auf dem Flur hoch. Ich möchte, daß du heute um zwölf Uhr mittags runter in die Bar an der Ecke kommst und dein erstes Glas trinkst. Und vielleicht hast du ja heute noch Glück, und eine alte Frau bittet dich, ihr zu helfen, ihre Katze wiederzufinden. Du liebst doch Katzen, und zudem bringen dir die alten Frauen ihr ins Taschentuch geknotetes Erspartes.«

»Was soll das heißen, Solís?«

»Es soll heißen, daß mein Schreibtisch vollgekotzt ist mit Bergen voller Papiere mit Gebührenmarken und daß ich, bevor ich das lese, jemandem eins reinwürgen muß. Es heißt, daß ich die Nase voll habe von Schreiben und Blättern mit

Briefkopf. Daß ich nicht wieder in den Dienst eingetreten bin, um als Schreibtischarsch zu enden, und schließlich heißt es, daß ich dir über diesen Rogelio Baeza nichts zu sagen habe. Er ist kein Soldat und war nie einer. Wer dir diesen Namen in den Mund gelegt hat, hat dich verarscht.«

»Erstattest du deinen Vorgesetzten in diesem Ton Bericht?«

»Du bist nicht mein Vorgesetzter, und heute ist Montag. Wieder einer von diesen langen verdammten Montagen, an denen man in diesem Büro einschläft, das nicht mal air-conditioning hat.«

»Du hast ja recht. Das Leben behandelt dich schlecht. Nun erklär mir mal das mit Baeza.«

»Ich habe mit meinem Kontakt im Verteidigungsministerium gesprochen. Er ist alle Listen durchgegangen und hat niemanden mit diesem Namen gefunden.«

»Ist diese Quelle vertrauenswürdig?«

»Sonst würde ich es dir nicht sagen.«

»Und wenn du mal andere Listen anschaust.«

»Was für andere Listen?«

»Die mit deinen Leuten zum Beispiel.«

»Wenn es in den letzten zwanzig Jahren einen Typ mit dem Namen gegeben hat, würde ich ihn kennen. Aber ich werde mal nachschauen, wenn dich das beruhigt.«

»Und mich glücklich macht, hast du vergessen hinzuzufügen.«

»Wenn es dich beruhigt und dich glücklich macht. Ich weiß wirklich nicht, warum ich am Ende immer wieder auf dich höre...«

»Sag es nicht. Eines Tages...«

Die Verbindung brach ab, und ich legte den Hörer auf.

»Komm«, sagte ich zu Griseta, die mich neugierig ansah. »Am Montag arbeitet es sich schlecht. Laß uns im Viertel eine Runde drehen.«

6

Wir kamen mit unserem Spaziergang nicht weit. Als wir gerade die Wohnung verlassen wollten, klopfte es, und ein Junge mit einer roten Jacke, an deren Brusttasche der Name Hotel Comet eingestickt war, erschien in der Tür. Er wirkte verschreckt und zögerte, in das Büro einzutreten, als fürchtete er, ihn erwarte dort eine Tracht Prügel.

»Señor Heredia?« fragte er leise.

»Was steht auf dem Schild an der Tür?« entgegnete ich.

»Entschuldigen Sie bitte, ich hatte es nicht gesehen«, fügte er hinzu, während er ein paar Schritte zurückwich, als wollte er es nachholen.

»Vergiß es. Ich bin Heredia. Was möchtest du?«

»Ich wollte das hier abgeben«, sagte der Junge und gab mir einen Umschlag aus dickem, festem Papier, den er bislang an seine Brust gedrückt hatte.

Mein Name stand in Fernandas großer, runder Schrift auf der Vorderseite des Umschlags. Auf der Rückseite erkannte ich ihre Initialen. Ich öffnete den Umschlag und zog zwei Blatt Papier und ein Foto heraus, auf dem drei Typen, die den Arm umeinandergelegt hatten, und genauso viele blonde Mädchen zu sehen waren.

»Wo kommt der her?« fragte ich.

»Einer unserer weiblichen Gäste hat ihn am Empfang des Hotels abgegeben. Er ist hinter ein Bord gerutscht, und heute, als die Elektroinstallationen überprüft wurden, hat man ihn gefunden.«

»Weißt du, wer die Absenderin war? Was mit ihr passiert ist?«

»Nein. Eine der Sekretärinnen hat ihn mir gegeben und mir aufgetragen, ihn sofort hierher zu bringen, bevor es der Chef merkt. Im Hotel sind sie, was Fehler in der Behandlung der Gäste betrifft, ziemlich eigen«, meinte der Junge, und mein Gefühl sagte mir, daß er nicht log.

Ich gab ihm eintausend Pesos Trinkgeld. Der Junge nahm das Geld und verabschiedete sich mit einem scheuen Lächeln.

Ich faltete die Blätter auseinander. Der Brief war auf den Tag vor Fernandas Tod datiert, er mußte das enthalten, was Fernanda bewegt hatte.

Ich schreibe gerade an einer Reportage über die Produktion von Kriegswaffen in Chile und über die Beteiligung des Unternehmens Interarm, dem sowohl die Presse als auch die Vereinigten Staaten von Amerika vorwerfen, im Golfkrieg Waffen an den Irak geliefert und große Mengen Zirkonium erworben zu haben, ein chemisches Produkt, das zur Herstellung von hochzerstörerischen Bomben benutzt wird. Bei meinen Nachforschungen habe ich den Journalisten Travis Hillerman kennengelernt, mit dem ich mich, wie wir zwei Wochen vor seinem Tod verabredeten, in Santiago treffen wollte. Wir wurden Freunde und hatten in Los Angeles eine Affäre. Nichts Ernstes, doch genug, um Vertrauen zueinander aufzubauen. Er arbeitete für die CIA, *sein Beruf als Journa-*

list war nur Tarnung. Wir haben über das Waffen-Thema gesprochen, und er hat mir Material über das chilenische Unternehmen gegeben, das offenbar eine chemische oder eine Sauerstoffbombe entwickelt. Er sagte mir, in Europa wisse man in bestimmten Kreisen davon und habe kein großes Vertrauen in die Umsetzbarkeit des Projektes. Es scheine Schritte auf Regierungsebene zu geben, um die Produktion chemischer Waffen zu unterbinden. Um Chile den Eintritt in das nordamerikanische Freihandelsabkommen zu ermöglichen, gibt es einiges zu beachten in Sachen Demokratie, Waffen, politische Stabilität. Es liegt alles auf dem Verhandlungstisch. Ich weiß, ich muß Dir das nicht weiter erklären. Doch jetzt kommt etwas, das Dich interessieren könnte. Ich hatte Hillerman gefragt, warum er nach Chile reisen wolle. Er sagte, er brauche Material über ein Projekt, das Julián Almarza, ein Agent der DINA, *im Jahre 1975 entwickelt habe. Es scheint so, als hätten Almarza und ein Chemiker namens Baquedano mit der Herstellung von Nervengas experimentiert. Das Projekt habe ›Jerez‹ geheißen, und um es durchzuführen, hätten sie aus Miami Zylinder zur Lagerung, Spezialöfen und einige chemische Zusammensetzungen, wie zum Beispiel Fluorwasserstoffsäure und organische Phosphorsalze, erhalten. Hillerman glaubte, Almarza sei es gelungen, Methylfluorphosphonsäureisopropylester herzustellen, ein farbloses, unter dem Namen Sarin bekanntes Gas, das in Ländern wie Japan von Terroristengruppen bei öffentlichen Anschlägen benutzt worden ist. Hillerman schien Beweise für die Fabrikation des Gases zu besitzen. Das ist möglicherweise eine große Sache, denn Baquedano verschwand auf mysteriöse Weise während einer Reise nach Brasilien. In der Presse in Santiago wurde darüber berichtet, doch das Thema verschwand schnell von der Bildfläche. Ich wollte an noch mehr Material rankommen, doch es ist offensichtlich, daß jemand dem Gespräch, das ich mit Hillerman führen wollte, zuvorgekommen ist. Sein Tod veranlaßt mich zu glauben, daß die Geschichte mit der Herstellung von Nervengas nicht der Phantasie entspringt. Ich muß bald mit Dir reden, Heredia. Mein Aufenthalt hier in Chile ist, fürchte ich, nach Hillermans Tod etwas problematisch. Ich schreibe Dir diese Nachricht auch, weil ich erfahren habe, daß jemand im Hotel Fragen zu mir gestellt hat. Ein Kubaner mit Namen Angel, der Verbindungen nach Miami hat. Mir ist unwohl dabei. Diese Typen lassen sich für ein paar Pesos kaufen. Denk nur an den Mord an Orlando Letelier. Ich lege Dir ein Foto bei, auf dem die drei Männer zu sehen sind, die Hillerman verdächtigte. Jemand aus der Botschaft der Vereinigten Staaten, der mit ihm zusammenarbeitete, hat es aufgenommen. Der rechte ist Angel, den in der Mitte kenne ich nicht, und der letzte heißt möglicherweise Pacheco.*

Ich unterbrach meine Lektüre und schaute das Foto an. Die Männer sagten mir überhaupt nichts, und die Frauen waren diese Hotelpüppchen, die ich manchmal morgens mit baumelndem, kokettem Schminkköfferchen in der Hand aus dem Carrera kommen sah.

Das Foto wurde im Nachtclub Dinos gemacht. Du weißt sicher, wo der ist. Oder hast Du Dich, seit wir uns das letzte Mal gesehen haben, verändert? Ich habe Angst und brauche Dich, Heredia. Ich möchte Dir die Details erzählen und dann gleich aus Santiago verschwinden. Du hattest recht, als Du sagtest, ich paßte nicht genug auf mich auf. Doch wem sage ich das, wenn du noch immer so wie früher bist?

»Ich habe nur mehr Glück gehabt«, sagte ich leise.

Ich hoffe, dieser Brief war gar nicht nötig, schrieb Fernanda, *weil wir uns morgen oder übermorgen sehen. Dann werde ich mich sicher fühlen und Dir gestehen, was zu sagen ich mich vorher nicht getraut habe. Ich weiß, Du wirst mich nicht im Stich lassen, Heredia.*

»Lies ihn«, sagte ich zu Griseta. »Er enthält viele Antworten, nach denen du in den letzten Tagen gesucht hast.«

Ich holte eine Flasche, während Griseta las, und nahm zwei große Schlucke vom billigen Whisky, den ich für Notfälle vorrätig hatte. Der Alkohol schoß durch meine Eingeweide wie eine für Fehler in der Vergangenheit selbst auferlegte Strafe.

Als Griseta ausgelesen hatte, füllte ich mein Glas mit der dritten Dosis.

»Du mußt da raus«, sagte sie erschrocken und wedelte nervös mit dem Brief.

»Da raus? Jemanden vergessen, der schreibt *ich weiß, Du läßt mich nicht im Stich*?«

»Es ist ihretwegen, nicht wahr?«

»Hast du unser Gespräch von gestern vergessen? Fernanda ist ein Teil dieser Vergangenheit, die ich nicht verleugne. Und obwohl ich nicht weiß, wohin das führen wird, werde ich alles, was mit ihr zu tun hat, aufmerksam verfolgen. Und morgen oder in zehn Jahren wird mir jemand die Person nennen, und ich werde neben ihr auftauchen und die Schuld einfordern.«

»Du und deine Vorstellungen von Gerechtigkeit. Ich würde dich gern verstehen.«

»Jetzt habe ich keine Zeit, irgend etwas zu erklären«, sagte ich und verließ die Wohnung.

7

»Ich gehe nur meinem Beruf nach«, murmelte ich, nachdem ich eine Ration Wodka bestellt hatte.

»Feiner Beruf«, hörte ich einen Typen sagen, den ich im Spiegel neben meinem Tisch sah. »Am Ende eines langen Tages Essensreste und kalter Reis. Traurige Morgen und ein Kater, der einem den Verdienst auffrißt.«

»Blödmann«, rief ich.

»Was meinten Sie, Señor?« fragte der Kellner.

»Sie waren nicht gemeint, amigo. Ich habe mit dem Typ dahinten geredet«, sagte ich und zeigte auf den Spiegel, in dem mein Gesicht nicht mehr zu sehen war.

»Möchten Sie wirklich nichts mehr?« fragte der Kellner.

»Eine Portion Gerechtigkeit. Ohne Zucker und irgendwelches Plastik.«

Nach dem zweiten Glas und nachdem ich ein paar Spielzüge vom Fußballspiel verfolgt hatte, das im Fernsehen übertragen wurde, rief ich Solís an. Dagoberto war zu Hause. Ich erwähnte Fernandas Brief nicht, sagte jedoch, es sei wichtig. Häufig reagieren Solís und ich auf Probleme auf die gleiche Art. Nur hatte er die Sicherheit einer festen Arbeit gewählt und zugleich noch den Fehler begangen, eine Frau zu heiraten, die seine Entscheidungen lenkte, von einfachen Entscheidungen wie der Farbe des Hemds bis hin zu wichtigeren wie dem Urlaubsort oder seinem vorgezogenen Ruhestand.

Solís erschien schon vor Ablauf einer Viertelstunde in der Bar. Er trug ein limonengrünes Hemd, das er nach der Trennung von seiner Frau gekauft haben mußte. Er schwitzte, die Flecke unter den Achseln machten einen Wischlappen daraus. Er begrüßte mich, bevor er sich setzte, und bestellte dann einen halben Liter Bier.

»Was wolltest du mir unbedingt sagen?« fragte er.

»Die Polizei verliert keine Zeit«, entgegnete ich. »Sie kommt umgehend dem Ruf der hilfesuchenden Unschuldigen nach.«

»Spar dir deine Ironie bis zum zweiten Bier auf.«

Ich zog Fernandas Brief hervor und gab ihn ihm zu lesen.

»Ein Mädchen in Teufels Küche«, sagte er, als er seine Lektüre beendet hatte.

»Kennst du jemanden von den dreien?« fragte ich und zeigte ihm das Foto.

Er schaute es sich eingehend an und kratzte sich heftig am rechten Ohr. »Die sagen mir überhaupt nichts. Keiner sieht Brando, De Niro oder Al Pacino ähnlich.«

»Der Kubaner Angel ist einer von ihnen. Der andere könnte Pacheco heißen, den dritten kenne ich nicht.«

»So steht es im Brief.«

»Angel stand auf der Gästeliste des Comet.«

»Ja, aber er ist inzwischen weg.«

»Was hältst du davon, wenn wir mal beim Dinos vorbeigingen? Es gab da immer hübsche Mädchen und gute Getränke. Ich war ewig nicht mehr in so einem Club.«

»Was willst du denn im Dinos?« fragte Solís.

»Einen Namen für das Gesicht finden, das noch keinen hat.«

»Es ist ein bißchen früh.«

»Das Dinos kennt keine festen Zeiten. Du kannst kommen, wann du willst, und findest immer nette Mädchen.«

Der Nachtclub lag an der Merced, einen Block weit vom Parque Forestal entfernt, wo drei oder vier Clubs und eine Absteige inmitten von Büros und Wohnhäusern überlebt hatten. Er schien der ideale Ort für gemütliche Stunden am späten Nachmittag zu sein. Drinnen war es halbdunkel, fünf oder sechs Gäste saßen herum, und ein Mädchen tänzelte mißmutig auf einem mit Auslegeware bezogenen Podest, das als Bühne diente. Wir bestellten was zu trinken und wiesen die Gesellschaft von zwei als Vampire verkleideten Frauen zurück. Solís probierte sein Getränk, gähnte und stand auf, um ins WC zu gehen. Ich sah ihn im Halbdunkel verschwinden und zehn Minuten später mit einem sechzigjährigen, großen, grauhaarigen Mann zurückkommen, der eine Jacke aus Lederimitat trug, die zu Zeiten von Elvis Presley neu gewesen war.

»Terranova«, stellte er mir seinen Begleiter vor. »Der härteste Ausbilder der Schule. Wir sind uns auf der Toilette begegnet. Schüssel an Schüssel.«

Der Mann lächelte diskret, zeigte seine Zähne wie ein braves Zirkuspferd, hob die Brust und nahm eine Haltung an, die seine Marschier- und Exerziervergangenheit verriet. Doch nur einen winzigen Augenblick lang. Dann hatte sein Gesicht wieder eine dunkle, gealterte Haut, und seine Schultern hingen von der Last des Alters herunter.

»Er ist hier für Ordnung zuständig«, informierte mich Dagoberto, der glücklich über die Begegnung schien.

»Ich mache meine Runden, passe auf. Sehe zu, daß keiner einen Aufstand macht, und wenn Kunden über die Stränge schlagen, werfe ich sie raus«, sagte Terranova.

»Ich werde häufiger kommen«, sagte Solís freundlich zu ihm.

Terranova dankte mit einem Lächeln, sah sich aus dem Augenwinkel um und wollte wieder an seine Arbeit gehen.

»Warum so eilig?« fragte Solís. »Wir könnten ein paar Erinnerungen teilen.«

»Ich danke dir für dein Interesse, doch ich mag keine Erinnerungen, Solís.«

»Vielleicht kann er uns helfen?« fragte ich Solís, und bevor Solís noch antworten konnte, zeigte ich Terranova das Foto. »Kennen Sie diese Typen?«

Der Alte schaute Solís an und wartete auf ein Zeichen, bevor er Interesse am Foto zeigte.

»Heredia kannst du vertrauen.«

»In letzter Zeit sind viele Journalisten gekommen. Sie schreiben ihre Reportagen, und das schadet dem Geschäft«, sagte Terranova, bevor er das Foto ansah. Er brauchte eine Brille, doch er war bestimmt zu stolz, das einzugestehen. »Vor nicht allzu langer Zeit kamen die auf dem Foto häufig hierher. Hatten jede Menge Scheine. Belegten immer ein Séparée und redeten. Manchmal luden sie die Mädchen zum Trinken ein oder nahmen sie woandershin mit. Den links nennen sie den Kubaner. Den Dicken kann ich nicht unterbringen, doch eines der Mädchen weiß vielleicht was über ihn.«

»Möglicherweise heißt er Pacheco«, sagte Solís. »Und was ist mit dem dritten, der interessiert uns am meisten.«

»Erkennst du ihn nicht?« fragte Terranova Dagoberto.

»Baeza. Er war in einem meiner Kurse. Er war aufsässig, aber ich habe ihn auf Trab gebracht.«

»Baeza! Ich habe im Dienst nie was von ihm gehört«, sagte Solís.

»Er ist nach dir eingestellt worden. Er gehört zu denen, die nach dreiundsiebzig eingetreten sind. Deswegen hast du ihn nicht gesehen, er war nie in Santiago im Dienst. Nach jenem Jahr suchten sie Männer, die in Spezialeinheiten dienten. Du weißt, was ich meine. Sie zogen Männer aus dem Heer, der Marine, Carabineros und Kriminalbeamte zusammen. Baeza ist in Concepción gelandet. Soll richtig Spaß an der Arbeit gehabt haben, und sechs Monate bevor die Regierung meines Generals zu Ende ging, hat er sich pensionieren lassen und in einem Privatunternehmen eine Anstellung gefunden. Muß ein guter Job sein. Er zieht sich gut an und gibt das Geld mit vollen Händen aus.«

»Wie oft kommt er hierher?« fragte ich.

»Schwierig zu sagen«, meinte Terranova, und ich hatte das Gefühl, als wäge er jedes seiner Worte ab. »Manchmal kommt er oft hintereinander, und dann wieder, wie jetzt, erscheint er ein paar Wochen lang nicht.«

»Und die anderen?«

»Den Kubaner habe ich nicht wiedergesehen. Was den Dicken betrifft, der gehört nicht hierher. Mir scheint, er kommt nur, um sich mit Baeza zu treffen. Es ist normal, daß Geschäftsleute zum Geschäftemachen hierherkommen. Doch warum fragen Sie soviel?«

»Heredia arbeitet für einen Typen, der daran denkt, Geschäfte mit dem Kubaner zu machen, er möchte das Terrain sondieren.«

Terranova hörte aufmerksam zu, doch sein Blick verriet, was er dachte. Er glaubte Dagoberto kein einziges Wort und merkte sich meinen Namen.

»Wirtschaftsspionage«, stellte Terranova fest.

»Einholung von Informationen«, sagte ich, Solís' Versteckspiel mitmachend.

»Das ist alles, was ich über diese Kunden sagen kann«, erklärte Terranova in dem autoritären Tonfall vergangener Zeiten. »Wenn Sie ein paar nette Mädchen wollen, helfe ich Ihnen gern. Und Sie, Solís, sollten nie vergessen, was ich Ihnen beigebracht habe: Es ist nicht gut, unter Kollegen herumzuschnüffeln.«

»Da geht einer, den niemand mochte«, sagte Solís, während Terranova sich entfernte. »Als die Schüler in leitende Positionen kamen, haben sie es ihm heimgezahlt und ihn vorzeitig in den Ruhestand versetzt. Er wollte in seinen Militärstiefeln sterben, und jetzt läuft er hier herum und paßt auf Muschis und heiße Nüsse auf.«

»Ich glaube, es war unklug, ihm das Foto zu zeigen. Er hatte einen Blick, der mir überhaupt nicht gefallen hat. Sobald er Baeza oder die anderen wiedersieht, wird er ihnen von unserem Gespräch erzählen.«

»Kein Grund zur Sorge«, meinte Solís. »Aber ich muß zugeben, daß du recht hattest, als du mich gebeten hast, auch die Liste meiner Leute durchzugehen.«

»Es wäre gut, herauszufinden, wo sich Baeza aufhält.«

»Das müßte einfach sein. Ich werde in der Personalabteilung nachfragen. Wenn das nichts bringt, kann ich mit ein paar Kollegen sprechen.«

»Ist in Ordnung«, sagte ich, nachdem ich mich im Nachtclub noch einmal umgesehen hatte. »Und jetzt laß uns gehen, bevor unsere Dämonen aufwachen.«

8

Wir verabschiedeten uns an der Ecke Vicuña Mackenna/Alameda voneinander. Dann trödelte ich etwas am Stand mit den gebrauchten Büchern vor dem Burger an der Plaza Italia herum. Ich fand ein mißhandeltes Exemplar von *Los Túneles Morados* von Daniel Belmar, erstand es, ohne zu feilschen, und machte mich mit dem Buch unter dem Arm zu dem Restaurant auf, das mich vor Jahren immer beherbergt hatte, wenn ich auf den Feierabend einer Freundin wartete, die im Nautilus arbeitete, einem Oben-ohne-Laden, dessen Stammkunden kleine Beamte waren.

Ich bestellte einen Wodka-Tonic und setzte mich ans Fenster, das zum Parque Bustamante hinausging. Von dort aus konnte ich die Bauarbeiten an der Linie 5 der Metro sehen. Ein riesiger Schaufelbagger grub seine Kralle ins Erdreich, zerquetschte Pflanzen und Blumen. Daneben versuchten Arbeiter, uralte Palmen in einen Schreddertrichter zu hieven. Nicht weit davon beobachtete Manuel Rodríguez unbeeindruckt auf seinem Bronzepferd, wie sich die Stadt ihrer Geschichte entledigte, sie durch unterirdische Züge und lange, dünne Betontürme ersetzte.

Eine Stunde lang las ich ein paar Kapitel des Romans von Belmar noch einmal, der in der nebligen Stadt Concepción spielt. Doch während ich las, waren meine Gedanken zugleich weiter beim Besuch im Dinos und bei dem Foto von

Baeza und seinen Begleitern. Hier war das Tor zur Welt der Waffen, und hier mußte ich nach den Mördern von Fernanda suchen. In einer Welt, die nichts mit den Stadtvierteln zu tun hatte, in denen ich mich für gewöhnlich aufhielt. Hier saß ich nun an der Westseite des Platzes, der die Stadt in zwei Sektoren teilt, die man von Tag zu Tag weniger wiedererkannte, und bemerkte den alten Unterschied zwischen denen, die ihre Träume leben, und denen, die sie zu Ende gehen sehen.

Ich dachte ans Comet, ließ das Getränk stehen, klappte das Buch zu und machte mich auf den Weg zum Hotel. Draußen kreiste die warme, schwüle Luft, die sich einem auf die Haut legte und den alten Kindertraum nach unendlich viel zu trinken wieder wach werden ließ.

Ich kam gleichzeitig mit einer Delegation an, die mit der Feinfühligkeit von Büffeln ins Hotel trabte: Zwanzig oder dreißig Typen in Sportanzügen stiegen gerade aus dem Bus, der sie vom Flughafen abgeholt hatte. Sie wirkten müde und wären ihren Blicken nach vor dem halben Dutzend Journalisten, das sie erwartete, am liebsten davongerannt. Einer der Hoteldiener klärte mich auf. Es handele sich um kolumbianische Fußballer, sagte er mir und wies auf einen großen, schokoladenbraunen Mann mit blondgefärbtem Haar.

»Pibe Valderrama«, sagte er und konnte sich gerade noch zurückhalten, ihn um ein Autogramm zu bitten.

Ich zeigte wenig Begeisterung und schlüpfte in die Bar, in der Ruhe herrschte wie bei meinem ersten Besuch. Der Barmann hatte gewechselt. Doch ich begrüßte ihn, als wären wir schon ein ganzes Leben lang Freunde, und bestellte ein Royal.

»Haben Sie die Kolumbianer gesehen?« fragte er. »Sie spielen gegen ›Universidad de Chile‹. Die werden wir schön einseifen. Mindestens zwei Tore, eins vom ›Matador‹ Salas und das andere von ›Huevito‹ Valencia. Die Jungs spielen jeden Tag besser. Ich versäume kein einziges Spiel von meiner Mannschaft, entweder im Stadion oder im Fernsehen, immer voll dabei. Denn darum geht es doch, man muß die Jungs unterstützen. Und welcher ist Ihr Verein, amigo?«

»Magallanes«, sagte ich und nahm einen Schluck Bier.

Der Barmann lachte spöttisch. Magallanes spielte in der dritten Liga und hatte seit 1983 kein wichtiges Spiel mehr gewonnen, seit er ›Universidad Católica‹ bei einem der Spiele um die Copa Libertadores ausgeschaltet hatte. Der Gringo Neff, Vilches, der Spielführer Quintano, Suazo, der kleine Jáuregui, Luis Pérez, Marcoleta. Ich erinnerte mich genau an die Aufstellung, hatte aber selten Gelegenheit, sie laut auszusprechen.

Ich holte das Foto aus meiner Jackentasche und legte es in Sichtweite des Barmanns hin. »Kennen Sie einen dieser Männer?«

Der Barmann hörte auf zu lächeln und sah mich aus den Augenwinkeln mißtrauisch an.

»Kriminalpolizei«, sagte ich und berührte die Tasche meiner Jacke, aus der die Bullen ihre Marke zu holen pflegen. Ich mochte diesen Betrug im Grunde nicht, doch ich hatte auch keine Lust, ihm lange Erklärungen über meine Arbeit abzugeben.

»Ich erkenne den Dunkelhaarigen wieder«, sagte er, nachdem er sich das Foto genau angeschaut hatte. »Er steigt immer im Hotel ab. Er kommt sehr häufig. Er ist sympathisch und ein netter Gesprächspartner. Er bestellt immer Rum und tonnenweise Oliven.«

»Und von den anderen? Keinen?«

Der Barmann schüttelte den Kopf.

»Kannten Sie den Koch, der umgebracht wurde?«

»Vom Sehen. Er arbeitete in einer anderen Abteilung«, entgegnete er. »Seit seinem Tod ist er populär geworden.«

»Das ist häufig so«, sagte ich und blickte um mich, als hätte ich plötzlich Angst, jemand könnte mich überwachen.

»Da ist eine Köchin, die behauptet, sie habe die Mörder gesehen«, fügte der Barmann auskunftsbereit hinzu. »Sie heißt Rosa Aliaga und wurde wohl in der Mordnacht von zwei Männern nach Pompeyo gefragt. Sie hat ihnen gesagt, der Verstorbene arbeite noch, sie könne ihn aber holen, wenn sie wollten. Die Männer haben lieber warten wollen, und Rosa hat sie aus dem Hotel rausgehen sehen.«

»Wäre es möglich, mit ihr zu sprechen?«

»Aber ja doch«, sagte er und nahm das Haustelefon, das hinten an der Bar hing. Ich hörte ihn nach der Frau fragen und eindringliche Befehle aussprechen.

»Sie haben Glück, amigo«, sagte er stolz über das Ergebnis der Zusammenarbeit. »Sie hat gerade Schicht und kommt gleich herauf.«

Die Frau war im Nu da. Sie hörte sich die Erklärungen des Barmanns an, und als sie das Wort Polizei hörte, klammerte sie sich nervös an der Theke fest. Sie war jung und zu dick für ihr Alter. Als ich ihr das Foto zeigte, zog sich ihr Gesicht angstvoll zusammen.

»Das ist der Mann, der nach Pompeyo gefragt hat«, sagte sie und zeigte auf Rogelio Baeza.

»Sind Sie sich sicher?«

»Den werde ich nie vergessen. Seit sie Pompeyo umgebracht haben, muß ich immer daran denken, daß dieser Mann und sein Begleiter die Schuldigen sind und ich ihnen gesagt habe, wo er ist.«

»Warum glauben Sie, daß die es waren?«

»Sie sahen aus wie Killer im Fernsehen. Groß und mit grimmigen Gesichtern. Wenn ich ihnen gesagt hätte, daß Pompeyo nicht da ist...«

»Quälen Sie sich nicht. Sie hätten ihn gefunden, mit oder ohne Ihre Information.«

»Im Hotel arbeiten ruhige Leute. Wir machen unsere Arbeit und gehen nach Haus.«

»Hat Pompeyo in den Tagen davor irgend etwas gesagt?«

»Nichts, soviel ich weiß.«

»Nicht einmal nach dem Tod des Gringos?«

»Wir haben über seinen Tod geredet, aber er hat den Mund nicht aufgemacht.«

»Ich habe keine weiteren Fragen, Señora«, sagte ich und wollte die Befragung beenden. »Ihre Information war sehr nützlich.«

»Muß ich noch eine Aussage machen?«

»Dies ist eine Unterhaltung unter Freunden«, sagte ich, und sie verstand nicht das Doppeldeutige in meinen Worten. Sie blickte den Barmann an und ging dann so leise, wie sie gekommen war. Ich beobachtete sie, bis sie die Treppe hinunterstieg, die in die Untergeschosse des Hotels führte.

»Die Leute werden immer nervös, wenn es um die Polizei geht«, meinte der Barmann.

»Ich auch«, sagte ich, und der Mann schaute mich mit

aufflackerndem Mißtrauen an. »Nur bin ich schon daran gewöhnt.«

Ich zahlte und verabschiedete mich.

Es war sieben Uhr abends, und ich hatte Lust, nach Hause zu gehen. Ich ging zwei oder drei Blocks bis zu einer Filiale von Teletrak, in der etwa hundert Wetter auf dem Bildschirm die letzten Rennen dieses Nachmittags anschauten. Ich durchquerte den Raum und grüßte ein paar Bekannte. Im Lautsprecher ertönte die Stimme, die den Start zu einem Rennen über eine Meile ansagte. Ich las die Namen der Pferde auf dem Bildschirm und setzte auf Maragata, eine Stute, auf die wenig gesetzt worden war. Zu Beginn des Rennens wurde sie zweimal erwähnt, später erinnerte sich niemand mehr an sie. Ich warf den Wettschein weg und konzentrierte mich auf das nächste Rennen. Das Pferd Filiberto weckte mein Interesse. Es hatte sich in drei Rennen plaziert und war durch seinen jungen Jockey etwas leichter. Ich schloß meine Wetten ab und setzte mich, um eine Zigarette zu rauchen. Der Start verlief reibungslos. Verdejo, ein vierjähriges kupferrotes Pferd, setzte sich an die Spitze und hatte neun Längen Vorsprung. Filiberto lief im Feld, und als das Feld in die Zielgerade ging, wurde der Kupferrote langsamer. Ein Brauner übernahm die Führung, und Filiberto, der in seinem Schatten lief, startete einen Angriff. Als sie durchs Ziel gingen, hatte ich ein gutes Gefühl. Doch es währte nur kurz. Der Braune gewann mit sichtbarem Vorsprung, und meine Wettscheine wanderten wieder in den Papierkorb.

»Jetzt hat es sich ausgespielt«, sagte ich mir und verließ das Wettbüro.

Doch da irrte ich mich. Als ich im Büro ankam, sagte mir ein Kitzeln im Rücken, daß irgend etwas nicht stimmte. Der Flur war menschenleer, und das Geschrei der Kinder, die im Stockwerk über mir spielten, wirkte gedämpft. Ich tastete nach meiner Pistole und öffnete, da ich einen Schlag oder einen Schuß erwartete, langsam die Tür. Nichts geschah. Ich fand eine Nachricht von Griseta auf dem Schreibtisch. Alles schien in Ordnung zu sein, dennoch war ich beunruhigt und machte, die Pistole in der Hand, Zimmer für Zimmer die Runde in der Wohnung.

»Du bist müde«, sagte ich mir vor dem Fenster, das zur Straße hinausging und von dem aus man fast den ganzen Block und den Eingang des Hauses überblicken konnte. »Viele Fragen und viele Straßen.«

Das Telefon riß mich aus meinem Selbstmitleid. Ich nahm den Hörer, ohne mich vom Fenster wegzubewegen. Die Stimme kam mir irgendwie bekannt vor.

»Señor Heredia. Ich rufe wegen des Briefes an.«

»Wege des Briefes?«

»Ich bin der Bote aus dem Hotel Comet. Ich war in Ihrem Büro.«

»Sag bloß, der erste von Gutenberg gedruckte Brief wurde gefunden?«

»Ich...«, murmelte der Junge und wußte nicht, wie er fortfahren sollte.

»Ganz ruhig. Die Sache mit dem Brief ist Vergangenheit«, sagte ich und dachte bei mir, daß sie deswegen noch lange nicht vergessen war. »Was bedrückt dich?«

»Vor einer halben Stunde hat mich der Sicherheitschef vom Hotel zu sich gerufen. Ein Detektiv war bei ihm. Sie fragten nach dem Umschlag. Sie wurden sehr böse, als ich ihnen den Namen der Absenderin gesagt habe und daß ich Ihnen den Brief gebracht habe.«

Der Junge hörte auf zu reden, und ich sah Griseta in der Straße auftauchen. Sie kam gemächlich flanierend näher.

»Sie haben mich hart angefaßt, Señor. Sie haben mich gezwungen, Ihre Adresse preiszugeben. Dann hat der Detektiv ein paar Anweisungen per Telefon gegeben. Ich glaube, die kommen zu Ihnen.«

»Warum hast du angerufen?« fragte ich, weil ich fürchtete, es könnte eine Falle sein.

»Ich hab es nicht gern, wenn man mich hart anfaßt, und ich dachte, daß Sie …«

Griseta war in der Nähe des Hauses, als plötzlich ein Fahrzeug bremste und vier bewaffnete Männer ausstiegen.

»Señor Heredia?« hörte ich den Boten fragen. »Hören Sie mich?«

»Griseta«, murmelte ich.

Ich warf den Hörer zu Boden, lief zur Wohnung hinaus und spähte in den Patio hinunter. Ich hörte jemanden unten Befehle erteilen und raste runter ins Erdgeschoß. Ich schaute auf die Anzeige des Fahrstuhls, der bei meinem Stockwerk stehenblieb. Meine Intuition war richtig gewesen und die Warnung des Boten gerade noch rechtzeitig gekommen. Ich spürte ein Stechen in der Brust, lehnte mich an die Wand, bis ich wieder regelmäßig atmete, schloß die Augen, und als ich sie wieder öffnete, sah ich Griseta in der Haustür stehen.

»Was ist?« fragte sie beunruhigt.

Ich nahm sie bei der Hand und zwang sie, wieder hinauszugehen.

»Geh bis zur Ecke und warte auf mich«, sagte ich, während ich vor dem Kiosk von Anselmo stehenblieb. Sie gehorchte unwillig.

Ich steckte meinen Kopf ins Fensterchen des Kiosks und warnte Anselmo. »Gleich werden vier Männer aus dem Haus kommen. Ich möchte, daß du sie dir genau ansiehst und sie dir merkst. Und während du das tust, ruf Solís an.«

»Was ist passiert?« fragte Anselmo. »Was ist mit Ihnen, Don?«

»Ich werde im Viertel spazierengehen«, sagte ich, schon fast um die nächste Ecke. »Paß auf dich auf.«

Griseta erwartete mich, wir gingen schweigend bis zum nächsten Imbiß. Erst als wir dort an einem Tisch saßen, der so rund und klein war wie ein Topfdeckel, redete ich wieder.

»Besuch«, sagte ich, bevor ich ihr den Anruf des Hotelboten in allen Einzelheiten erzählte. »Meine Fragen haben jemanden im Hotel beunruhigt. Oder sie wollten Fernandas Brief wiederhaben.«

»Fragen. Umschlag. Was hat das alles zu bedeuten, Heredia?«

»Erinnerst du dich an das Foto? Ich weiß, wer die Männer sind.«

»Sind sie gefährlich?«

Ich nickte, zog eine Zigarette aus ihrer Schachtel, steckte sie an, nahm einen tiefen Zug und dachte an die Männer, die in diesem Augenblick das Büro durchsuchten.

»Ich muß Dagoberto Solís zu fassen kriegen.«

»Sie wollen dir was antun«, ließ Griseta nicht locker.

Sie war nervös, versuchte eine Zigarette anzuzünden,

doch es gelang ihr erst mit dem dritten Streichholz. Ich streichelte ihre Wangen und lächelte.

»Es könnte schlimmer sein«, meinte ich. »Wir werden Kaffee trinken und ihnen genügend Zeit geben, ihre Arbeit zu machen. Anschließend ...«

»Und morgen?«

»... gehen wir in die Wohnung zurück«, schloß ich, ohne mich um ihre Frage zu kümmern. Bis zum nächsten Tag war es noch lange hin, Nachdenken über die Zukunft löste die Probleme nicht. Ich bestellte zwei Kaffees, und eine Stunde später kehrten wir zur Wohnung zurück.

Anselmo erwartete uns am Kiosk. Er wollte mir erzählen, was er gesehen hatte, doch ich ließ ihn warten, bis ich die Wohnung angesehen und Simenon gefunden hatte.

»Da ist nichts an seinem Platz«, meine Griseta, während sie ein Buch vom Boden aufhob. »Ist das immer so?«

»Hilf mir den Band mit den Zeitschriften *Don Fausto* zu finden. Er ist groß und dick.«

Griseta gehorchte, und wir wühlten in dem Bücherberg auf dem Fußboden. Die Schatten der Dämmerung machten sich im Zimmer breit, doch keiner von uns beiden wagte es, das Licht anzuschalten. Ich sah sie aus dem Augenwinkel an und spürte ihre Angst. Ich machte ihr keinen Vorwurf. Ich hatte ebenfalls Angst. Meine durchwühlte Wohnung hatte mich an den Rand gebracht. Ich fühlte mich allein in einer dunklen, feindlichen Stadt, einem Schachspieler gleich war ich an einem Punkt angelangt, an dem ich nur noch in eine Richtung ziehen konnte. Doch in welche? Im Augenblick wußte ich es nicht. Ich mußte die Angst verscheuchen und den Tiger wieder am Schwanz packen.

»Da!« rief Griseta und reichte mir den Band, den wir suchten. Ich schlug ihn auf, Fernandas Brief war noch drin.

»Entweder hatten sie es eilig, oder sie wußten nicht, wonach sie suchen sollten«, sagte ich. »Wenn sie uns hier vorgefunden hätten, wäre es anders gelaufen. Es ist einfach, einen Überfall vorzuspiegeln.«

»Was werden wir tun?« fragte Griseta in dem Augenblick, als Anselmo ins Büro trat. Er war außer Atem wie ein schlecht trainierter Marathonläufer, und als er das Durcheinander im Zimmer sah, nahm er seine Chicago-Bulls-Mütze ab und betrachtete, die Mütze in der Hand, die Trümmer so betrübt, als stünde er an einem Sarg.

»Ist das Bord umgefallen, Don?« fragte er.

»Behalt deine Witze für dich, Blödmann.«

»Seien Sie nicht böse, aber ich weiß einfach nicht, was ich angesichts von diesem Chaos sagen soll.«

»Hast du dir die Typen gemerkt?«

»Ja, Don. Vier Schlägertypen. Sie kamen, eine halbe Stunde nachdem Sie mich gewarnt hatten, wieder aus dem Haus.«

»Erkennst du einen von denen wieder?« fragte ich und zeigte Anselmo das Foto, das Fernanda geschickt hatte.

»Keinen von denen«, antwortete er, nachdem er das Foto eingehend betrachtet hatte. »Aber einen kenne ich. Einen Speichellecker namens Cerda, der bis vor einem Jahr als Bulle gearbeitet hat. Er kam immer in der San Martín vorbei, um die Mädchen zu überprüfen und zu sehen, ob er einen Joint abstauben konnte. Sie haben ihn hochgehen lassen, weil er mit einem Koksdealer von der Plaza Chacabuco in Verbindung stand...«

»Bist du sicher, Anselmo?« unterbrach ich ihn.

»Er ließ Kokapaste aus der Asservatenkammer mitgehen und gab sie an einen Weiterverkäufer im Stadtteil ab«, fügte er hinzu, ohne sich um meine Frage zu scheren. »Eines Tages wollte er den Zwischenhändler übergehen und hat sich an ein paar Gymnasiasten rangemacht. Es heißt, er wollte es sich im Tausch mit Kokapaste von hinten besorgen lassen. Die jungen Leute haben einen Schrecken bekommen und ihn angezeigt, und als Cerda das nächste Mal über den Platz spazierte, hat ihn einer in Zivil ohne viel Federlesen eingebuchtet.«

»Bist du sicher«, fragte ich noch einmal.

»Ich hab ihn im Puff von San Martín gesehen. Die Mädchen kannten ihn gut, und Sie wissen ja, die reden bei mir frei heraus, Don.«

»Cerda«, wiederholte ich. »Aller Wahrscheinlichkeit nach kennt Solís ihn.«

»Soll ich Ihnen helfen, Don? Ich mache den Kiosk zu und komme mit aufräumen. Um diese Zeit kauft sowieso niemand Zeitungen oder Zeitschriften mit Tussis.«

»Hast du Solís angerufen?«

»Ja, Don, er war nicht im Büro. Ich habe ihm eine Nachricht hinterlassen.«

»Geh in den Kiosk zurück, und wenn du die Kerle noch mal sieht, nimm das Handy. Und noch was, Anselmo, ich möchte, daß du das hier aufbewahrst«, sagte ich und gab ihm Fernandas Brief, »gut aufbewahrst, denn sonst kann es dir an den Kragen gehen.«

»Meine Güte, Don, warum erschrecken Sie mich so?«

»Und wenn du wieder in der Calle San Martín einen draufmachst, erwähn Cerda nicht.«

»Halten Sie mich für einen Schwachkopf, Don?«

»Ich weiß, daß du um so redseliger wirst, je mehr du trinkst.«

»Und die Unordnung, Don?«

»Das ist unser Problem«, sagte ich und vergewisserte mich mit einem Blick bei Griseta.

Nachdem Anselmo gegangen war, setzte ich mich erst einmal an den Schreibtisch. Während Griseta Kaffee kochte, zündete ich mir im Dunkeln eine Zigarette an. Auf meiner Uhr war es drei Minuten vor Mitternacht. Ich war so müde, als hätte ich den ganzen Tag Mehlsäcke geschleppt. Griseta kam mit dem Kaffee zurück und setzte sich auf einen Haufen ungeordneter Bücher.

Die Schatten der Nacht strichen über ihr Gesicht. Nachdenklich und ängstlich erschien sie mir noch schöner als zuvor. Ich war froh, daß sie bei mir war, und sagte es ihr. Sie lächelte flüchtig, und ich fühlte mich besser. Ich trank den Kaffee schnell aus und nutzte die Wärme der Tasse, um daraus einen Cognac zu trinken. Ich behielt den Alkohol eine Weile im Mund und betrachtete gelassen die Trümmer in der Wohnung.

»Auf geht's«, sagte Griseta.

»Bleib, wo du bist, ich habe eine bessere Idee«, bat ich, während ich begann, sie zu entkleiden. Sie eng umschlingend, küßte ich sie innig, bis ihre Knie nachgaben und wir uns auf dem Boden wiederfanden. Ich dachte an die Zeugen, die uns beobachteten. Rimbaud, Pasternak, Prévert, Teillier, Borges, Neruda lagen in einem einzigen Durcheinander um uns verstreut. Ich sah sie herausfordernd an und verfluchte meine Zitiermanie. Dann küßte ich Grisetas Brüste und spürte, wie sie mich mit sich fortnahm, fern der Worte, die uns umringten, und der Angst, die sich verflüchtigte, als wir uns beide im Finale des Begehrens trafen.

»Machst du öfters auf deinen Büchern Liebe?« fragte sie wenige Minuten später. Ihr Kopf lag auf meiner Brust, gerade so, daß ich ihr übers Haar streicheln konnte.

»Das erste Mal.«

»Wie gut, daß es zwischen uns beiden ein erstes Mal gibt.«

»Es bleiben uns noch viele erste Male.«

»Meinst du das ernst?«

»Mir gefällt es, aufzuwachen und zu wissen, daß du da bist.«

»Gestern oder vorgestern hast du noch nicht so gedacht.«

»Seither ist eine Menge passiert.«

»Willst du damit sagen, daß du mich liebst?«

»Du und deine Fragen.«

Sie schloß die Augen und schlummerte ein.

Aus einer Zimmerecke hatte Simenon dem Dialog aufmerksam gelauscht. »Manchmal überraschst du mich, Heredia. Du umarmst das Mädchen und vergißt, daß die Besucher wiederkommen könnten«, hörte ich ihn sagen.

»Nichts wird geschehen, solange sie an meiner Seite ist.«

»Unsinn! Es wird nicht so bleiben ...«

»Dieses Mal ist es anders.«

»Wie oft hast du mir das schon gesagt?«

»Schau sie doch an, du mieser Kater! Sanft und jung. Sie glaubt an mich und bittet um nichts.«

»Du erinnerst mich an diese blöde Figur in Hemingways *Über den Fluß und in die Wälder.*«

»Du bist meine einzige, endgültige Liebe. – Meinst du das?«

»Immerhin ist dir noch ein Fünkchen Verstand übriggeblieben.«

»Eifersüchtiger Kater!«

»Eifersüchtig? Ich kann gehen, wann ich Lust habe. Was gibst du mir, was ich nicht woanders finden könnte?«

»Drei Mahlzeiten täglich und die Gelegenheit, mit jemandem zu sprechen.«

Simenon schwieg. Er leckte seine Pfoten und schaute um sich, als suchte er den Ausgang.

»Ich mach doch nur Spaß«, sagte er und streckte sich.

»Das brauchst du nicht zu sagen. Wir kennen uns.«

»Ich beneide dich.«

»Ihretwegen?«

»Paß auf sie auf, Heredia!«

VIERTER TEIL

I

»Was ist denn hier passiert?« fragte jemand vom Ausgang des Labyrinths her, durch das ich im Halbschlaf irrte. Die Frage wurde zweimal wiederholt, und als ich die Augen öffnete, erkannte ich den massigen Schatten von Dagoberto Solís im Türrahmen meines Büros, in dem ich in einer gelben Lichtgarbe und umgeben von Büchern mitten auf dem Boden lag. Ich war nackt, nur mit einem Bettuch bedeckt. Aus den Geräuschen, die aus der Küche kamen, schloß ich, daß Griseta mit mehr Begeisterung als Geschick beim Gebrauch von Pfannen und Teekannen unser Frühstück zubereitete.

Ich stand langsam auf. Knotete mir lustlos das Bettuch um die Hüfte, während ich mich wie ein Schiffbrüchiger an meinen Schreibtisch klammerte. Ich zündete mir eine Zigarette an, hustete, bis sich die letzten Reste reiner Luft aus meinen Lungen verflüchtigt hatten. Solís ging mit großen Schritten im Zimmer auf und ab, platzte fast vor Anspannung.

»Hast du dir ein privates Erdbeben Stärke neun, ohne Vorwarnung bestellt?«

»Unerwartete Besucher.«

»Diebe?«

»Vollidioten, denen ihre Mütter kein anständiges Benehmen beigebracht haben. Sie haben nach Fernandas Brief gesucht und waren dabei nicht besonders zimperlich.«

»Wer? Hast du jemanden gesehen?«

Ich wollte gerade antworten, als Griseta hereinkam. Sie hatte ein Riesen-T-Shirt an, das ihr bis zu den Knien reichte, und trug ein Tablett mit Brötchen, zwei Tassen Kaffee und etwas, das wie ein Omelett aussah. Sie stellte alles auf den Schreibtisch, begrüßte Solís und bot ihm Kaffee an.

»Kann ich gut gebrauchen. Danke.«

»Nehmen Sie meinen. Ich hole mir noch einen aus der Küche«, sagte Griseta und ging geschmeidig und leise hinaus wie die schönste aller Katzen.

»Ein so hübsches Mädchen«, meinte Solís. »Was sucht sie nur bei dir? Die muß doch blöd sein, oder?«

»Es schadet niemandem, Erfahrungen zu sammeln.«

»Mit dir? Gott behüte sie...«

»Trink deinen Kaffee und bedien dich. Du kannst es doch kaum erwarten, das Omelett zu probieren.«

Solís lächelte zufrieden und machte sich ein Brot. Ich sah zu, wie er begeistert aß, bis Griseta zurückkam.

»Alles gut so?«

»Frag Dagoberto.«

Solís versuchte etwas zu sagen, doch sein Mund war so voll, daß er keine drei Worte herausbrachte.

»Was deine Frage betrifft«, sagte ich, an ihn gewandt, »Anselmo hat einen Typ namens Cerda erkannt. Er soll aus der Kripo geflogen sein, weil sie ihn dabei erwischt haben, wie er bei ein paar Gymnasiasten den lieben Onkel spielen wollte.«

»Jaime Cerda. Ich kenne ihn, und die Geschichte, die du erwähnst, ist tatsächlich einer seiner Sündenfälle, aber nicht der größte. Sie haben ihn dabei erwischt, wie er Koks auf der Plaza Chabuco an die Eselstreiber von der Pferderennbahn verkauft hat. Er sagte damals aus, das sei eine Falle gewesen, man hätte ihm etwas anhängen wollen. Sie haben ihm das halbwegs geglaubt, und er wurde nach Valparaíso versetzt, damit er sich im Chinesenviertel um Taschendiebe und den Gelegenheitsstrich kümmerte. Ein Anfängerjob. Er verhielt sich ein paar Monate ruhig, machte seine Arbeit, nahm aber dann doch wieder Kontakt zu seinen Koksfreunden auf. Cerda verkauft sich gut, er schließt leicht Freundschaften und schmiert den Mächtigen Honig um den Bart. Er fing an, in den Restaurants der Politiker und Parlamentarier zu verkehren, wurde Freund eines Abgeordneten, der vom Koks-sniffen und vom Katechismus abhängig war. Mehrere Monate lang war das ein gutes Geschäft. Cerda weitete seinen Kundenkreis aus und erhöhte sein Guthaben auf dem Konto. Doch er hatte Pech. Er wurde just rückfällig, als einige Zeitschriften in Santiago eine Kampagne gegen den Drogenmißbrauch unter Politikern einläuteten. Ein oder zwei Wahrheiten, und die Parlamentarier kamen mit ihrer Pisse in Laborgläsern gelaufen. Es gab einen Riesenaufstand, die Oberchefs schickten eine Spezialeinheit der Drogenpolizei nach Valparaíso. Der Name Cerda kam aufs Tapet, und schon als sie ihm das erste Mal die Daumenschrauben anlegten, hat er lauter gesungen als Pavarotti. Man überlegte, ob man ihn vor Gericht stellen sollte, doch er hatte noch einflußreichen Schutz. Du weißt es ja selber. Die Weiße Mafia unterstützt getreu die Ihren, konnte sich aber auch schlecht gegen den

Abgeordneten stellen. Kurz und gut, er wurde ganz still und leise aus dem Dienst entlassen, und es wundert mich nicht, daß er wieder in trüben Geschäften steckt.«

»Was hat er so für Vorlieben?«

»Am liebsten hat er's von hinten.«

»Ein paar Kugeln würden ihm noch ganz anders einheizen«, sagte ich, und als ich merkte, wie Solís Griseta aus den Augenwinkeln beobachtete, fügte ich hinzu: »Keine Sorge, die Dame ist Bauarbeitersprache gewöhnt.«

»Ich verstehe nur nicht, was sie bei dir zu Hause wollten«, sagte er. »Woher weißt du, daß sie wegen Fernandas Brief gekommen sind?«

»Der Sicherheitschef des Hotels hat erfahren, daß der Umschlag gefunden wurde. Er hat ein Riesengeschrei veranstaltet, als er erfahren hat, daß ich ihn habe. Er hat jemanden herbeigerufen, der sich als Polizist ausgab, sie haben den Hotelboten befragt, nicht lange überlegt und sind hier eingefallen.«

»Woher weißt du das?«

»Der Hotelbote hat es mir gesagt.«

»Das macht einiges klar, Heredia. Die Mörder steckten mit dem Sicherheitsdienst des Hotels unter einer Decke. Das erklärt, daß niemand sie gesehen hat. Und es würde mich auch nicht wundern, wenn der Koch zum Sicherheitschef gegangen ist und ihm seine Geschichte und seine Befürchtungen erzählt hat.«

»Das leuchtet ein, wir hätten längst darauf kommen sollen. Hotels in der Klasse des Comet haben strenge Sicherheitssysteme, um Diebe, Prostituierte und sonstige Eindringlinge fernzuhalten.«

»Ich werde anordnen, daß im Hotel ein paar Fragen gestellt werden. Die sollen noch einen Durchgang mit den Angestellten machen und die vom Sicherheitsdienst in die Mangel nehmen.«

»Das würde sie nur warnen. Es ist besser, wir dringen bis zum Kern vor und greifen dann erst an. Wie beim Poker: Je weniger dein Gegner deine Karten kennt, desto größer sind deine Chancen zu gewinnen.«

»Dann werde ich dein Büro überwachen lassen. Ich möchte nicht, daß es noch einmal überfallen wird oder sie dich überraschen.«

»Auf gar keinen Fall. Wenn die Leute wiederkommen und jemanden sehen, der dort Wache schiebt, wissen sie, daß wir Angst vor ihnen haben.«

»Du hast recht«, gab Solís zu.

»Wir müssen schnell machen.«

»Woran denkst du dabei?«

»Welche Fortschritte gibt es in Fernandas Fall?«

»Jemand aus dem Labor hat dem Chef zugetragen, ich hätte besondere Untersuchungen erbeten. Er hat mich in sein Büro bestellt, mich gefragt, weshalb ich auf eigene Faust Ermittlungen anstellte. Ich habe ihm einen Haufen Lügen aufgetischt, und er hat mich ohne viel Federlesen zum Teufel geschickt.«

»Das heißt, wir stehen am Anfang.«

»Ein Techniker der Mordkommission wird heimlich den Koffer untersuchen. Der Junge ist mir noch was schuldig. Er hat mir eine Beförderung und eine Menge Gefälligkeiten zu verdanken. Wir müssen nur warten, bis er Zeit dazu hat.«

»In diesem Land geht einfach gar nichts ohne Beziehungen! Wir müssen doch noch irgend etwas ausrichten können«, sagte ich, und mir fiel Fernandas Brief wieder ein. »Sagt dir der Name Baquedano etwas?«

»Kino, Platz, General«, überlegte Solís.

»Lichtet sich beim Stichwort Brasilien das Dunkel in deinem Gedächtnis?«

»Der Tote von der Botschaft. Vor Jahren. Wie kommst du auf den?«

»Der Brief«, sagte ich und erinnerte ihn an das, was Fernanda über Baquedano, Almarza und die Ermittlungen von Hillerman geschrieben hatte.

»Vielleicht kann ich die Akten einsehen«, meinte Solís, als ich mit meiner Geschichte geendet hatte. »Aber ich glaube, es wird nicht einfach sein und es wird kaum etwas dabei rauskommen. Der Fall war ziemlich undurchsichtig, und daher fürchte ich, die Akte enthält nur Allgemeines. So unverfängliche Angaben wie das Alter oder den Geburtsort des Toten. Baquedano ist spurlos aus der Botschaft verschwunden, und die Ermittlungen wurden kurz darauf ohne irgendein Ergebnis eingestellt.«

»Versuch es, Dagoberto. Im Augenblick haben wir nichts anderes.«

»Nichts anderes«, wiederholte Solís, während er traurig die letzten Reste auf dem Tablett betrachtete.

»Wird der, der hier eingedrungen ist, nicht gesucht?« fragte Griseta.

»Wir glaubten, du seiest mit dem Frühstück beschäftigt«, tat Solís überrascht.

»Glaubt ihr, ich verstehe nicht, was ihr sagt? Ich habe jedes einzelne Wort gehört und mir meine Gedanken dazu gemacht.«

»Das Mädchen hat recht«, sagte Solís. »Sie ist nicht zu unterschätzen. Wie kommst du mit ihr klar, wenn sie sauer wird, Heredia?«

»Das Mädchen hat einen Namen und weiß über vieles Bescheid«, sagte Griseta.

»Entschuldige«, murmelte Dagoberto, und sein Gesicht bekam den gesunden rosa Farbton der Bischöfe.

»Ich werde dir Manieren beibringen«, sagte ich zu Griseta, indem ich sanft ihren Hintern streichelte.

»Du mußt mir ganz andere Sachen beibringen«, entgegnete sie, während sie das Bettuch berührte.

»Spar dir für heute nacht auf, was wir jetzt tun könnten, wenn wir nicht die Polizei dahätten«, sagte ich.

»Sachen gibt's, die gibt's gar nicht«, meinte Solís. Wir lachten alle drei, und Griseta umfing zärtlich meine Taille.

»Cerda geht immer ins Do Brasil«, sagte Solís nach einem Moment der Peinlichkeit. »Er trifft sich da immer mit seinen Freunden, um Geschäfte zu machen. Ich werde das Café von einem meiner Leute überwachen lassen.«

»So wie es im Augenblick in deinem Büro steht, könnte das unklug sein.«

»Ich habe den richtigen Mann, Bernales, dessen direkter Vorgesetzter, aber auch Patenonkel ich bin. Sohn von Ariel Bernales, einem pensionierten Kollegen, der mir eine ganze Reihe Berufsgeheimnisse beigebracht hat.«

»Vertraust du ihm?«

»Ich weiß, was ich tue. Der Junge achtet mich und ist ein treuer Gefolgsmann«, sagte Solís und trank den letzten

Schluck Kaffee. Dann wanderte sein Blick noch einmal über die Unordnung im Büro. Er hob beide Fäuste wie ein siegreicher Boxer und verschwand ebenso leise, wie er eine Stunde zuvor gekommen war.

»Ich mag den Dicken«, sagte Griseta.

»Er ist mein Freund, und ich gestatte nicht, daß irgend jemand sich über ihn lustig macht.«

»Ich mit eingeschlossen?«

»Du mit eingeschlossen.«

»Ich werde versuchen, das nicht zu vergessen«, murmelte sie. »Und was die Dinge betrifft, die wir heute früh hätten machen können ... Dein Freund, der Polizist, ist jetzt weg.«

Ich überlegte, wie angenehm es wäre, ja zu sagen, sich einen bequemen Platz zwischen den Büchern zu suchen und die Unordnung und alle Besucher über unseren Küssen einfach zu vergessen. Doch gerade hatte ich Solís eingeschärft, daß wir Cerda und seinen Begleitern einen Schritt voraus sein mußten.

»Erst bringen wir alles in Ordnung, und dann ...«

»Ist es wahrscheinlich Nacht.«

»Wahrscheinlich.«

2

Ich wachte auf, als die Glocken der Kirche im Viertel zehn Uhr läuteten. Auf der Straße schlugen die Männer der Stadtreinigung an die Mülleimer, um bei den Nachbarn einen kleinen Beitrag zur Weihnachtsfeier ihrer Kinder zu erbitten. In der Wohnung war wieder Ordnung eingekehrt. Griseta hielt mich im Schlaf eng umschlungen. Ich bewegte mich vorsichtig, und es gelang mir, mich von ihrem Arm zu befreien, ohne sie zu wecken. Noch hatte ich mich nicht an den fremden Körper gewöhnt, den ich jeden Morgen in meinem Bett vorfand und der den Platz eingenommen hatte, den ich, ein paar sporadische Besucherinnen einmal ausgenommen, meinen Träumen vorbehielt. Wir hatten bis spät in die Nacht gearbeitet, in mir waren noch die Erinnerungen wach, die von den Büchern ausgelöst wurden, während wir sie in die Borde zurückstellten. Jedes Buch war mit einem Augenblick in der Vergangenheit verbunden, die Randbemerkungen und das Unterstrichene brachten mir die Umstände ins Gedächtnis zurück, unter denen etwas von mir unwiederbringlich verlorengegangen war. Im Gegensatz zu den Menschen, die lesen, um zu leben oder zu träumen, las ich, um Bilder oder Worte für Erinnerungen zu finden. Wie Pavese einmal gesagt hatte, suchen wir, wenn wir lesen, keine neuen Ideen, sondern Gedanken, die wir schon einmal gedacht haben und die durch den gedruckten Buchstaben bekräftigt werden. Uns beeindrucken Worte der anderen, die in uns etwas mitschwingen lassen, das bereits uns gehört – das wir bereits gelebt haben –, und indem sie es mitschwingen lassen, erlauben sie uns, neue Einblicke in unser Inneres zu erhaschen.

Doch ich wollte nicht weiter an Bücher und Literaturzitate denken, mit denen mein Gedächtnis vollgestopft war wie ein Nähkästchen mit alten Knöpfen.

Ich zog mich an und machte mich zu Stevens' Wohnung auf. Er hörte Carmen, während die Gegenstände um ihn herum sich, noch grau und schlafend, gegen die Ankunft des neuen Tages zu sträuben schienen. Ich begrüßte ihn, und noch bevor er etwas entgegnen konnte, saß ich schon neben ihm.

»Du kommst genau im richtigen Augenblick, Heredia. Es gibt nichts Besseres als Bizet und José Carreras, um seine Energien aufzuladen.«

»Was läßt dich vermuten, daß ich meine Energien wieder aufladen muß?«

»Du kommst mir müde vor. Hast du schlecht geschlafen, oder hat dir das Mädchen das Gehirn aufgeweicht?«

»Weder das eine noch das andere.«

»Junge Frauen sind gefährlich für einsame Männer. Sie tun so lange gut, bis du an die Zukunft denkst oder sie Rechenschaft verlangen und du nicht weißt, was du sagen sollst.«

»Was ist so schlimm daran, Stevens?«

»Du bist auf diese Anstrengung nicht vorbereitet. Eines Morgens wachst du auf und willst sie nicht mehr missen. Wenn sie dann geht, wird es schwer sein, deine Einsamkeit zu betrügen.«

»Möglicherweise ist dieser Morgen bereits gekommen. Eben, als sie schlief, dachte ich, daß es ein Glück ist, sie bei mir zu haben.«

»Wie schnell du dich geschlagen gibst, Heredia!«

»Ich genieße es«, sagte ich. »Doch ich bin nicht zum Philosophieren gekommen. Meine Leber verlangt es nach Koffein, meine Lungen nach Rauch. Ich habe keine Lust, Kaffee zu kochen, und gestern nacht sind mir die Zigaretten ausgegangen.«

»In der Küche steht frisch gemachter Kaffee, und Zigaretten habe ich immer da. Du findest sie an ihrem gewohnten Platz.«

Ich ging in die Küche, wo es nach gebratenem Fisch roch, und nahm eine Schachtel Belmont aus dem Wandschrank über der Spüle.

Als der Zigarettenrauch sich meiner Bronchien bemächtigte, hustete ich voll ungesunder Zufriedenheit und kehrte zu Stevens zurück.

»Anselmo hat mir die Räuberpistole vom Überfall auf deine Wohnung erzählt. Dieser Coup scheint mir für Cerda eine Nummer zu groß. Da muß noch jemand anders dahinterstecken. Findest du nicht merkwürdig, wie weit die Fäden reichen? Baeza und Cerda sind beide ehemalige Bullen. Die Akte zum Tod Hillermans ist widersprüchlich, und unserem Freund Solís haben sie verboten, seine Nase weiter in die Angelegenheit zu stecken. Ich glaube, du bist da in ein richtig großes Ding verwickelt. Und sag mir nicht, daß du dir darüber klar bist. Du tappst doch immer noch im Dunkeln. Aber keine Sorge, ich habe etwas für dich getan.«

»Ja? Und was?«

»Erinnerst du dich an die Zeiten, in denen ich immer nach Costa Rica reiste? Damals lernte ich Leute kennen, die mit der mittelamerikanischen Guerilla in Verbindung standen. Seither ist viel Zeit vergangen, und es hat viele Rückschläge gegeben. Die Kontakte aber bleiben bestehen, ein Anruf genügt, und ich erhalte detaillierte Auskunft zur augenblicklichen Politik. Der Waffenhandel hat nie abgenommen, er wird noch zunehmen, wenn der Glaube an das Allheilmittel des freien Marktes zerbricht. Waffen ...«

»Was muß ich wissen, Stevens?« unterbrach ich, was ein langer Vortrag über Militärstrategien und weltweiten Waffenhandel zu werden drohte.

»Ich habe einen meiner Freunde in Costa Rica angerufen. Es heißt dort, das chilenische Unternehmen Interarm habe Ausrüstungen an Ecuador, Peru und weitere lateinamerikanische Länder verkauft – neben dem allseits bekannten Verkauf von Bomben an den Irak.«

»Alle reden davon, doch niemand kann konkrete Angaben über die Aktivitäten, die Drahtzieher oder darüber machen, wo die Fabrikationsbetriebe liegen. Hast du einmal überlegt, daß andere Industrien die Fassade liefern könnten? Eine Möglichkeit, Kontrollen von Regierungsseite zu umgehen.«

»Ich glaube, es geht hier um etwas anderes, Heredia. Die Herstellung von Waffen ist im Grunde genommen reglementiert. Man weiß ziemlich genau, was jedes Land und jedes Unternehmen macht.«

»Etwas anderes? Woran denkst du dabei?«

»Ich muß dir eine kleine Indiskretion unseres Freundes Anselmo gestehen. Meine natürlich auch.«

»Was hat Anselmo damit zu tun?«

»Der Brief, den du ihm zur Verwahrung gegeben hast.«

»Was ist mit dem Brief?«

»Anselmo hat mir von dem Brief erzählt. Ich habe ihn gebeten, ihn zu holen und mir vorzulesen.«

»Mistkerle!«

»Fernanda sagte darin, Hillerman sei auf der Spur eines Gases mit dem Namen Sarin, und erwähnte in diesem Zusammenhang zwei Namen: Baquedano und Almarza.«

»Ja, genau.«

»Ich weiß, worum es da geht. Vor einiger Zeit habe ich einiges über die Herstellung von toxischen Waffen gelesen.

In einem der Bücher wird Almarza erwähnt, ein Chemiker, der mit den in den siebziger Jahren vom Nationalen Nachrichtendienst entwickelten Projekten in Zusammenhang stand. Damals gab es Spekulationen über einen möglichen Krieg mit Argentinien oder Peru, und soweit man weiß, gelang es, eine gewisse Menge dieses Gases herzustellen. Doch dann ist irgend etwas zwischen den beiden passiert, oder das Projekt verlor seine Vorrangstellung. Baquedano verschwand auf geheimnisvolle Weise in Brasilien, zwei Wochen später fand man ihn tot in einem Slum von Rio. Almarza wiederum hat verschiedene Reisen nach England unternommen, wo er die Archive von Beucker studierte, einem deutschen Wissenschaftler, der im Zweiten Weltkrieg mit Nervengas experimentierte. Beuckers Aufzeichnungen, Mitteilungen und Dokumente gerieten, obwohl sich die Sowjets dagegen aussprachen, nach der Einnahme von Berlin 1945 in britische Hände. Es existierten Aufzeichnungen über Geheimwaffen, die die Deutschen herstellten: chemische, fliegende und atomare Bomben. Damals war es wichtig, diese Aufzeichnungen zu besitzen, um im herannahenden kalten Krieg die Oberhand zu gewinnen, nachdem die Vereinigten Staaten dank der Bombe von Hiroshima im Vorteil waren. Die Untersuchungen von Beucker kamen in den Archiven des Secret Service unter Verschluß, und es vergingen etliche Jahre, bis sich britische Wissenschaftler 1963 wieder dafür interessierten.«

»Verdammt noch mal, Stevens. Woher weißt du das alles?«

Stevens lächelte, erhob sich, ging zu einem Regal und holte einige blaue Mappen hervor.

»Braille«, meinte er und suchte sich eine Mappe heraus.

»Die Abschrift des Berichtes von englischen Agenten, die Almarza in London überwacht haben.«

»Wie bist du da dran gekommen?«

»Die Mitteilung gehört zu den Akten des Prozesses gegen Julián Almarza in England wegen Diebstahls öffentlicher Dokumente. Wie es scheint, hat Almarza einige Schriftstücke gefunden, die ihn interessierten, aber um Kopien von ihnen zu erhalten, hätte er die Hilfe der chilenischen Botschaft gebraucht. Da dies nicht möglich war, hat er beschlossen, es darauf ankommen zu lassen, und wurde dabei erwischt, wie er versuchte, das Material zu stehlen. Die Times berichtete darüber, und ich habe ein paar englischen Freunden geschrieben und sie gebeten, mir Material über den Fall zu schicken. In mehreren englischen Zeitschriften wurde eingehend darüber berichtet, und in den Prozeßakten wurde das, was passiert war, niedergelegt. Almarza hat sechs Monate im Gefängnis gesessen, dann wurde er freigelassen. Es wird angenommen, daß die chilenische Botschaft sich für ihn eingesetzt hat.«

»Soweit ich mich erinnern kann, wurde in Chile überhaupt nichts darüber berichtet.«

»Trotz der Kontrolle, der die Presse unterworfen war, wurde durchaus etwas verlautbart. Allerdings wurde der Diebstahl als einer von vielen Raubzügen dargestellt, die chilenische Diebe in Europa machen. Drei stolze Zeilen über chilenische Schurkenstreiche auf den internationalen Märkten.«

»Ich hätte gern gewußt, was in diesen Papieren steht.«

»Nicht notwendig. Ich habe dir eine gute Zusammenfassung gegeben, und bis du das Braille verstehst…«

»Ich hätte auch gern gewußt, wo Almarza jetzt ist«, unterbrach ich ihn.

»Das habe ich auch schon überlegt. Julián Almarza war Gesellschafter von Carlos Olmedo Portugal in einem Elektronikunternehmen, das es zwischen 1975 und 1980 gegeben hat. Anfang 1981 wanderte Almarza nach Australien aus, und wahrscheinlich befindet er sich noch immer dort.«

»Wer ist Olmedo Portugal?«

»Jemand, der uns zum Anfang unseres Gespräches zurückführt. Meine mittelamerikanischen Freunde sagen, daß Olmedo wahrscheinlich für Interarm tätig ist.«

»Was ist er?«

»Ein Exoffizier der Kriegsmarine, der in den US-amerikanischen Militärschulen in Panama ausgebildet wurde. Er hat im Auftrag der CIA bei der Zerschlagung von Guerillagruppen in Lateinamerika mitgewirkt. In Chile hat er von 1973 an Computersysteme für Sicherheitseinrichtungen entwickelt. Er hat sich die Hände nicht direkt schmutzig gemacht, hat aber bei der Datenauswertung und der Schulung von Leuten geholfen, die Verhöre durchführten.«

»Trifft da nicht ein bißchen viel zusammen?«

»Genug, um die Logik der Denksportaufgabe zu begreifen. Ich habe an verschiedene Dinge gedacht, Heredia. Erstens: Wenn Hillerman zur CIA gehörte, hätte Olmedo es wissen können und somit die wahren Beweggründe des Journalisten gekannt. Zweitens: die Verbindung zwischen Olmedo und Almarza, und daß letzterer in Fernandas Brief erwähnt wird, lassen mich zu dem Schluß kommen, daß an der Sache mit dem Sarin-Gas etwas dran ist. Und zu guter Letzt: Die Todesart von Hillerman und deiner Freundin erinnert mich an Olmedos Methoden. Gewerkschaftsführer auszuschalten, indem man Selbstmord aufgrund von einer Überdosis vortäuschte, war eine seiner Spezialitäten. Er hat das in El Salvador und Brasilien praktiziert. Drogen und eine geschickte Manipulation der Presse dienten dazu, überzeugende Geschichten zu erfinden.«

»Hillerman und Fernanda?«

»Eine gefährliche Summe, Heredia. Wenn Olmedo in den Tod deiner Freundin verwickelt ist, solltest du dich da lieber raushalten.«

»Mich raushalten? Jetzt, wo ich den roten Faden habe und nur daran zu ziehen brauche?«

»Hör auf mich, Heredia. Andernfalls ...«

»Was?«

»Muß ich eingreifen«, sagte Stevens, und seine Stimme klang plötzlich hart. »Du weißt, was das heißt.«

»Nein.«

»Ich dachte, ich hätte dir gegenüber einiges durchblicken lassen, aber ich war vielleicht nicht deutlich genug. Hast du dir die Frage gestellt, was ich eigentlich mache?«

»Ich habe dir viele Nächte lang zugehört, Stevens. Mir gefällt das meiste, was du sagst. Außerdem hast du immer was zu trinken und ...«

»Deine Naivität haut mich um, Heredia. Hast du dich nie gefragt, warum ich mich so für Zeitungen interessiere, was die Tonbandaufzeichnungen sollen, die ich mir anhöre? Es hat mit etwas zu tun, was ich in der Vergangenheit getan habe. Ich habe dir doch schon davon erzählt, oder? Auch wenn wir in einer sogenannten Demokratie leben, hat das nichts zu bedeuten. Der Militärische Geheimdienst arbeitet weiter. Und sie sind noch immer an allem interessiert, was mit bewaffnetem Kampf, Entführungen, illegalem Waffenimport, geheimen Treffpunkten des Widerstandes zu tun hat. Sie möchten wissen, was heute in linken Gruppierungen und Parteien vor sich geht. Reorganisation, neue politische Führer, Strategien, die sich aufdrängen. Und Namen, vor allem Namen, um ihre Archive zu füllen.«

»Namen?«

»Du hast die sichtbare Seite der Diktatur kennengelernt. Hinter der Fassade bewegte sich einiges. Leute, die dachten und entschieden, Austausch von Mitteilungen, Gesprächen, Abmachungen. Jede politische Partei hat Informationen verwaltet und Abmachungen herbeigeführt.«

»Unter ihresgleichen...«

»Nicht zwangsläufig. Unsere Demokratie der harten Währung war ein Geschäft zwischen einigen wenigen Investoren und ein paar volkstümlichen Politikern. Die Diktatur war nicht mehr rentabel, sie suchten nach einer Alternative. Hör dir die Reden an und schau dir die Gesellschaftskolumnen der Zeitungen an. Es gibt eine stillschweigende Übereinkunft, die Geschichte weißzuwaschen. Übereinkommen und Komplizenschaft im Namen des Vergessens. Bei jedem noch so kleinen Versuch, für Gerechtigkeit zu sorgen, legen die Militärs die Vertragsbedingungen auf den Tisch.«

»Du stellst das ziemlich schwierig dar.«

»Nichts ist spontan, Heredia. Es gibt Kontrollnetzwerke. Sichtbare und unsichtbare. Nichts ist umsonst und unschuldig, außer das verrückte Herumgerenne von Leuten wie dir, die geradezu pervers romantisch und naiv sind.«

»Es gibt Dinge, die man nicht vergißt.«

»Die du nicht vergißt. Und weitere tausend oder zweitausend. Doch der Rest sehr wohl, die, die in den Zeitungen nur die Überschriften lesen und kritiklos vor dem Fernseher sitzen und es gerade noch schaffen, nicht einzuschlafen. Bis zum nächsten Jahrtausend wird unsere Geschichte rosa sein und zwanzig Jahre später weißgewaschen. Die Kommunisten werden weiterhin für ihre Fehler und ihre zu große Abhängigkeit von der Sowjetunion bezahlen; die Sozialisten werden die Kapitalisten verteidigen, und die einzigen, die wie bisher weitermachen werden, sind die Unternehmer und Politiker des rechten Spektrums. Sie werden nie zu den Verlierern gehören. Sie behandeln Geschichte wie ein Geschäft, und ihnen ist es egal, ob sie mit Stimmen oder der Garrotte regieren.«

»Und wozu erzählst du mir das?«

»Ich möchte, daß du weißt, worin dir ein Überlebender helfen kann.«

»Verdammt, Stevens. Du deutest alles nur an …«

»Es ist besser so«, sagte er und fügte nach einer Pause hinzu: »Blest wird mir dabei helfen, daß mein Name an bestimmten Orten genannt wird, und ich werde verlauten lassen, daß ich mich mit Olmedo Portugal treffen möchte. Wenn er hinter dem Mord an deiner Freundin steckt, wird er kommen, und wir schließen einen Pakt.«

»Was soll die Gegenleistung sein?«

»Ich bin bei einigen Leuten unter dem Namen El Ciego, der Blinde, bekannt. Ein Deckname, der denen vertraut ist, die in den letzten Jahren zum Militärischen Abschirmdienst gehört haben. Viele der Verhafteten wurden in den Verhören nach meinem Namen gefragt.«

»Du?« fragte ich überrascht.

»Olmedo wird wissen, daß ich eine Geschichte kenne, an deren Geheimhaltung ihm sehr gelegen ist. Etwas, das ihm, wenn es bekannt würde, unangenehme Zeiten bescheren würde.«

»Erklär mir das genauer.«

»Der richtige Name von Olmedo ist Agustín Terán. Alles, was ich dir vorher erzählt habe, stimmt, seine Ausbildung, seine Aktivitäten. Vor ein paar Jahren hingegen, während er die Militärs beim Verkauf von Waffen in das Ausland beriet, wollte er auf eigene Rechnung Geschäfte machen und wurde dabei erwischt, wie er eine Sendung Maschinengewehre nach Ruanda verscherbelte. Die Armee stellte Untersuchungen an, doch als sie ihm auf die Schliche kamen, drohte Olmedo, einige Geheimnisse auszuplaudern, sollte es zu einem Prozeß gegen ihn kommen. Anfangs stießen seine Erpressungsversuche auf offene Ohren, doch dann erfuhr Olmedo, daß ihm eine Falle gestellt werden sollte. Er griff auf seine Freunde bei der Polizei und der Armee zurück und täuschte außerhalb von Viña del Mar einen Selbstmord vor. Das, was seine Leiche sein sollte, wurde bis zur Unkenntlichkeit verbrannt in einem Auto gefunden, und die Polizei hat ohne eingehendere Untersuchungen festgestellt, es sei Olmedo. Die Geschichte hat bis heute funktioniert. Doch da gibt es etwas, das Olmedo nicht weiß. Einem Gerichtsmediziner fielen einige Merkwürdigkeiten bei diesem Selbstmord von Terán auf, er machte auf eigene Rechnung und eigenes Risiko eine Genanalyse der Leiche. Dabei stellte er fest, daß es sich um jemand anderen handelte. Jemanden, der heute unter einem Grabstein liegt, auf dem Olmedos wahrer Name steht.«

»Woher weißt du das alles?«

»Zufälle und Kontakte. Der Arzt, der die Untersuchung vorgenommen hat, war Bruder eines Genossen, und der hat mir die Einzelheiten erzählt. Dann erzählte mir vor fünf Jahren einer dieser mittelamerikanischen Freunde, von denen ich dir berichtet habe, er habe Terán in Miami gesehen, als er aus dem La Carreta, einem kubanischen Restaurant, kam. Terán stach ihm ins Auge, weil er damals doch als tot galt. Er machte seine Genossen auf ihn aufmerksam, und sie stellten Nachforschungen im Restaurant und der kubanischen Kolonie an, fanden heraus, wo er wohnte, und überwachten ihn mehrere Monate lang, bis er aus einer auf ästhetische Chirurgie spezialisierten Klinik kam, in der er sich das Gesicht hatte operieren lassen. Kurz und gut, ich habe eins und eins zusammengezählt und mich bemüht, herauszufinden, was Terán machte, seit er mit neuem Namen nach Chile zurückgekehrt war. Er hat einige seiner alten Kontakte wieder aufgenommen und arbeitet im Informatikbereich. Doch jetzt erhält er Anweisungen aus dem Ausland und macht wahrscheinlich eigene Geschäfte.«

»Ich glaube das nur, weil du es sagst«, meinte ich.

»Ich vertraue darauf, daß Olmedo weiß, wie wichtig mein Schweigen ist«, fügte Stevens hinzu.

»Und wenn er gewalttätig wird?«

»Werden wir keine Nachbarn mehr sein, und mir werden deine Besuche fehlen. Doch Santiago ist eine große Stadt, und es gibt Ecken genug, wo sich Freunde hin und wieder mal treffen können.«

»Ist das notwendig?«

Stevens bewegte den Kopf, als blickte er ein letztes Mal

um sich. Er ging zu einer Vitrine, holte eine dunkle Flasche heraus, nahm zwei Gläser und nötigte mir einmal mehr Bewunderung ab, als er sie füllte, ohne sie zum Überlaufen zu bringen.

»Du bist diesmal weit vorgedrungen. Es kostet etwas, wenn man die unsichtbare Grenze überschreitet, der Preis muß ausgehandelt und bezahlt werden.«

»Am besten vergißt du es und läßt mich auf eigene Kosten handeln.«

»Ich mache das nicht nur deinetwegen, Heredia. Du bist da zufällig hineingeraten. Bei mir ist das Spiel mit den Tricks der Macht Teil meines Lebens.«

»Was kann ich tun, um dir zu helfen?«

»Finde schleunigst Cerda.«

Ich trank meinen Cognac und sah Stevens an, bezweifelte wieder einmal, daß er blind war.

»Frag es nicht«, sagte er, meine Gedanken erratend.

Ich stand auf und ging zur Wohnungstür.

»Warte«, sagte er. »Ich habe noch etwas vergessen. Sag deinem Mädchen, es soll ein paar Tage bei mir verbringen. Sie soll nicht für deine Verrücktheiten bezahlen müssen, und ich würde mir nie verzeihen, wenn ihr etwas zustoßen sollte.«

»Noch was?«

»Dein Freund Solís. Er soll aufpassen.«

3

Griseta schlief noch, als ich in die Wohnung zurückkam. Ich setzte mich auf die Bettkante und zündete die letzte Belmont an, um die ich Stevens gebeten hatte. Ich betrachtete ihre gebräunte, nackte Haut, die zwischen den Bettüchern hindurchglitt wie eine geheimnisvolle Schlange. Ich stieß die erste Rauchwolke aus und fürchtete schon, daß diese Geste ihren Schlaf stören könnte und mich des Anblicks ihrer halbverdeckten Brüste, ihrer langen, kräftigen, leicht geöffneten, einladenden Beine berauben würde, der herrlichen Fortsetzung ihres prächtigen Gesäßes.

Ich überlegte, ob ich mich neben sie legen und an ihre Wärme geschmiegt die Zeit vergehen lassen sollte, während draußen das Rudel umherstrich. Solange sie bei mir war, würde nichts geschehen, den Warnungen von Stevens und der Ungewißheit zum Trotz, die an meinen Nerven nagte und mich unentwegt über die Verbindungsglieder zwischen Cerda und Fernanda nachgrübeln ließ.

Zwischen Begehren und Zweifeln schwankend, begriff ich mit einemmal, wo die Angst herrührte. Ich wollte Griseta nicht verlieren, denn sie war es, die mich aus dem einsamen Umgetriebensein rettete, der Wut, der Enttäuschung, die mich jeden Morgen überkam, wenn ich die Zeitungen las oder durch die Ecken und Winkel meines Viertels streifte, die dreckig, übel zugerichtet und dem Zerfall überlassen waren. Als ich Griseta in meiner Wohnung aufnahm, begann ich, mich wieder für jemanden zu interessieren, ohne alle Gegenleistung außer der Verheißung, ein paar Stunden zu entfliehen, wenn die Dinge um mich her den Geruch des Scheiterns annahmen und es besser war, den eigenen Schatten auszulöschen, als den Zauber mit ein paar freundlichen Worten zu brechen oder jenes Schweigen, das sich selbst liebkost, wenn die Körper alles gesagt haben und nichts weiter bleibt, als im Rhythmus eines glücklichen Atems zu lächeln, der zugleich fremd und der eigene ist. Und dennoch, trotz dieser Gedanken und Grisetas Nähe, ging etwas von Stevens' Worten aus, das mich den Schmerz und eine gesichtslose Bedrohung spüren ließ, die meinen einfachsten Träumen Grenzen setzte.

Bald darauf erwachte Griseta. Ich sah, wie sie ihr Kopfkissen umarmte, um sich blickte, ohne mich zu bemerken. Ich sprach sie an, und bevor sie die Arme reckte, um die Trägheit abzuschütteln, ging ein breites, hoffnungsvolles Lächeln über ihr Gesicht.

»Wie lange bist du schon hier?« fragte sie.

»Zehn oder fünfzehn Minuten. Eine Zigarette und mehrere Gedanken lang, die dich mit einschlossen.«

»Und was schaust du so interessiert an?«

»Den Schutzengel«, sagte ich und lachte über den Einfall. »Im Waisenhaus, in dem ich gelebt habe, kümmerte sich Padre Abarca um uns. Er erzählte mir und den anderen Kindern vom Engel, der jeden schützt. Er ließ uns zu ihm um Beistand beten. Ich habe es nie vergessen, und sogar heute bleibe ich immer noch an Häusern oder Kirchen vor diesen Nischen mit Bildern, die Engel darstellen, stehen. Sie sind immer pummelig und lächeln. Pater Abarca hatte sich nicht geirrt, das weiß ich erst jetzt.«

»Was hast du getrunken?«

»Machst du dich über meine kleine Geschichte lustig?«

»Du machst mir angst. Ich höre dir zu und erinnere mich an die Geschichten, die meine Mutter erfand, um etwas Unangenehmes zu versüßen. Ich glaube, du meinst es ernst. Niemand hat mir je eine so absurde Liebeserklärung gemacht. Sie wirkt wie ein Abschied, und daher fürchte ich, sie könnte wahr sein.«

Griseta rückte näher, und wir umarmten uns innig.

»Irre ich mich?« fragte sie.

»Was im Büro passiert ist, kann der Anfang von etwas noch Schlimmerem sein. Ich habe mit Stevens gesprochen, und wir haben abgemacht, daß du ein paar Tage bei ihm wohnst. Es ist nicht gut, wenn du hier allein bist oder wenn sie uns beide gemeinsam überraschen, falls sie uns in einer der nächsten Nächte wieder besuchen. Wir werden uns tagsüber ein paar Stunden sehen, und ich rufe dich an.«

»Ich möchte an deiner Seite sein«, sagte sie. »Du verstehst mich nicht. Ich hasse es, von dem Ort, an dem ich lebe, zu fliehen, den Raum, die Dinge, mit denen man sich eingerichtet hat, zurückzulassen. Als sie Juan gesucht haben, sind wir ständig umgezogen. Ich habe meine Mutter am Ende dafür gehaßt, daß sie einfach ein paar Sachen zusammenpackte und mich an fremde, kalte Orte verschleppte, die immer weit weg waren. Ich hatte nicht einmal Zeit, mich von meinen Freunden im Viertel zu verabschieden, und war in den Schulen immer fremd. Es war so, als sei man ständig auf Reisen, ohne das Ziel und den Ausgang der Reise zu kennen.«

»Dieses Mal wird es anders sein«, sagte ich, wenig überzeugt.

»Ein paar Tage? Das kann eine lange Zeit sein.«

»Ein oder zwei«, sagte ich, und das Läuten des Telefons befreite mich davon, noch einmal zu lügen.

Ich löste mich von ihr und erkannte, als ich den Hörer abnahm, sofort Solís' Stimme.

»Cerda ist aufgetaucht«, sprudelte er hervor. »Ich bin im Do Brasil, und der Mann scheint auf jemanden zu warten. Wenn du dich beeilst, können wir ihn beide beschatten.«

»Fünfzehn Minuten«, sagte ich und legte auf.

Ich küßte Griseta auf die Wangen und nahm meine Jacke von der Stuhllehne.

»Nimm deine Sachen und geh in Stevens' Wohnung. Wenn jemand Fremdes hier auftauchen sollte, misch dich nicht ein. Gleichgültig, was die tun oder sagen. Bleib bei Stevens und warte auf meinen Anruf.«

»Paß auf dich auf, Heredia!«

Ich öffnete die Haustür, trat auf den Flur, stieg in den Fahrstuhl, der leer heraufkam, und blieb, auf der Straße angelangt, erst vor Anselmos Kiosk wieder stehen. Der Zeitungsverkäufer schien damit beschäftigt, von seinem Fensterchen aus die Umgebung zu kontrollieren, und als er mich sah, legte er einen Finger auf die Lippen.

»Gucken Sie mal unauffällig hinter sich. Da steht ein Kerl, der überwacht das Gebäude. Der sieht aus wie einer der Typen, die in Ihrer Wohnung waren.«

»Sieht er nur so aus, oder war er einer von ihnen?«

»Verdammt noch mal, Don. Ich bin mir nicht sicher. Meine Kurzsichtigkeit macht mir einen Strich durch die Rechnung.«

»Was macht er?« fragte ich.

»Er sieht herüber.«

»Komm aus dem Kiosk heraus und tu so, als würdest du eine Zeitschrift holen. Ich werde bis zur Ecke gehen, und wenn der Typ sich in Bewegung setzen sollte, verstell ihm den Weg.«

Anselmo trat aus dem Kiosk, ich machte die ersten Schritte in Richtung Calle Bandera. Der große, dunkelhaarige und mit einer Jeansjacke bekleidete Bewacher begann hinter mir herzugehen, ohne auf Anselmo zu achten, der mit einem Stapel Zeitungen auf ihn zuging, die er ohne Vorwarnung vor seine Füße fallen ließ. Ich hörte den Mann protestieren und wußte, jetzt war der Augenblick gekommen, die Beine in die Hand zu nehmen. An der Ecke stieg ich in einen Bus und sah gerade noch, wie der Fremde den Bus knapp verpaßte. Ich stieg an der nächsten Haltestelle aus und schlenderte drei Blocks ziellos umher, einfach nur, um zu sehen, ob ich außer meinem noch einen fremden Schatten hinter mir hatte.

Ich schaute auf meine Uhr. Mir blieben noch zehn Minuten bis zu meiner Verabredung mit Solís. Ich hielt das erste vorbeifahrende Taxi an. Der Verkehr war nicht stark, das Taxi konnte sich ohne Schwierigkeiten zwischen Bussen und Autos hindurchschlängeln. Es war heiß, und im Wagen roch es nach Friedhofsblumen. Ich kurbelte die Scheibe neben mir herunter. Der Fahrer drückte auf die Tasten des Radios, und es erklang schrille Musik.

»Alfredo und die Coyotes Rosados«, meinte der Fahrer begeistert, als würde er Mozart ansagen. »Mögen Sie das?«

»Sehr«, sagte ich. »Ich werde mir die Kassette gleich kaufen, um sie bei der Arbeit zu hören.«

»Was machen Sie geschäftlich?«

»Ich verwalte ein einfaches, ehrbares Bordell«, entgegnete ich, und das plötzliche Schnellerwerden des Wagens verriet mir, daß der Fahrer keinen Humor hatte.

Solís und Bernales warteten vor dem Do Brasil. Dagoberto kaute auf einem Streichholz herum und beobachtete das Café aus dem Augenwinkel. Der Junge sah aus wie in einem Kommunionsanzug, dessen Ärmel herausgelassen worden waren und der jede Menge Falten hinzubekommen hatte. Er begrüßte mich mit einem Händedruck, der mich darüber nachsinnen ließ, ob das körperliche Training der gerade erst abgeschlossenen Ausbildung der Grund für seine Kraft war oder ob es daran lag, daß er noch nicht Anhänger des feierabendlichen Bierrituals geworden war.

»Er ist da drin«, sagte Solís und zeigte auf den Eingang. »Wir können reingehen und ihn an den Ohren packen oder warten, bis er rauskommt, und ihm folgen.«

»Laß uns warten. Im Café sind viele Gäste, er könnte uns entkommen.«

»Es sieht so aus, als ob er auf jemanden wartet. Er schaut auf die Tür und immer wieder auf seine Uhr«, mischte sich Bernales ein.

Die Sonne brannte auf die Ecke Calle Bandera/Paseo Huérfanos hinunter. Wir mußten sie eine halbe Stunde lang ertragen, bis Cerda keine Lust mehr hatte zu warten und das Café verließ. Er lief den Paseo Huérfanos hinunter, und wir, den vielen Fußgängern und den Waren der fliegenden Händler ausweichend, hinter ihm her.

Solís machte Bernales ein Zeichen, worauf dieser sich entfernte, um Cerda aus einer anderen Perspektive zu beobachten. Ohne zu bemerken, daß wir ihm folgten, gelangte Cerda bis zum Paseo Ahumada und blieb an einem Kiosk stehen, um Zigaretten zu kaufen. Dann nahm er die Rolltreppe zur Metrostation Universidad de Chile. Wir gingen schneller und schafften es, nachdem wir hinunter zum Bahnsteig gelangt waren, in denselben Zug einzusteigen wie Cerda. Der Wagen füllte sich mit Studenten, die aus ihren Vorlesungen kamen, und wir paßten doppelt auf, bis Cerda bei der Station Pedro de Valdivia ausstieg.

Zehn Minuten später trat er ins Café Tavelli, warf einen Blick in die Runde und ging, ohne zu zögern, auf einen Mann zu, der ihn zu erwarten schien.

Solís erkannte den Fremden und hielt mich am Eingang des Lokals zurück.

»Tonioni«, sagte er leise, als könnte unser Gespräch irgendeinen Gast des Cafés interessieren.

»Wer?«

»Der Inspektor, der im Fall Hillerman ermittelt«, sagte Solís, genau in dem Augenblick, in dem Tonioni zum Eingang herüberschaute.

Cerda wandte sich nach uns um und verschwand blitzschnell durch den Hintereingang des Cafés.

»Bleib an ihm dran. Ich kümmere mich um Tonioni«, befahl Solís Bernales.

Ich beschloß, Bernales zu unterstützen, während sich Dagoberto mit einem Pokergesicht auf einen Stuhl neben Doroteo Tonioni setzte. Ich lief durch eine Passage, stolperte über ein Pärchen, das im Schatten der Markise eines Ladens knutschte. Ich stieß sie zur Seite und sah Cerda in ein Einkaufszentrum gehen. Bernales folgte dicht hinter ihm. Ich rannte in dieselbe Richtung, doch als ich an der Stelle angelangt war, wo ich beide zuletzt gesehen hatte, wandte sich das Blatt: Nachdem ich einmal durch das ganze Einkaufszentrum gelaufen war, mußte ich feststellen, daß ich ihre Spur verloren hatte, und mir blieb nichts anderes übrig, als zum Tavelli zurückzukehren, um zu erfahren, was bei dem Gespräch zwischen Solís und Tonioni herausgekommen war.

Dagoberto hockte vor einer leeren Tasse. Mir schien, als sei er mit seinen Gedanken ganz woanders und daß, wenn es jetzt ein Erdbeben gegeben hätte, er weiter am Tisch sitzen geblieben wäre, sich weder um die allgemeine Hysterie noch um einstürzende Wände gekümmert hätte.

»Du wirkst wie der verlassene Christus«, sagte ich und nahm auf dem Stuhl Platz, auf dem zuvor Tonioni gesessen hatte.

»Ein Spaßvogel ist das letzte, was ich jetzt brauchen kann«, sagte Solís.

»Was war mit Tonioni?«

»Es hat eine harte Auseinandersetzung gegeben. Doch es ist mir gelungen, ein paar Dinge aus ihm herauszukriegen. Er gab zu, daß Cerda ein Spitzel ist. Und als ich Hillerman erwähnte, sagte er, wir brächten uns in Gefahr, dies sei kein Fall für unehrenhafte Polizisten und Hungerleiderdetektive. Ich drohte ihm, doch er lachte mir ins Gesicht. Wenn du mich denunzierst, steht dein Wort gegen mein Wort, sagte er. Ich ließ wegen des Falls Hillerman nicht locker, und er machte mir klar, daß er Befehle bekomme, und ließ durchblicken, jemand Mächtiges habe jede Menge Geld unter den Polizisten verteilt, die an dem Fall arbeiteten.«

»Und da hast du geflucht, und der Typ ist gegangen.«

»Ich war sogar noch ungeschickter. Ich habe ihm gesagt, ich hätte Beweise dafür, daß Cerda in Hillermans Tod verwickelt sei, ich müsse nur noch zwei, drei Dinge abklären, um ihn zu verhaften.«

»Das war nicht sehr klug von dir.«

»Ich dachte, ein wenig Angst würde ihm die Zunge lösen. Doch er ist nicht einmal nervös geworden. Es war falsch, Tonioni wie irgendeinen gewöhnlichen Delinquenten zu behandeln.«

»Die Verbrechen, die uns beschäftigen, sind auch nicht gewöhnlich. Merkst du das denn nicht? Cerda, Baeza, Tonioni. Ein Netz aus deinen Leuten, mit legalen Dienstmarken und Zugang zu Informationen. Und das ist nicht alles. Tonioni weiß, daß jemand ihm den Rücken deckt, wohingegen was du auch immer sagen magst, umgehend in den Papierkorb wandern wird.«

»Ich habe noch eine Karte im Ärmel«, sagte Solís. »Ich werde einen Bericht an den Director Nacional schreiben. Ich kenne ihn. Wir haben bei verschiedenen Gelegenheiten zusammengearbeitet, und ich bin sicher, daß er eine Untersuchung anordnen wird.«

»Wenn du meinst…«

»Ich werde schreiben, was ich über Hillermans Tod weiß.«

»Damit vergibst du dir nichts. Doch ich glaube, wir müssen vor allem Baeza und Cerda dingfest machen.«

»Baeza ist ein Rätsel, und mit Cerda scheint es für dich nicht gut gelaufen zu sein.«

»Vertrauen wir auf den Jungen. Er hat sich an Cerda

gehängt, vielleicht hatte er Glück. Wenn du etwas von ihm hörst, sag mir Bescheid«, sagte ich, während ich den Gedanken verwarf, einen Kaffee zu trinken.

»Ich habe viele Fehler gemacht«, sagte Solís leise, als spräche er mit sich selbst.

Er wirkte müde, und ich nahm an, daß er, bevor er den Bericht schrieb, auf ein paar Briefchen zurückgreifen würde. Etwas in ihm war hoffnungslos zerbrochen.

»Paß auf dich auf, Dagoberto. Das einzige, worin der Mensch immer perfekter wird, ist seine eigene Zerstörung.«

»Komm mir nicht mit solch beschissenen Sätzen«, protestierte Solís.

»Dann rate ich dir noch etwas anderes. Frag bei deinen Kollegen von der Steuerbehörde nach, ob sie was über gemeinsame Geschäfte von Julián Almarza, Baeza und einem gewissen Carlos Olmedo Portugal haben.«

»Woran denkst du da?«

»Ich streue Brotkrumen auf dem Weg aus, um zu sehen, ob sie mich irgendwohin führen.«

»Deine literarischen Anspielungen gehen mir auf den Geist, Heredia.«

Wir verabschiedeten uns, Solís rief den Kellner und bestellte noch einen Kaffee. Ich ging auf die Straße hinaus und schlenderte ein paar Minuten lang ziellos umher. Die Leute gingen schnell, und ich dachte mir, das sind Menschen, die ihren Zeitplan erfüllen wollen, essen, den Hund streicheln, Aktien kaufen und verkaufen, die Kinder in die Schule bringen, den Großvater beerdigen, Briefmarken kaufen. Das oder mehr, alles, nichts, das Alltägliche. Kleine Rechtfertigungen für jede Stunde des Tages.

Als ich zum Büro zurückkam, erkannte ich den Schläger, der mir gefolgt war. Er lehnte an einem viertürigen, blauen Opel, und es kostete ihn große Anstrengungen, sein Interesse zu überspielen, als ich an Anselmos Kiosk stehenblieb.

»Haben Sie den Kerl gesehen? Der ist schon seit zwei Stunden da«, sagte Anselmo.

»Er muß schließlich was für sein Geld tun, und mich stört es nicht, daß er weiß, ich bin im Büro. Noch was?«

»Eine Nachricht, die ich gerade in der Zeitung gelesen habe. Nordamerikanische Astronauten haben im All eine Wolke entdeckt, die größer ist als das Sonnensystem. Sie enthält Billionen Liter Alkohol. Es heißt, daß man, wenn man sie zur Bierherstellung benutzen würde, jedem Bewohner der Erde in einer Milliarde Jahren täglich dreihunderttausend Glas Bier spendieren könnte. Was halten Sie davon, Don? Kosmische Bierströme!«

»Erinnere mich daran, daß ich dir den Namen eines Psychiaters gebe.«

»Wollen Sie damit sagen, ich sei verrückt, Don?«

»Ich wollte dir nur einen netten Trinkkumpan empfehlen«, entgegnete ich und ging ins Haus.

Auf dem Schreibtisch lag eine Nachricht von Griseta. Sie sagte mir, sie sei bei Stevens und erwarte meinen Anruf. Ich verfluchte ihre Unvorsichtigkeit und zerriß das Papier in dem Augenblick, in dem Simenon auf den Tisch kletterte.

»Wir haben in den vergangenen Tagen wenig miteinander gesprochen.«

»Hättest du gern einen Rat, oder beklagst du dich nur?« hörte ich ihn fragen.

»Ein bißchen von beidem.«

Ich löschte das Licht im Büro, setzte mich ans Fenster und lauschte aufmerksam dem von der Straße heraufönenden Gemurmel. Simenon legte sich auf meine Beine, und während ich seinem gemütlichen Schnurren zuhörte, schlief ich ein.

Solís rief mich um drei Minuten vor Mitternacht an. Seine Stimme klang begeistert, aber ich konnte nicht sagen, ob dieser Enthusiasmus das Ergebnis seiner Arbeit oder die Wirkung von zwei Amphetamintabletten mit Alkohol war.

»Ich habe gerade mit Bernales gesprochen«, sagte er. »Er ist Cerda gefolgt, seit wir ihn im Tavelli gesehen haben. Der Kerl ist nervös geworden und ist ständig in irgendwelche öffentlichen Lokale reingegangen und wieder rausgekommen. Dann hat er einen Burger gegessen und ist in seine Wohnung in Villa Olímpica gegangen. Bernales hat von einer Telefonzelle aus angerufen, und ich habe ihm gesagt, er soll ihn weiter überwachen. Diesmal haben wir ihn, Heredia!«

»Guter Junge, dieser Bernales. Er hat sich seine Ration Karotten verdient.«

»Ich habe ihm gesagt, er soll auf uns warten. Ich bin in meinem Büro und habe gerade den Bericht an den Direktor abgeschlossen«, fügte Dagoberto hinzu. »Ich räume noch schnell ein paar Papiere auf, mache den Computer aus und komme in höchstens zehn Minuten bei dir vorbei.«

»Gut. Du bekommst auch deine Karotten.«

»Das mit Cerda ist noch nicht alles«, fuhr Solís fort, ohne sich um meine Worte zu kümmern. »Ich habe das Ergebnis von der Untersuchung des Blutes, das unter Fernandas Fingernägeln gefunden wurde. Ich habe es mit den Angaben in den Personalakten vergleichen lassen, und es entspricht der Blutgruppe von Rogelio Baeza.«

»Das war zu erwarten. Baeza und Cerda waren in der Nacht, in der Fernanda starb, im Comet«, sagte ich. »Wir müssen Cerda um jeden Preis zu fassen kriegen. Er muß uns ein paar Dinge verraten.«

»Ich hol dich ab«, schloß Solís.

»Park an der Ecke. Das ist sicherer«, warnte ich ihn, bevor ich auflegte.

Die Zeiger meiner Uhr standen auf Mitternacht. Ich kippte einen Schluck, holte die Pistole aus dem Schreibtisch, und als ich den Wagen von Solís die Straße entlangkommen sah, ging ich über die Dienstbotentreppe nach unten, um der Neugier des Mannes zu entgehen, der hinter Anselmos Kiosk noch immer Wache schob.

»Gib Gas, nichts wie weg«, sagte ich, als ich im Wagen saß. »Da steht einer am Hauseingang, und ich habe schon genug Zeit mit Versteckspielen verloren.«

Solís lachte laut.

»Er heißt Segundo Aranda. Er kommt direkt von der Uni und befolgt meine Instruktionen«, sagte er.

»Du hast angeordnet, mich zu überwachen?«

»Wenn du wieder Besuch gehabt hättest, wüßte ich wenigstens, wann sie deine Leiche heraustragen.«

»Warum hast du mir das nicht schon vorher gesagt? Du bist stur wie ein altes Maultier.«

Solís lächelte, fuhr los und zog an der nächsten Ampel einen Flachmann aus Stahl aus dem Handschuhfach. »Ein mittelmäßiger Whisky hilft einem immer, Schläge zu verteilen. Er brennt in den Eingeweiden und läßt dich sogar deine Mutter hassen«, sagte er.

»Wie damals in dem Nachtclub …«

»Du und deine Erinnerungen. Wir wollen einen Mörder fangen und nicht mit den heißesten Schwestern des Viertels tanzen.«

»Ich muß immer wieder daran denken«, sagte ich, nachdem ich den Schnaps probiert hatte. »Die Falle, das Feuer, die Kugeln, deine Wunde und dieser letzte Schuß, der mir die Haut gerettet hat.«

»Schwierige Zeiten, Mistkerle. Nicht wie jetzt …«

»So viel hat sich nicht geändert.«

»Wir, Heredia. Die Illusionen, die Begeisterung, sich die Seele für nichts auspusten zu lassen. Die verdammten Anfänge, die Lust.«

»Wir?« fragte ich mich selber und nahm noch einen Schluck Whisky, bevor die Vergangenheit ihre gezinkten Karten auf den Tisch legte.

Bernales erwartete uns am Eingang von Cerdas Haus. Er war nervös und paffte ungeschickt wie jemand, der selten rauchte.

»Er ist noch in seiner Wohnung«, informierte er Solís. »Sein Licht brennt, und außer während den paar Minuten, in denen ich Sie angerufen und mir Zigaretten gekauft habe, habe ich mich nicht vom Fleck gerührt.«

Mit seiner Vielzahl erleuchteter Fenster wirkte das Gebäude wie ein Raumkreuzer, der gerade zum Planeten der Affen aufbrach. Solís betrachtete das Ungetüm aus Beton und befahl dann Bernales, die kleine Wendeltreppe hinaufzusteigen, die an einer Seite des Gebäudes nach oben führte.

»Vierter Stock, Apartment 408«, stotterte Bernales, bevor er sich in die von Solís angegebene Richtung entfernte.

Solís zog die Pistole heraus, die er im Gürtel stecken hatte, und prüfte, ob sie funktionstüchtig war.

»Fünfundzwanzig Jahre, und ich habe mich noch immer nicht an dieses Ding gewöhnt«, sagte er, um zu rechtfertigen, wie ungeschickt er mit der Waffe umging.

Wir fuhren mit dem Fahrstuhl bis zum vierten Stock. Als wir aus dem Metallkäfig heraustraten, standen wir vor einem langen, schlecht beleuchteten Flur. Solís ging, die Zahlen an den Türen prüfend, bis zur 408 und blieb dort stehen.

Bernales erschien am anderen Ende des Flurs, und Solís winkte ihn heran. Aus dem Inneren der Wohnung hörten wir einen Dialog aus einer nächtlichen Fernsehserie. Bernales kam, wischte sich den Schweiß von der Stirn und wartete auf weitere Anweisungen von Solís.

»Bringen sie einem in der Schule noch immer bei, wie man Dietriche handhabt?« fragte Dagoberto Bernales.

Der Polizist verstand die Frage als Befehl. Er zog eine Art Schlüssel aus seiner Jacke und steckte ihn ins Schlüsselloch.

»Geschafft«, flüsterte Bernales. »Das Schloß hat einen ganz einfachen Mechanismus.«

Solís stieß die Tür mit dem linken Fuß auf und trat in die Wohnung. Als erstes sahen wir ein Wohnzimmer, in dem drei Armsessel mit Ledersitzen, zwei Beistelltische und ein laufender Fernseher standen. Das Zimmer schien die Schäden eines Festes oder eines Kampfes überlebt zu haben. Wir verließen das kleine Zimmer, und jeder postierte sich vor einer der drei Türen, die vom Wohnzimmer aus in die anderen Zimmer führten. Solís hob die linke Hand bis zur Stirn, und als er sie senkte, stürmte jeder in den Raum, vor dem er stand.

»Küche!« hörte ich Bernales rufen.

»Nichts!« rief Solís, wie ein verdrehtes Echo dessen, was Bernales gesagt hatte.

»Hier«, murmelte ich und steckte, weil ich keinen Angriff mehr befürchtete, meine Pistole in die Jacke. Auf einem Ehebett erkannte ich Cerdas nackten Körper. Er lag auf dem Bauch. In seinem Hintern steckte ein dicker Plastikpenis, und um seinen Hals war ein Nylonstrumpf gezurrt. Um ihn herum lagen Synthetikpenisse in verschiedenen Größen, eine Perücke, Kokainbriefchen und ein halbes Dutzend Zeitschriften mit Epheben, die einander von hinten nahmen oder sich die Schwänze küßten. Das Zimmer war lachsfarben angestrichen, die Wände waren mit Spiegeln bedeckt, die das auf dem Bett aufgebaute Schauspiel reflektierten.

Ich näherte mich Cerda und sah, daß seine Augen auf das Kissen starrten, das seinen Kopf stützte.

»Scheiße«, sagte Solís hinter meinem Rücken, während Bernales sich bemühte, die Leiche anzusehen.

»Wann bloß?« fragte er sich.

»Als du mich angerufen hast«, antwortete ihm Solís.

»Du irrst dich. Die haben auf ihn gewartet«, sagte ich. »Im Wohnzimmer stehen drei schmutzige Gläser und eine halb ausgetrunkene Rumflasche. Sie haben geredet und sich dann geprügelt. Das erklärt das Durcheinander und den Alkohol.«

»Eine Menge Leute haben das Gebäude verlassen, seit ich es überwache«, fügte Bernales entschuldigend hinzu. »Sechs oder sieben Männer, ein paar Mädchen, Frauen mit Kindern.«

Solís zog, ohne sich um die Worte seines Assistenten zu kümmern, ein Taschentuch aus der Tasche und nahm es, um die Gegenstände zu untersuchen, die um Cerda herum verstreut lagen.

»Eine schöne Sammlung«, meinte er, während er sich die Plastikpenisse ansah. »Hart, hygienisch, handlich.«

»Verbrechen unter Homosexuellen. Das sollen wir denken. Cerda bringt Tamayo um, und seine Freunde rächen sich.«

Während Solís seine Inspektion abschloß, öffnete ich den Nachttisch links neben dem Bett. Darin lagen vier Schachteln Kent, mehrere eingeschweißte Kondome, ein Topf Vaseline, acht Tausendpesoscheine, sieben Aspirin und ein kleines schwarzes Buch, in das jemand peinlich genau Einnahmen und Ausgaben eingetragen hatte.

»Hast du etwas gefunden?« fragte Solís, während er den Schrank öffnete, in dem eine Cordjacke und ein grüner Regenmantel hingen.

»Nichts, womit wir was anfangen könnten«, sagte ich. »Und da im Schrank?«

»Nicht viel. Entweder war er auf der Durchreise, oder er war ein Geizkragen, der nicht viel für Kleidung ausgab.«

»Warum bloß?« fragte Bernales. Solís und ich sahen ihn aus dem Augenwinkel an und hatten nicht übel Lust, ihn zu beschimpfen.

»Warum? Wieso?« fragte ihn Solís zurück.

»Sein Tod, so, auf diese Weise?« meinte der Polizist.

»Seit fünf Minuten frage ich mich das auch«, sagte ich. Und fügte, nachdem mir meine letzte Unterhaltung mit Stevens wieder eingefallen war, hinzu: »Sie wollen Spuren verwischen.«

»Jemand, der gut informiert ist«, meinte Solís.

»Tonioni oder einer von denen, die Cerda begleitet haben, als er meine Wohnung überfallen hat.«

»Und dir fällt dazu nichts ein?« fragte Solís seinen Assistenten. Bernales errötete und blickte statt einer Antwort zu Boden.

»Scheiße, tausendmal Scheiße«, schimpfe Dagoberto. »Damit ist alles im Arsch.«

»Es könnte doch Spuren geben?« stotterte Bernales.

»Ja, gewiß. Tausende, von der Katze der Nachbarin bis hin zum Hausmeister«, schimpfte Solís weiter. »Wir sollten aber trotzdem die Spezialisten kommen lassen, damit sie alles auf Fingerabdrücke absuchen und ein paar Stunden vor ihren Mikroskopen sitzen.«

»Ich jedenfalls habe hier nichts mehr verloren«, sagte ich.

Solís nickte, hob ein Bettuch auf und legte es über Cerdas Leiche. »Kommt nichts Gutes bei raus, wenn man andren in den Arsch kriecht.«

Während ich das Schlafzimmer verließ, sah ich Bernales auf einen der Sessel zugehen und etwas vom Boden aufheben. Es handelte sich um drei oder vier zusammengefaltete Stück Papier, die jemandem unter den Tisch gefallen waren.

»Restaurantquittungen und eine Kreditkarte«, sagte er, als müßte er den Dingen einen Namen geben, um sie zu erkennen.

Bernales wollte noch etwas hinzufügen, doch Solís brachte ihn davon ab, indem er ihn anwies, im Büro anzurufen, damit man einen Krankenwagen und die Leute schickte, die den Mord an Cerda untersuchen würden.

»Jawohl«, sagte Bernales und stotterte dann: »Baeza.«

»Was ist mit Baeza?« fragte ich.

»Das hier«, meinte Bernales und zeigte auf die Kreditkarte, die er gerade aufgehoben hatte. »Sie ist auf seinen Namen ausgestellt.«

Ich riß ihm die Karte aus der Hand und las den Namen, der darauf stand.

»Was kann sie, außer uns bestätigen, daß er hier war?« fragte Dagoberto.

»Vielleicht bringt sie dieses Quentchen Glück, das man bei jeder Ermittlung braucht«, antwortete ich.

Die beiden Polizisten sahen mich überrascht an und warteten auf eine Erklärung. Doch ich sagte nichts weiter, steckte die Karte in die Jackentasche und ging voraus zur Wohnungstür.

Der Korridor war menschenleer, man hörte eine Frau, die ihre Kinder schreiend ausschimpfte. Das Leben wiederholte sich in Ritualen, die dem Tod eines einsamen Mannes gegenüber gleichgültig blieben. Die Bewohner des Gebäudes ruhten sich aus, und am nächsten Morgen würden die Hausfrauen Gesprächsstoff haben. Einige würden sich daran erinnern, Cerda gesehen zu haben, und würden dann zum Markt einkaufen gehen oder die Hemden ihrer Ehemänner waschen. Das oder irgend etwas anderes, denn letzten Endes gab es immer etwas Wichtigeres als den Tod, um das man sich kümmern mußte.

Wir stiegen in Solís' Auto, und ein paar Minuten lang sagte niemand etwas. Wir schauten auf die Lichter des Gebäudes, bis alle außer dem von Cerdas Wohnung ausgingen. Zuerst dachte ich an das Auge des Polyphem, und dann an das schwache Licht eines Leuchtturms, der anzeigte, daß das Ende der Überfahrt noch weit entfernt war. Ich öffnete das Handschuhfach und holte den Flachmann heraus. Die Nacht war warm, doch ich brauchte trotzdem etwas, das mich von innen erwärmte. Ich bot Solís einen Schluck an, doch der lehnte ab. Ich ließ bei Bernales nicht locker, und der Junge zögerte lange, bis er einen größeren Schluck nahm, als ratsam gewesen wäre.

»Siehst du, Solís? Das Baby lernt schnell«, sagte ich und nahm Bernales den Flachmann wieder ab. »Er ist einer von uns.«

Solís sah mich müde an. Er versuchte zu lächeln, doch es gelang ihm nicht. Ich zwang ihn, die Flasche auszutrinken und eine Zigarette zu nehmen.

»Die Nacht und die Stadt«, sagte Solís nachdenklich, während er Bernales im Rückspiegel betrachtete. »Die gewöhnlichen Leute wissen nicht, was geschieht, während sie schlafen, vögeln oder diese mittelmäßigen Krimis im Fernsehen anschauen. Die meisten glauben, die Welt schläft oder ruht wie sie und daß das Böse weit weg ist und sie nicht berühren wird. Von wegen. Es wird dunkel, und andere Gesichter tauchen auf. Die Landschaft verändert sich: das Geraune in den Häusern, die Geräusche der Autos, die Schritte, die durch die Straßen laufen. Eine Welt, die mich anzieht und mir Angst einjagt, seit ich meine erste Wachrunde gedreht habe.«

»Ich weiß, wovon du redest, Solís.«

»Kann man eine Szene anschauen, wie wir sie gerade gesehen haben, und dann wieder auf die Straße zurückkehren, als wäre nichts gewesen?«

»Wir erfinden die Welt nicht. Wir sind nur Zeugen«, sagte ich und sah dabei Bernales an. Der Junge war blaß und hörte unserem Gespräch zu, während er auf das erleuchtete Fenster von Jaime Cerdas Wohnung starrte.

Solís startete den Motor, der Wagen fuhr ein paar Meter, bevor er wieder stehenblieb. »Und was passiert jetzt?«

»Such eine Telefonzelle, damit Bernales anrufen kann. Dann gehen wir alle schlafen. Morgen hast du vielleicht mit der Spurensicherung Glück, und ich werde sehen, ob mich die Karte auf die Spur von Baeza bringt.«

4

Ich verabschiedete mich vor dem Chez Henry von Solís. Am Eingang des Restaurants streckte eine zerlumpte Greisin ihre kleinen, schmutzigen Hände den Gästen entgegen, die vollgestopft mit Essen und Alkohol herauskamen. Sie verbarg ihren Kopf unter einem verschossenen Wollschal, ihre Wangen waren von einer Dreckkruste bedeckt. Ich beobachtete sie, bis ein schlanker Mann mit gesenktem Kopf ihr zwei Münzen in die Hand legte. Dann ging ich die Calle Bandera in Richtung Plaza de Armas hinunter.

Es war eine warme Nacht, ich wollte meine Lungen noch einmal durchlüften, bevor ich in mein Büro zurückging und dort eingeschlossen darauf wartete, daß Baeza und seine

Männer kamen. Ich dachte an Jaime Cerda. Es gab viele andere wie ihn, die ihren Berufen im Schatten nachgingen. Sie machten ihre Arbeit, während ihre Freunde aus der Vergangenheit das Vergessen suchten. Es widerte mich an, ihre Gesichter in den Zeitungen zu sehen, wo sie lächelten, auf eine Macht gestützt, die weiterhin unangetastet war und jedesmal zutage trat, wenn die Justiz etwas aufdecken wollte.

Die Calle Bandera war eine düstere Landschaft, wie für Vampire geschaffen, nur von schwachen Neonlichtern beleuchtet, die die Eingänge zwielichtiger Nachtclubs anzeigten; Spelunken, in denen Mädchen mit tiefen Augenringen sich ein paar Pesos damit verdienten, daß sie Betrunkene hinter von dringlichem Samen getränkten Vorhängen masturbierten: Ich kannte diese Lokale, weil ich in der Vergangenheit drei der Mädchen beschützt hatte, nachdem eine aus dem vierten Stockwerk des Caracol Bandera ins Leere gestürzt worden war. Sie kamen um zehn Uhr abends zur Arbeit, zogen ihre silbernen Bikinis an und waren bis zum Morgengrauen mit Typen zusammen, die sich hyänengleich an ihnen weideten. Es war nicht die Hölle, doch ziemlich nah dran, während wenige Blocks weiter Stadträte tagtäglich Reden über die Sicherheit des Bürgers, die guten Sitten und den Schmuck der Parkanlagen schwangen.

Ich erwog die Möglichkeit, durch mein Viertel zu flanieren, zwei, drei Gläser zu trinken und den Tagesanbruch abzuwarten. Doch ich war sehr müde und wollte mich nicht in den Brunnen herunterlassen, während die Mörder von Cerda unterwegs waren. Sie waren dem schwachen Arm der Justiz gegenüber immun, wie Avello, ein mit der letzten Ausgabe der Zeitung *Fortín Mapocho* entlassener alter Kriminalreporter, zu schreiben pflegte. Ich ging zurück zur Calle Aillavillú und beobachtete eine halbe Stunde lang den Eingang meines Hauses und die Umgebung, achtete auf jede verdächtige Bewegung oder unbekannte Schatten. Ich sah vier Nutten mit ihren Freiern hineingehen, einen Kellner von der Bar Nacional, der Mondaca hieß und im achten Stock wohnte, und Sagredo, den pensionierten Seemann, der einige der Mädchen beschützte, die in diesem Sektor arbeiteten. Erst dann drückte ich die Zigarette aus, die ich gerade rauchte, und ging ins Haus.

Stevens' Wohnung war verschlossen. Ich trat in mein Büro, und Simenon sprang mir entgegen, verlangte seine Streicheleinheiten. Ich holte die Whiskyflasche aus dem Schreibtisch, sah sie aber nur an, als würde ich darauf warten, daß ein verrückter oder betrunkener Geist aus ihr herauskam. Schließlich legte ich sie zurück in ihr Versteck und dachte nicht mehr an sie.

»Seit wann fürchtest du dich vor einem Glas?« glaubte ich Simenon fragen zu hören.

»Eins, zwei, drei. Ich habe keine Angst davor. Ich spare sie mir für später auf, wenn alles vorbei ist und ich etwas zu vergessen habe.«

»Das machst du jetzt das zweite Mal, seit ich dich kenne.«

»Heute nacht habe ich mich vor der Stadt und ihren Straßen gefürchtet. Ich wollte in ein paar Läden gehen, konnte es aber nicht. Ich habe zu lange zuviel Gewalt gesehen. Und ich bin mit jedem Tag einsamer. Die Freunde wedeln mit ihren Kreditkarten, werden bei McDonald's dick und pfeifen auf das, was sie früher einmal waren.«

»Du bist nicht der einzige, der sich fürchtet, Heredia.

Heute nachmittag war ich bei deinem Mädchen. Man sieht ihr an, daß sie Angst hat und am liebsten wegrennen möchte. Aber sie liebt dich, denkt an dich und bleibt.«

»Einbildung. Das sagst du nur, damit ich mich gut fühle.«

»Liebe und Angst sind zwei Gefühle, die zusammenzugehen pflegen.«

Das Telefon machte mit seinem Läuten seinen Kommentaren ein Ende. Ich nahm den Hörer ab, und da war zum zweiten Mal in dieser Nacht Dagoberto Solís' Stimme.

»Ich muß dich sehen«, sagte er trocken, ohne Umschweife, in dem harten Tonfall, den er für gewöhnlich benutzte, um seine Leute auf Trab zu bringen.

»Es ist halb sechs Uhr morgens. Zeit, zu schlafen und seinen Nächsten schlafen zu lassen.«

»Ich hatte beschlossen, noch einmal im Büro vorbeizugehen, um zu sehen, ob die Jungs von der Mordkommission sich schon mit dem Fall Cerda beschäftigen«, sagte er. »Ich habe nach meiner Mitteilung an den Direktor gesehen, die ich schon fertig hatte, aber sie war nicht mehr da. Jemand hat sie von meinem Schreibtisch genommen.«

»Hol die Polizei. Nach sechs Monaten werden sie dich fragen, ob du ein Problem hast.«

»Verdammter Scheißkerl.«

»Wo und wann?« fragte ich, als ich begriff, daß er wirklich in Not war.

»In einer Viertelstunde. Ich werde noch eine Kopie vom Bericht machen und möchte, daß du bei mir bleibst, bis es Zeit ist, sie zu übergeben. Wir sehen uns in der Estación Calicanto. Da suchen wir uns was, wo wir frühstücken können. Ich möchte nicht allein sein.«

Ich spürte Solís' Angst. Ich wußte, daß mein Freund das Bild von Cerda in seiner Wohnung weiter vor Augen hatte und ihn die Tatsache quälte, daß Kollegen von ihm am Mord des Expolizisten beteiligt waren. Ich legte den Hörer auf die Gabel und tastete nach meiner Pistole. Simenon folgte mir bis an die Wohnungstür. Ich streichelte ihm zum Abschied über den Kopf.

Die Häuser im Viertel waren in einem einzigen Grauton vereint. Es war ein ruhiger Morgen, die Stadt schien mehr Zeit als gewöhnlich zum Aufwachen zu brauchen. Ich blieb an der Ecke Aillavillú/Bandera stehen und sah einen Bus voller schläfriger Männer vorbeifahren, die auf dem Weg zur Arbeit waren. Dann lief ich bis zur Metrostation Calicanto. Die Tore des Mercado Central begannen sich zu öffnen, drei Lastwagen standen schon bereit. Fünf oder sechs Männer luden Kisten mit Fisch aus, und zwei weitere machten das gleiche mit Plastikkästen voller Milchprodukte.

Solís wartete am Eingang der Station auf mich. Sein Gesicht sah eingefallen aus, und die Bartstoppeln ließen seine Wangen dreckig wirken. Er gab mir die Hand, als wären wir Fremde, die sich einander vorstellen. Sein Atem roch nach Alkohol, und auf dem Fußboden neben seinen Füßen bemerkte ich einen zerknüllten Weinkarton. »Danke«, sagte er. Und dann, als wäre es etwas, über das er lange nachgedacht hatte: »Ich glaube, es ist das erste Mal, daß ich dich um etwas bitte.«

»Das erste oder zweite Mal. Was soll's? Freundschaft ist nichts, was man abrechnen könnte.«

»Ich möchte, daß du das aufbewahrst«, sagte er und gab mir ein paar Blatt Papier.

»Wozu all die Vorsichtsmaßnahmen?«

»Daß mir der erste Ausdruck gestohlen wurde, hat mich nervös gemacht«, sagte Solís, während er auf den Markt zuging. »Jetzt laß uns ein Café suchen, wo wir ein paar Rühreier essen können.«

Ein schwerer Fisch- und Chlorgeruch stieg uns beißend in die Nase, als wir in den Mittelgang des Marktes traten. Die Verkaufsstände waren mit langen, verschossenen Segeltuchbahnen bedeckt. Eine alte Frau ging zwischen ihnen durch, um, von fünf mageren Katzen begleitet, Gemüse- und Fischreste aufzusammeln. Wir suchten einen Laden, in dem man frühstücken konnte, aber wir hatten kein Glück. Es gab nur einen oder zwei, die Tapas mit Muscheln, Seegurke und in Zitrone mariniertem Fisch anboten. Wir gingen in einem kleineren, dunkleren Gang nachsehen, doch ein plötzliches Frösteln sagte mir, daß über unserem Weg an diesem Morgen kein guter Stern stand. Erst war da das Geräusch von Schritten und dann die vier Männer die auf uns zukamen. Ich sah mich um und sah zwei weitere, die uns den Weg abschnitten. Sie hatten Garrotten bei sich, und auf ihren Gesichtern lag der unverwechselbare Ausdruck von Galgenvögeln.

»Baeza«, flüsterte ich, während wir ihm in die Falle liefen. Wir waren eingeschlossen; um zu entkommen, mußten wir uns den Killern stellen und uns einen Weg zwischen ihnen durch bahnen.

»Machen die Herren einen Spaziergang?« fragte Baeza und blieb zwei Meter vor Solís stehen.

Ich spürte den Atem der Killer in meinem Nacken und führte instinktiv die Hände an meinen Gürtel.

»Tonioni sagt, du fragst ziemlich viel herum«, fügte Baeza hinzu, nur an Dagoberto gewandt. »Das ist überhaupt nicht gut.«

Ich dachte, Solís würde auf die Herausforderung antworten, irrte mich jedoch. Er machte zwei Schritte zurück, und noch bevor ich erraten konnte, was er vorhatte, zog er seine Pistole. Doch er schaffte es nicht mehr abzudrücken. Einer der Killer schleuderte eine Garrotte durch die Luft, die ihn an der linken Schulter traf. Ich sah ihn schwanken, und als er das Gleichgewicht wiederzuerlangen versuchte, hatten zwei weitere ihn schon an den Armen gepackt, während ein dritter ihn mit einem Schlagring am Kiefer traf. Seine Nase knisterte wie ein welkes Blatt, Blut strömte hervor.

Ich wollte reagieren, doch meinen Händen gelang es nicht einmal, den kalten Pistolenhalfter zu berühren. Ein Schlag in den Rücken warf mich um, ich wurde von den Klauen der Schläger festgehalten, die mein Gesicht in eine Kiste voll Fischeingeweide drückten. Gräten verletzten meine Lippen, ich schluckte Schuppen, schloß die Augen, und als ich sie wieder öffnete, traf ich auf den kühlen Blick eines in zwei Stücke gehackten Kabeljaus.

Solís schrie. Zwei der Männer schlugen ihn mit den Garrotten. Sie hatten ihm die Arme an den Ellenbogen gebrochen, seine rechte Hand schaukelte wie ein ausgeleiertes Pendel. Ich wünschte mich nur noch weit weg, versuchte mich zu rühren, erhielt einen Schlag in den Nacken. Sie schlugen Dagoberto in die Kniekehlen, und als sein Körper sich in eine riesige aus den Fugen geratene Marionette verwandelt hatte, warfen sie ihn auf den nächstbesten Tisch. Sie durchsuchten seine Jacke und die Hosentaschen. Und dann schlug ihn einer der Männer ins Gesicht. Baeza beobachtete die Arbeit der Killer mit eisigem Lächeln, hatte sich eine Zigarette angesteckt und genoß das Schauspiel wie ein römischer Imperator. Ich grub dieses Bild in meine Erinnerung ein und konzentrierte mich darauf, die wenige Energie, die mir noch verblieben war, zu sammeln.

Baeza warf die Zigarette auf den Boden und trat sie mit dem rechten Schuh aus. Dann machte er einem großen, blonden Schläger, der ein grünes T-Shirt trug, aus dem die Armmuskeln hervortraten, ein Zeichen. Der Schläger nahm ein Messer, und ich ahnte, was kommen würde. Ich hatte häufig die Männer an diesem Ort arbeiten sehen. Es ging immer ganz schnell. Sie schärften ihr Messer und nahmen dann geschickt den Fisch aus. Solís litt länger. Der blonde Kerl riß sein Hemd auf, klopfte ihm vorsichtig, als wollte er die Konsistenz prüfen, auf den Bauch und stach dann mit dem Messer hinein. Eine rote Woge strömte aus Solís' Körper und bedeckte das Hemd seines Folterers. Es war seine letzte, vergebliche Geste des Aufbegehrens. Vom Blut aufgestachelt strich der Schläger, während der Körper von Solís in einem letzten Aufbäumen erzitterte, ihm über den Hals, dann wiederholte er den Schnitt an der Kehle des Polizisten.

Ein anderer Schläger packte Solís' Körper an den Beinen und warf ihn zu Boden. Baeza kam näher, seine Männer taten es ihm nach, bildeten eine Art Kreis, als könnte Dagoberto seinem Geschick noch eine andere Wendung geben. Ich wußte, dies war meine einzige Gelegenheit. Ich schätzte die Entfernung ab, die mich vom nächsten Schläger trennte, stand auf und rammte ihm, bevor er noch reagieren konnte, mein Knie zwischen die Beine. Ich packte die Garrotte, die er fallen gelassen hatte, und als einer seiner Kumpane versuchte, mich aufzuhalten, zog ich sie ihm wie die Keule eines Baseballspielers über und nutzte den Moment der Überraschung, um zum Mittelgang des Marktes zu rennen.

Als einer der Männer mich fast erreicht hatte, blieb ich stehen. Er war schlank, klein, und ich rechnete mir aus, ihm gegenüber im Vorteil zu sein. Ich wartete, bis er mich angriff, und es gelang mir, der Faust auszuweichen, die den schwächsten Punkt meines Kinns zu erreichen versuchte. Der andere schwankte, ich schlug ihn in den Magen, und kurz bevor er umfiel, warf ich ihn bäuchlings auf ein paar auf dem Boden liegende Eisblöcke. Ich hörte noch mehr Schritte, Baeza nahte mit seinem Schlägertrupp. Meine Rettung hieß rennen. Ich lief zum Eingang der Markthalle, wo die Arbeiter Kisten ausluden.

»Überfall!« brüllte ich, nur noch wenige Meter von ihnen entfernt.

Die Männer beschlossen einzugreifen, als sie mein blutüberströmtes Gesicht sahen. Baeza und seine Begleiter blieben stehen. Drei Marktarbeiter umringten mich, um mich zu schützen, und von woanders her kamen sieben Männer mit Messern, die man zum Fischausnehmen benutzt. Ein Kreis schloß sich um Baeza und seine Schläger. Sie wichen zurück bis zu einer Wand. Baeza zog seine Pistole und zielte, mit ihr herumwedelnd, auf die Arbeiter. Diese belauerten abwartend die Mörder. Baeza schoß vor die Füße der Arbeiter und rannte, das Durcheinander ausnutzend, zum Ausgang des Marktes.

Ich sank auf den feuchten Boden nieder, rang nach Luft,

mit keuchenden Lungen. Blut befleckte mein Hemd. Ich sah die Marktstände, und gleichzeitig war da eine blutrünstige Muräne. Ich wollte weit weg sein, von nichts wissen, mich an Grisetas Körper klammern. Drei vergebliche Wünsche, ich sah immer nur den mißhandelten, sterbenden Solís vor mir.

Die Arbeiter kamen näher, einer gab mir einen Lumpen, damit ich mein Gesicht abwischte.

»Seht in dem anderen Gang nach«, sagte ich mit stockender Stimme. »Mein Freund ...«

Dann war Stille um mich herum. Ich verbarg mein Gesicht zwischen den Knien und bewegte mich nicht, bis ich wenige Minuten später Bernales' Stimme hörte. Die Männer vom Markt hatten die Polizei gerufen, und Solís' Patensohn hatte sofort die Nachricht erhalten. Ich erzählte ihm in groben Zügen, was vorgefallen war, und wollte ihm Dagobertos Bericht zeigen, da merkte ich, daß er mir während des Überfalls abhanden gekommen war. Dann kam das Unvermeidliche. Bernales und ich gingen gemeinsam mit den anderen Polizisten zu Solís' Leiche. Ich schob das Segeltuch, das ihn bedeckte, zur Seite und sah sein entstelltes Gesicht. Seine Nase saß bei den Ohren, sein Mund war eine von Blut, Spucke und Schmutz verklumpte Masse, und seine geöffneten Augen schienen das weitgespannte Dach der Markthalle forschend anzusehen. Ich kniete nieder und sah ihn lange fest an, so wie ich es immer getan hatte, wenn ich log, um seine Hilfe zu erbitten.

»Eines Tages ...«, glaubte ich ihn sagen zu hören.

Ich steckte eine Zigarette an und rauchte sie, bis Bernales mich bat, ihn zur Polizeiwache zu begleiten. Während ich den Markt verließ, sah ich noch einmal zurück. Die Verkaufsstände waren jetzt offen, etwa zwanzig Kunden gingen durch die Gänge. Ich fragte Bernales nach der Uhrzeit, und als ich in der Sonne stand, die die Straßen durchflutete, wußte ich, daß ich mit der Vergangenheit allein war.

»Niemanden interessiert der Tod eines Polizisten«, sagte ich leise und begann zu schluchzen.

FÜNFTER TEIL

I

Es wurde zum vierten Mal Tag in dieser Zeit des Wartens. Die Wohnung war dunkel, still bis auf gespenstisches Geraune, das Gurgeln der Abflußrohre, das Abblättern der Farbe, und das kleinste Geräusch brachte immer wieder Tod, Bedrohung und Zweifel zurück. Dahinter, am Ende einer Vergangenheit ohne Vergessen, lagen der unscharfe Albtraum, die grauenhaften Fratzen, die immer wieder drängend in den Verhören auftauchten, die sich an den Tod von Solís anschlossen. Sein direkter Vorgesetzter, Dollens, und ein paar Journalisten hatten Einzelheiten über die Ermittlungen wissen wollen, die Solís geführt hatte. Sie suchten nach einer Erklärung für das, was in der Markthalle vorgefallen war. Die Geschichte eines gewöhnlichen Überfalls bei einem Polizisten, der in der Szene zu Hause war, genügte denen nicht, die tagtäglich die dunklen Seiten der Stadt erlebten. Ich widerstand beharrlich schweigend und voller Mißtrauen ihrem Druck, der Name von Rogelio Baeza kam nicht über meine Lippen. Die Verhöre waren so hart wie ein Boxkampf der Schwergewichtsklasse. Am Ende ließ mich Dollens in der Hoffnung frei, ich könnte ihn, wenn ich wieder auf der Straße war, zur Wahrheit führen.

Bernales unterstützte mein Schweigen, meine Ausflüchte.

Die Aussagen der Arbeiter auf der Polizeiwache hatten die Geschichte eines Überfalles an einem Ort und zu einer Stunde bestätigt, wo bewaffnete Räuber und Diebe in der Nähe der Estación Mapocho und dem Mercado Central ihr Unwesen trieben. Die Zeitungen gaben der Sensationslust ihrer Leser durch ausführliche Beschreibungen vom Zustand des Leichnams Nahrung und widmeten ihre dicken, roten Schlagzeilen Spekulationen über mögliche Racheakte zwischen Drogendealern. Alles, was geschrieben wurde, hatte den unverwechselbaren Tonfall der Lüge an sich und erschien dennoch ebenso wirklich wie die Erklärungen der Politiker, die nach mehr Polizeischutz oder nach mehr Fürsorge für die Jugendlichen riefen. Ganz so einfach wie zwei und zwei zusammenzählen war es dennoch nicht. Die Namen der Schläger, die verwirrt im Markt zurückgeblieben waren, verrieten der Polizei, daß meine Aussagen nicht ganz koscher waren. Zwei von ihnen, Guzmán und Mellado, waren Verbrecher, die wegen Mord verurteilt worden und aus dem Gefängnis von Colina entwichen waren. Der dritte, Herrera, genannt der Schmutzfink, war ein aus dem Dienst entlassener Carabinero und Liebhaber sauren Weins, der ihm Pickel ins Gesicht trieb – er würde früh genug den Namen Baezas nennen, um aufgrund einer dafür gewährten Sonderbehandlung nicht in die Hände der Zuchthausinsassen zu geraten.

Ich hatte mittlerweile auch Griseta wiedergesehen, meine Trauer mit ihr geteilt, sie geliebt. Im übrigen wartete ich umgeben von Stille und schlechten Vorahnungen, horchte auf jeden Schritt auf dem Gang oder das ständige Herauf- und Hinunterfahren des Fahrstuhls.

»Woran denkst du? Du rauchst nur und schaust aus dem Fenster. Hast du denn nichts zu sagen?« fragte Griseta.

Es wurde Tag, und sie war in jener Nacht, in der wir unsere Vorsichtsmaßnahmen über Bord geworfen hatten, um ein paar Stunden zusammenzusein, nicht müde geworden, Erklärungen von mir zu verlangen.

»Solís«, sagte ich und sah die Schatten an, die ihren Körper bedeckten. »Warum er und nicht ich? Warum habe ich das schlimmere Los gezogen?«

»Du hast einen Schutzengel.«

Ich suchte nach der Spur eines Lächelns auf ihrem Gesicht, doch sie war ernst.

»Habe ich dir einmal erzählt, wie ich Solís kennengelernt habe? Wir saßen in unserer ersten Unterrichtsstunde an der Uni nebeneinander. Keiner von uns beiden zeigte besonderes Interesse an den Ausführungen des Philosophieprofessors. Wir guckten uns aus den Augenwinkeln an, und er schob mir ein Stück Papier rüber, auf dem stand: ›Bier in der Bar an der Ecke. Geh los, ich geb dir Rückendeckung.‹ Seither hat er mich immer beschützt.«

»Es war nicht deine Schuld. Seine eigenen Leute hatten es auf ihn abgesehen. Du hast nur entkommen können, weil sie dir die Gelegenheit dazu gegeben haben.«

»Du scheinst eine Menge zu dem Thema zu wissen«, meinte ich ironisch.

»Ich wiederhole nur deine Erklärungen und was mir Bernales neulich abends erzählt hat, als ich gekommen bin, um dich zu sehen, und du nicht da warst.«

»Was bringen Erklärungen schon, es sind doch nur Worte. Die Geschichte ist mit Solís' Tod noch nicht zu Ende.«

»Ich habe mit Stevens darüber gesprochen. Ich wollte wissen, woran ich bin. Er sagt, er könnte dir helfen und seine Kontakte ließen sich gut an.«

»Das sagt er. Und was dich betrifft, möchte ich, daß du in seine Wohnung zurückkehrst. Ich möchte nicht, daß du so wie Solís endest.«

In Grisetas Augen blitzte Angst auf.

»Es ist Zeit zu gehen«, sagte ich und befreite mich aus ihrer Umarmung. »Du in Stevens' Wohnung, und ich zu Dagobertos Beerdigung.«

Die Beerdigung hatte wegen der Obduktion und der gesetzlich vorgeschriebenen Berichte länger auf sich warten lassen. Griseta löste sich unwillig von mir, wir kleideten uns langsam an, zögerten den Augenblick des Abschieds hinaus.

Ich verließ sie vor der Tür von Stevens' Wohnung und ging auf die Straße hinunter, wo mich Anselmo erwartete, der sich in Schale geworfen hatte: Er trug einen schwarzen Anzug, ein mehrere Nummern zu großes weißes Hemd und eine rote Krawatte, sie stammte aus seiner Zeit als Mitglied der sozialistischen Partei – als die Sozialisten noch rot und revolutionär waren. »Ich hatte schon auf Sie gewartet, damit wir zur Beerdigung gehen, Don. Der Verstorbene hat immer mit mir geredet. Guter Kerl, obwohl er Bulle war.«

»Verdammt noch mal, Anselmo! Sag so was nicht. Alle Verstorbenen sind gute …«

»Nein, nicht alle, Don … Da ist einer, der selbst als Toter …«

»So wie die Dinge einstweilen liegen, haben sie ihn noch nicht kanonisiert.«

»Na na, Don! Sind Sie sicher, daß wir über dieselbe Person reden?«

»Aber sicher doch! Bitte keine Namen!«

Wir gelangten zum Zentralfriedhof, als Solís' Sarg gerade vom blauen Wagen des Hogar de Cristo heruntergehoben wurde. Neben dem Wagen erkannte ich zwei der Polizisten, die mich nach seinem Tod verhört hatten, und die Witwe, die versuchte, den Sarg zu berühren. Etwa fünfzig Polizisten und noch einmal so viele andere Leute, die wahrscheinlich Freunde oder Verwandte von Dagoberto waren, warteten am Eingang. Ich bahnte mir einen Weg zwischen den Verwandten hindurch, merkte aber bald, daß meine Absicht nicht gutgeheißen wurde. Als mich Solís' Witwe sah, begann sie mich schreiend für den Tod von Dagoberto, für ihre Ehekrise und andere Unglücksfälle verantwortlich zu machen, an denen ich ebensowenig schuld war wie am Krieg in Kroatien oder dem Zusammenbruch der Börse in Tokio.

Zwei Polizisten packten mich an den Armen und schleppten mich in eine Ecke unweit des Eingangs. Ich wollte mich schon mit Ellenbogenstößen und Schubsen von ihnen befreien, doch ihre Überzahl und das Gedenken an Solís ließen mich widerwillig einen Platz in der letzten Reihe des Zuges einnehmen. Ich verfluchte sie in Gedanken, und sie kehrten glücklich, die guten Schläger bei der Zeremonie gewesen zu sein, an ihre Plätze zurück.

»Die Witwe mag Sie nicht besonders, Don«, hörte ich Anselmo anmerken.

»Nenn mir eine Ehefrau, die den besten Freund ihres Ehemannes mag.«

»Bernarda.«

»Und wer ist das?«

»Meine zweite Ehefrau. Sie ist mit Floridor zusammengezogen, dem ersten und einzigen Gesellschafter meines Kioskes.«

»Du hast immer ein persönliches Erlebnis parat, um die Welt zu erklären.«

»Ich hatte einfach ein beschissenes Leben, Don. Drei Ehefrauen in zwölf Jahren.«

»Bei deinem Aussehen?«

»Was wollen Sie damit sagen, Don?«

»Klein, dicklich, mit halbwegs mottenzerfressener Seele.«

»Nun ist aber gut, Don. Was wissen Sie schon von meinen verborgenen Tugenden!«

»Wenn wir uns an den Durchschnitt halten, wird es mit ihnen auch nicht weit her sein.«

Wir folgten dem Zug, bis er vor einem Familienmausoleum hielt, auf dessen Kuppel eine kleine Statue des Erzengels Gabriel angebracht war. Zwei Friedhofsangestellte luden die Kränze ab und warteten dann auf Anweisungen, den Sarg in das Mausoleum zu stellen. Ein großer, alter Mann stellte sich neben den Sarg und zog ein paar Blatt Papier aus seiner Jacke, von denen er abzulesen begann, nachdem er zuerst die Witwe begrüßt und dann seine Bifokalbrille aufgesetzt hatte, die ihm das Aussehen eines Notars verlieh.

Die Polizisten, die mich von der Witwe weggezerrt hatten, bezogen unweit von mir Stellung. Ich fürchtete schon, sie würden nach der Beerdigung weiter die Schläger spielen, und bat Anselmo, nachdem ich Bernales neben dem Mausoleum bemerkt hatte, er möge zu ihm hingehen und ihm sagen, daß wir hier seien. Der Kioskbesitzer schlängelte sich zwischen den Verwandten durch und war wenig später bei Bernales angelangt. Erst da hörte ich der ersten und einzigen Rede bei dieser Beerdigung aufmerksam zu.

Worte, nichts als Worte. Schwierig auszudrückende Gefühle, das Ende eines Beamten, der Kampf gegen das Verbrechen, die Zufriedenheit darüber, seine Pflicht getan und seinen Sitz zur Rechten Gottes zu haben. Worte, nur Worte, die der Mann einem Toten nach dem anderen mit derselben Hingabe auf den Weg mitgab wie ein Standesbeamter, der zehn Eheschließungen an einem Tag bezeugt.

Nichts von dem, was er sagte, erinnerte mich an Dagoberto Solís, wie er immer in mein Büro gekommen war, sich nach ein paar Witzen vor meinen Schreibtisch gesetzt hatte, bereit, Zeit und Geduld zum Zuhören aufzubringen. Nichts erinnerte mich an den Freund, der immer wieder seine Haut hingehalten hatte, um meine zu retten. Und vor allem gab es nichts, was mich mit seinem Tod versöhnte.

Ich machte Anselmo ein Zeichen, und er kam mit Bernales zurück. Wir warteten das Ende der Zeremonie ab, und als nur noch die Friedhofsangestellten bei Solís' Sarg standen, zog ich eine weiße Nelke aus einem Nebengrab und ging zum Mausoleum.

»Ich bin nur seinetwegen und wegen meines Vaters Polizist geworden«, hörte ich Bernales sagen. »Sonntags hat mein Patenonkel, bevor er geheiratet hat, immer bei uns zu Hause Mittag gegessen. Dann unterhielten er und mein

Vater sich über ihre Arbeit. Spurensicherung, Waffen, Namen von einheimischen Verbrechern. Für mich war das eine faszinierende, einzigartige Welt. Mein Vater bewunderte ihn. Aus Freundschaft und wegen seiner Klasse, sagte er immer.«

»Wenn zwischen den Leuten mit den Messern Uneinigkeit aufkam, beendete er sie umgehend mit einem Schrei oder einem Peitschenhieb«, murmelte ich einen Vers von Borges, in dem es um die großen und kleinen Gauner des Buenos Aires des neunzehnten Jahrhunderts ging.

Bernales sah mich fragend an. Ich zuckte resigniert mit den Schultern, und während ich den Weg zum Ausgang suchte, erinnerte ich mich an Solís' ewige Zweifel wegen seines Berufes, und wie er trotz all dieser Zweifel jede Nacht wieder durch dieselben Straßen gegangen war. Ich sagte nichts. Dachte, es würde einen anderen Abend geben, an dem ich mit ihm würde reden können, und daß bis dahin das Bild seines Körpers auf dem schmutzigen Gang in der Markthalle von anderen Bildern überlagert sein würde.

»Weißt du etwas über den Bericht, den Solís geschrieben hat?« fragte ich Bernales, als wir am Ausgang des Friedhofs angelangt waren.

»Ich habe ihn nie gesehen.«

»Er wollte ihn dem Direktor überreichen«, sagte ich. »Bevor wir in den Markt gegangen sind, hat er ihn mir gegeben. Ich habe ihn während des Kampfes verloren. Doch es gibt noch eine Möglichkeit, ihn wiederzubekommen. Solís hat ihn auf dem Computer in seinem Büro geschrieben. Wenn du sein Archiv durchsiehst…«

»Und dann?«

»Habe ich ein paar Ideen, was wir mit der Information machen könnten.«

»Ich bin nicht Solís und habe beim Dienst nicht seine Stellung. Wenn die mich erwischen, werde ich mich rechtfertigen müssen. Und dazu kommt Baeza. Ich glaube, da ist noch jemand, der den Verdacht hat, ich verschwiege seinen Namen. Außerdem sollten wir Tonioni nicht vergessen.«

»Mit dem Bericht von Solís kann uns Tonioni nichts anhaben. Such ihn und kopier ihn auf eine Diskette.«

»Sie sagen das, als wäre das ganz einfach.«

»Er hätte das gemacht«, sagte ich, und Bernales senkte betroffen den Blick. »Und kümmere dich nicht um deine Angst. Niemand, der atmet, entgeht ihr.«

»Sie werden den Bericht bekommen«, sagte er, und ich glaubte in seinem Gesicht den Zorn eines zur Ordnung gerufenen Schülers zu sehen.

»Und noch etwas. Ich hatte Solís gebeten, die Steuerunterlagen von Carlos Olmedo Portugal und Baeza zu beschaffen. Alte und aktuelle.«

»Das ist einfacher zu bekommen. Obwohl ich nicht weiß, was Sie damit wollen.«

»Wenn sie in Geschäfte verwickelt sind, wird man sie irgendwie zu fassen kriegen.«

»Sicher«, murmelte Bernales, bevor er sich in Richtung des Wagens entfernte, in dem die anderen Polizisten auf ihn warteten.

»Er wird ein guter Bulle werden«, sagte ich zu Anselmo. »Ich werde ihn demnächst mal auf ein paar Gläser einladen und ihm zwei oder drei Dinge unterjubeln.«

»Ich könnte mir jetzt auch zwei oder drei unterjubeln,

Don«, meinte Anselmo, während er zur Tür des Quita Penas schaute.

Ich ging auf seine Anspielung ein, doch als wir vor der Tür der Bar standen, überlegte ich es mir anders.

»Kein Alkohol, bis alles zu Ende ist.«

»Haben Sie ein Gelöbnis abgelegt?« fragte Anselmo enttäuscht.

»Ich schulde Solís etwas und will, daß mich nichts davon abbringt, es einzulösen.«

»Wie Sie das sagen, macht das einem richtig angst, Don.«

»Ich will keine Überraschungen mehr«, sagte ich, doch ich sollte mich täuschen.

2

Anselmo blieb bei seinem Kiosk und räumte die Stange importierter Zigaretten und die Heftchen weg, die einer seiner Lieferanten während seiner Abwesenheit bei Felipón abgegeben hatte, einem Jungen, der als Parkwächter und improvisierter Bote für die Ladeninhaber im Häuserblock fungierte. Ich trat ins Haus und lief, nachdem ich aus dem Fahrstuhl gestiegen war, niedergeschlagen und traurig den schlecht beleuchteten Gang entlang, der zu meiner Wohnung führte und der von irgendeinem düsteren Geruch erfüllt zu sein schien, als habe der Begräbnisduft von toten Blumen und Wachs mich bis hierher verfolgt.

Ich wußte, richtig schwierig würde es morgen oder in zwei, drei Tagen werden, wenn ich Lust verspüren würde, Solís anzurufen, um zu hören, wie es ihm geht, Klatsch aus der Szene auszutauschen oder ein paar Witze zu erzählen, einfach nur, um zu lachen, obwohl wir beide überzeugt davon waren, daß das Leben keine Überraschungen mehr für uns bereithielt, denn sogar der Schmerz wird erträglich, wenn Leben nichts anderes heißt, als sich in das Unausweichliche zu schicken. Und dennoch würde seine Abwesenheit wie ein Phantomschmerz sein, den die Toten hinterlassen, wenn sie sich verabschiedet haben und ihre Gesichter allabendlich wieder auftauchen, um die Abrechnung einzufordern.

Simenon lag am Eingang zur Wohnung. Das und die Eile, die er hatte, sich um meine Beine zu winden, löste sofort das Gefühl aus, etwas Ungewöhnliches sei passiert.

»Fremde«, vermeinte ich ihn mir sagen zu hören.

»Wie viele?« fragte ich, doch Simenon sah mich nur mit seinen fast schreckensweiten grünen Augen an.

Mein Apartment, dessen Besitzer ein knickriger Türke war, dem die Hälfte der Wohnungen im Gebäude gehörte, war in zwei Bereiche unterteilt. Der Hauptraum, eigentlich das Wohnzimmer, war mein Büro. Die drei kleineren Zimmer dienten als Eß- und Schlafzimmer. Ich konnte einmal durch die Tür hinein, die in den Flur führte, an dem das Büro lag, aber auch über den Balkon eines der Zimmer, zu dem man auch über die Treppe des Dienstboteneingangs über ein Labyrinth von Treppen und blinden Mauern gelangte, die sich nur aus der Trunkenheit oder der Unfähigkeit der Architekten erklären ließen, die das Haus entworfen hatten. Simenon kam, wenn er von den Dächern zurückkehrte, immer über den Balkon herein. Und manchmal, wenn ich gewarnt war, daß Geldeintreiber oder unzufriedene Kunden mich erwarteten, tat ich es, um sie zu überlisten, ebenfalls.

Ich ging also wieder zur Dienstbotentreppe zurück und gelangte zum Balkon. Das Fenster stand offen. Ich stieß es leise ganz auf, versuchte keinen Lärm zu machen, und als ich ins Schlafzimmer kam, hörte ich jemanden in der Küche reden. Ich versuchte zu verstehen, was gesagt wurde, hörte jedoch nur ein mit dem Straßenlärm vermischtes Gemurmel. Ich zog die Pistole, die ich seit dem Mord an Solís immer bei mir trug, und schlich bis zu dem Flur, an dem die Türen zu den übrigen Zimmern der Wohnung lagen. Ich hörte eine fremde Stimme und dann eine andere, die ich sofort erkannte. Es war Stevens, der etwas über die Entfernung zwischen den Metrostationen sagte.

Ich drang immer weiter vor, und als ich fast am Ende des Flurs angelangt war, sah ich Griseta auf einem Stuhl sitzen. Sie hatte die Arme um sich geschlungen und wirkte angespannt, unwohl. Hinter ihr stand ein Unbekannter, der unruhig um sich blickte, als sei der Weihnachtsmann verspätet. Er war groß und kräftig wie früher die Catcher im Teatro Caupolicán. Ich machte noch drei Schritte, und dann konnte ich die gesamte Szene überblicken. Stevens saß am Schreibtisch und vor ihm ein großer, dünner, elegant gekleideter Mann, der gelangweilt, ja beinahe angeödet rauchte.

Griseta sah mich als erste, als ich mit gezückter Pistole ins Zimmer trat. Ich ging langsam, fast feierlich, bis ich an einem Ende des Schreibtisches angelangt war, und richtete, ohne den Bodyguard aus den Augen zu lassen, die Waffe auf die rechte Schläfe des eleganten Typs, der mit Stevens redete.

»Was soll das? Das war nicht vereinbart«, sagte der Fremde.

»Ruhig, Heredia«, hörte ich Stevens sagen.

»Ja, ganz ruhig«, wiederholte der elegante Typ, was für den Dickwanst, der ihn begleitete, kein besonders überzeugender Befehl zu sein schien.

»Steck die Waffe weg, und hör dir an, was wir zu sagen haben.«

»Was verschafft mir die Ehre?«

»Ruhig«, wiederholte Stevens. »Er möchte sich unterhalten.«

»Ohne Waffen«, verkündete der elegante Typ kurz und bündig.

»Olmedo alias Terán«, fügte Stevens hinzu, indem er auf den Mann wies, der vor ihm saß.

Olmedo nickte zufrieden, als wäre er in diesem Augenblick Gegenstand einer feierlichen Anerkennung. Er rückte die Krawattennadel zurecht, strich sich die Haare mit feinen Fingern glatt und beobachtete mich mit dem angedeuteten Lächeln eines Falschspielers, der gewohnt ist, ein schmutziges Spiel zu treiben.

Carlos Olmedo Portugal, rief ich mir ins Gedächtnis zurück. Ein gerissener, geschickter und opportunistischer Typ, genau das Richtige für diese Neuen Zeiten. Kontakte hier und da, Spezialist für Sicherheitsfragen und Informatik.

»Unser Bekannter bei Interarm«, sagte ich, ohne allzuviel Begeisterung zu zeigen.

»Heredia«, sagte Olmedo, während er mich mit dem Interesse eines Insektenforschers betrachtete. »Ich habe Sie mir anders vorgestellt. Jünger, weniger verbraucht vielleicht.«

Olmedo duftete nach teurem Parfüm. Er trug eine Brille mit runden Gläsern und eine italienische Krawatte mit einer Nadel in Form eines Sterns unter dem Knoten. Sein Hemd war aus senffarbener Seide und paßte perfekt zu seinem makellosen schwarzen Anzug. Er rieb sich nervös die Hände und lächelte für meinen Geschmack zuviel, wie ein Versicherungsvertreter, der jemanden von der Güte seiner Produkte zu überzeugen versucht.

»Ich habe Sie mir gar nicht vorgestellt«, sagte ich. »Aber es ergeben sich immer wieder Gelegenheiten, seine Irrtümer in bezug auf die menschliche Spezies zu korrigieren.«

»Spielt der Heini gern mit Worten?« fragte er Stevens. »Er muß gut in Kreuzworträtseln und im Gedichteschreiben sein.«

Stevens ließ die Frage im Raum stehen und nahm sich Zeit, seine x-te Zigarette an diesem Nachmittag anzustecken. Olmedo lächelte wieder und sah seinen Begleiter aus dem Augenwinkel an.

»Schluß mit dem Rumgerede. Sprechen wir über das, was uns alle interessiert«, sagte Stevens.

»Davor möchte ich aber was für die Luftverbesserung tun«, fügte ich hinzu und wies mit der Pistole auf den Bodyguard. »Wilde Jungs bitte raus.«

Olmedo zuckte mit den Schultern und befahl dem Kerl mit einer leichten Handbewegung hinauszugehen. Als er verschwunden war, legte ich die Pistole auf den Schreibtisch und bat Griseta, ins Schlafzimmer zu gehen.

»Schnapp ein wenig Luft auf dem Balkon«, meinte ich und war sicher, sie würde herausfinden, wie sie verschwinden könnte, wenn die Lage schwierig wurde.

»Reden wir über Geschäfte«, sagte Stevens.

»Vielleicht braucht Heredia ja was zu trinken«, schlug Olmedo vor, um durchblicken zu lassen, daß er mehr von mir wußte als nur den Namen und die Adresse meines Büros.

»Kommen wir zu den Geschäften«, ließ Stevens nicht locker. Sein Blick ging durchs Zimmer, ohne irgendwo zu verweilen.

»Wenn Sie erlauben ...«, begann Olmedo mit pedantischem Tonfall, während er ein Zigarettenetui aus der Jacke zog. »Ich möchte gern ein paar Dinge klarstellen. Erstens hat Stevens recht, ich stehe mit Interarm als Berater in Exportangelegenheiten in Verbindung. Doch mein Hauptgeschäft ist die Information. Nach dem Regierungswechsel im Jahre 1990 haben einige mit den Militärs in Verbindung stehende Bereiche bestimmte Machtsphären durch wirtschaftliche Maßnahmen, Beziehungen, und selbstverständlich auch Druck von seiten der Armee, weiterhin kontrolliert. Das wird gestützt durch gesetzliche Vorschriften, die Zusammensetzung des Parlaments, des Verfassungsgerichts, die Medien und andere Dinge, die ich nicht aufführen muß. Vor allem aber besteht ein Bedarf an neuer, aktualisierter Information. Minister, Senatoren, Gewerkschaftsführer, Richter, Journalisten. Leute mit einer Vergangenheit oder einer Geschichte, oder wenn Sie es lieber so ausdrücken wollen: Leute, die an den politischen Ereignissen teilhaben. Was sie tun. Was sie denken. Ihre Schwächen und Stärken. Ihre Geschäfte, die Familiensituation, Geliebte, Laster. Es kann viele Fragen geben, und es gibt immer jemanden, der bereit ist, für die Antworten zu bezahlen. Wer Informationen hat, kontrolliert die Macht. Eine einfache Maxime, die gilt, seit die Welt die Welt ist, und mir erlaubt zu leben.«

»Hillerman«, sagte ich, um schnell zu dem Thema zu kommen, das mich interessierte. »Reden wir über Hillerman und Interarm.«

»Interarm hat den Raum eingenommen, den Proden aufgegeben hat, als er sich aus dem Waffengeschäft zurückgezogen hat. Einige Manager und Techniker von Proden gehören dazu, was bedeutet, daß die internationalen Kontakte aufrechterhalten und die wichtigen Projekte weitergeführt werden konnten.«

»Wie zum Beispiel chemische Bomben«, warf Stevens ein.

»Genau. Die Herstellung einer kostengünstigen chemischen Bombe von großer Zerstörungskraft«, fuhr Olmedo fort. »Ein Produkt, an dem viele arabische Länder ein Interesse haben. Das geht so weit, daß eines von ihnen einen Großteil der Aktien dieses Unternehmens gekauft hat. Selbstverständlich nicht im eigenen Namen, das versteht sich.«

»Hillerman«, ließ ich nicht locker.

»Die Nachricht, daß chemische Waffen hergestellt wurden, beunruhigte die Vereinigten Staaten. Deshalb haben sie Hillerman nach Santiago geschickt, einen spezialisierten Agenten, der Erfahrung hatte und aufgrund vorangegangener Besuche und seiner journalistischen Arbeit Chile kannte. Wir haben davon über unsere kubanischen Kontakte in Miami erfahren. Ich fand, zu Aufregung sei kein Anlaß. Die Welt in Santiago ist klein. Wir konnten den Gringo überwachen und sicherstellen, daß er nur an wenig Material rankam. Doch unsere Gesellschafter störte seine

Anwesenheit, und sie engagierten eine Gruppe von Beratern. Diese baten um Hilfe, die wir ihnen gaben. Sie wollten Hillerman mit Heckenschützen umbringen, und ich überzeugte sie davon, eine subtilere Methode anzuwenden, die die Möglichkeit eines Selbstmordes offenließ. Die Details sind in diesem Augenblick unwichtig. Wichtig ist, daß Baeza sich mit ihnen zusammentat und bei der Wahl seiner Mitarbeiter einen Fehler beging. Er hat einen seiner eigenen Leute für den Mord an Hillerman verpflichtet.«

»Jaime Cerda«, sagte ich.

Olmedo nickte und stieß, bevor er fortfuhr, eine große Rauchwolke aus.

»Es mußte Ruhe einkehren. Die Presse würde das Interesse wieder verlieren, ein paar Journalisten bezahlt werden, damit sie das Geschehen verdrehten, zwei oder drei Polizisten bestochen werden. Und in der Zwischenzeit wären die Mörder weit weg.«

»Alle außer Cerda und Baeza, die vom Koch des Hotels erkannt wurden«, meinte Stevens.

»Ja, das war Pech«, sagte Olmedo. »Als das klar wurde, meinte Cerda, er wisse etwas über Tamayo, und es war einfach, eine Eifersuchtsgeschichte zwischen Homosexuellen zu erfinden. Und es hätte auch geklappt, wenn nicht...«

»Fernanda?« fiel ich Olmedo ins Wort.

»Die Journalistin«, erklärte Stevens, als er merkte, daß Olmedo die Frage nicht verstanden hatte.

»Das war sehr schade, aber ein Journalist sollte nicht ohne Rückendeckung in heiklen Angelegenheiten Nachforschungen anstellen«, begann Olmedo zu dozieren. »Sie hat einen Fehler gemacht, als sie sich für die Geschichte Hillermans begeisterte und nach Santiago gereist ist, ohne zu wissen, daß der Spion schon tot war. Sie hat angefangen, im Hotel Fragen zu stellen, und die sind Angel zu Ohren gekommen. Der Kubaner informierte Baeza und Cerda. Den Rest der Geschichte kennen wir alle. Nerven, übereiltes Handeln, mangelnde Geduld.«

»Es scheint ganz einfach«, sagte ich. »Der Kubaner nahm das nächste Flugzeug, und die anderen beiden machten die Drecksarbeit, indem sie dasselbe Rezept anwandten, das Sie ihnen gegeben hatten, um Hillerman zu eliminieren. Nur ließen sie zu viele lose Fäden zurück. Sie gaben Fernanda eine Spritze in den falschen Arm, und zudem hat sie sich gewehrt und Baeza blutig gekratzt. Einmal ganz davon abgesehen, daß der Koch und andere Hotelangestellte die Mörder gesehen haben. Nachlässigkeiten, die dazu führten, daß eine beträchtliche Summe an Tonioni gezahlt werden mußte.«

»Ohne Frage ein schmerzlicher Fehler. Der sich meiner Kontrolle entzog. Mein Geschäft ist die Information, nur Information«, stellte Olmedo klar. Er schien glücklich über die Wirkung seiner Worte zu sein, und einen Augenblick lang dachte ich, das einzig Richtige sei, die Pistole zu packen und abzudrücken.

»Ruhig, Heredia«, sagte Stevens.

»Dann verkomplizierte sich das Problem«, fuhr Olmedo fort. »Sie und Ihr Freund der Polizist. Baeza beschloß, den dünnsten Faden durchzuschneiden, und nahm sich Cerda vor. Doch das reichte nicht. Wir erfuhren, daß Solís auspacken wollte, und wenn er das getan hätte, wären viele unserer Leute in Gefahr.«

»Wer?«

»Glauben Sie doch nicht, ich sei so naiv, Ihnen Namen zu nennen. Unsere Leute. Nichts weiter. Wir waren sicher, daß Solís seine Karten ganz ausreizen würde. Seine Arbeit war alles, was ihm geblieben war, nachdem seine Ehe zerbrochen war und er angefangen hatte, Koks zu nehmen. Wir dachten daran, ihn zu bestechen, doch Solís war keiner dieser Polizisten, die sich kaufen ließen.«

»Dann machten sie sich an die Arbeit...«

»Baeza war bei der Auswahl seiner Leute nie besonders treffsicher. Guzmán, Mellado, Herrera. Gebt einem Spitzbuben die Gelegenheit, einen Polizisten fertigzumachen, er wird es begeistert tun. Und was Sie betrifft, Heredia, so muß ich gestehen, daß wir Sie unterschätzt haben. Baeza wollte Ihnen die gleiche Behandlung angedeihen lassen wie Solís. Er versagte beim ersten Mal, und als er es noch einmal versuchen wollte, erhielt ich Stevens' Nachricht. Es war eine Überraschung, und was er mir sagte, hat mich meine Meinung ändern lassen.«

»Es scheint alles so einfach«, wiederholte ich. »Auch die Art, wie Sie die Dinge so locker erzählen. Ich glaube, Sie verbergen etwas, Olmedo. Zum Beispiel, daß die Interarm vorhat, Sarin herzustellen, und Hillerman hinter dieser Information her war.«

»Ich versuche, pragmatisch zu sein und die Interessen aller im Auge zu behalten. Daher habe ich, als Stevens mich angesprochen hat, Bilanz gezogen und zu verhandeln beschlossen. Meine Freunde wollten noch mehr Tote: Sie, Ihr Mädchen, Stevens. Vielleicht noch mehr? Sicher ist, daß sich die Informationen vermehrt haben, und seit Solís' Tod ist es nicht ratsam, weitere Leichen zu streuen. Wo es einen Ball gibt, der losrollen könnte, muß man ihn daran hindern. Die Geschäfte verlangen Gleichgewicht und Stabilität. Und wenn jemand dieses Gleichgewicht stört, muß er eliminiert werden. Information und Gleichgewicht. Zwei kleine, aber wertvolle Werkzeuge der Macht.«

»Leute wie Sie tragen zum Verrotten der Welt bei.«

»Ich habe die Welt nicht erfunden, Heredia. Ich begreife sie nur besser als Sie. Wenn Sie mir nicht glauben, fragen Sie unseren Freund.«

»Wovon redet er?« fragte ich Stevens.

»Diese Unterhaltung hat ihren Preis, Heredia. Bestimmte Dinge, zu denen Sie und ich uns verpflichten müssen. Das ist wie die Politik heutzutage. Man verzichtet auf ein paar Prinzipien und spricht mit den Gegnern. Der, der am meisten Macht hat, gibt am wenigsten, die anderen machen sich bis zur nächsten Verhandlung klein. Alles im Rahmen des Möglichen, wie es heißt.«

»Information und Gleichgewicht«, bestätigte Olmedo noch einmal mit einem ironischen Lächeln wie ein Falschspieler, der soeben seine gezinkte Karte ausgespielt hat.

»Zu was soll ich mich verpflichten?« fragte ich.

»Der Tod ist ein Problem ohne Lösung, und wenn es für ein Problem keine Lösung gibt, muß man sich auch keine Sorgen mehr machen«, erklärte Olmedo. »Die Idee ist nicht neu, aber realistisch und effektiv.«

»Hillerman ist ein Problem der Iraner und der CIA. Die Gringos werden schon wissen, wo sie wen wann suchen müssen«, begann Stevens. »Cerda hat für Fernandas Tod gezahlt und ...«

»Zwei und zwei sind vier«, fiel ich Stevens ins Wort. »Vergiß Solís bei der Bilanz nicht. Da ist ein Gorilla, der vor meinen Augen Dagoberto zerstückelt hat. Ich werde nicht ruhen, bis ich ihm und Baeza den Hals zugedrückt habe.«

»Sie verstehen die Welt von heute nicht«, sagte Olmedo. »Die jungen Leute glauben schon nicht mal mehr an Hollywood. Ihren Freund Solís hat ein Typ namens Cancino umgebracht, wir werden uns um ihn kümmern. Das reicht an Toten, Heredia. Der Rest unserer Vereinbarung betrifft Daten von Stevens und sein Schweigen, was diese Gerüchte um die Interarm betrifft.«

»Cancino. Wer ist Cancino? Der Name sagt mir nichts.«

»Sie haben gerade gesagt, Sie hätten ihn im Markt gesehen. Er wird El Bíblico genannt, weil er vor ein paar Jahren, als er wegen seines ersten Verbrechens im Gefängnis saß, zu predigen anfing. Er ist wortgewandt und könnte es gut und gern zum Berater einiger Scharlatane bringen. Er ist aus dem Gefängnis geflohen, bevor er die ersten fünf Jahre seiner Strafe abgesessen hatte.«

»Woher will ich wissen, daß es sich um denselben Mann handelt?«

»Groß, dicker Bauch und stark behaart. Ist er das?«

Ich nickte und wandte mich dann Stevens zu.

»Olmedo wird sich um Cancino kümmern. Du kannst auf ihn zählen.«

»Und Baeza?« fragte ich.

»Er bleibt bei unserem Geschäft außen vor«, sagte Olmedo. »Er ist uns noch sehr nützlich.«

»Ein Bluthund, den man sich erhalten muß.«

»Wenn Sie es so ausdrücken wollen«, räumte Olmedo ein.

»Wichtig ist, daß Sie aufhören, Ihre Nase hineinzustecken, wo sie nicht hingehört. Unsere Absicht ist, die Ruhe wiederherzustellen. Sie betrachten Ihren Fall als gelöst, und wir hängen den Tod von Hillerman und Solís niedrig.«

»Ein gutes Angebot«, hörte ich Stevens sagen.

»Bis auf zwei kleine Details. Baeza hat den Tod von Solís angeordnet, und Blutspuren von ihm wurden unter Fernandas Fingernägeln gefunden. Aufgrund dieser letzten Tatsache könnte die Polizei mit Baeza sprechen wollen.«

»Sie werden doch nicht einem von ihren Leuten schaden, Heredia. Baeza hat Freunde bei der Polizei.«

»Ich will Cancino und Baeza. Alles andere interessiert mich nicht.«

»Unmöglich«, meinte Olmedo in einem Tonfall, der keine Widerrede duldete, während er eine weitere Zigarette aus seinem Etui holte. Ich nahm die Pistole vom Tisch und umklammerte sie, bis mir die Fingerknöchel weh taten. Olmedos Lächeln gefror, die erste Asche seiner Zigarette fiel auf den Boden.

»Nehmen wir einmal folgendes an«, erklärte ich. »Ich sage, ich sei einverstanden mit Ihrer Abmachung, und gewinne Zeit, um den Bericht unter die Leute zu bringen, den Solís hinterlassen hat. Die Journalisten werden die Toten zusammenzählen, und der Name Interarm würde in aller Munde sein. Nehmen wir zudem an, es gibt einen Anwalt, dem der Bericht von Solís nützen würde. Und nehmen wir, was noch besser ist, einmal an, gewisse Gerüchte erreichen die Botschaft der Vereinigten Staaten, oder bestimmte Leute erfahren, daß Agustín Terán nicht tot ist. Da bekämen Sie ganz schöne Kopfschmerzen, Olmedo. Und nehmen wir vor allem auch noch an, ich werde nicht nervös und schieße nicht plötzlich los.«

»Ihre Phantasie ist beeindruckend, Heredia.«

»Ich habe eine Kopie von Solís' Bericht.«

»Sie lügen.«

»Tamayos Familie hat einen Rechtsanwalt engagiert.«

»Sie lügen.«

»Vor ein paar Tagen erhielt ich einen Anruf der Botschaft der Vereinigten Staaten.«

»Sie lügen, Heredia«, beharrte Olmedo, doch ich merkte, daß seine Worte nicht mehr so überzeugt klangen wie am Anfang.

»Wer weiß«, meinte ich.

»Ich kann nicht anordnen, Baeza zu töten. Er ist ein Freund.«

»Alles ist möglich, wenn man Geschäfte macht.«

»Wie wär's mit einem Kompromiß«, sagte Stevens. »Cancino, und Baezas Adresse.«

»Baezas Adresse?« wiederholte Olmedo. »Wozu?«

»Damit ich weiß, wo ich ihn finde«, sagte ich. »Vielleicht vergißt er ja Ihre Theorie des Gleichgewichts.«

»Wenn Sie ihn töten, werden die hinter Ihnen her sein, Heredia.«

»Ich will nur mit ihm reden. Das könnte amüsant werden, vor allem wenn Baeza nicht nervös wird.«

Olmedo überlegte sich eine Weile, was er anworten sollte. Ich steckte die Pistole in die oberste Schreibtischschublade, ließ sie jedoch halb offenstehen.

»Welche Sicherheit habe ich, daß Sie mich nicht betrügen?« fragte Olmedo.

»Keine«, antwortete ich.

»Und wenn ich meinen Bodyguard rufe?«

»Dann verlassen Sie dieses Büro nicht aufrecht. Und zudem würde ein befreundeter Polizist Solís' Bericht gut nutzen.«

»Kein Wort über Interarm und irgendwelches Sarin«, betonte Olmedo. »Für euer Schweigen gebe ich euch Baeza.«

Er nahm ein Stück Papier vom Schreibtisch und notierte etwas darauf. Dann stand er auf und warf es auf die Tischplatte. Ich nahm das Blatt und las Baezas Adresse, während Olmedo zur Tür ging.

»Wir sollten zusammenarbeiten, Heredia. Sie haben Talent und Mut.«

Er rückte seinen Krawattenknoten zurecht und wirkte wieder unauffällig, wohlerzogen. Er öffnete die Tür und sagte, bevor er hinausging: »Wenn Sie Baeza sehen, sagen Sie ihm nicht, daß ich Ihnen geholfen habe, ihn zu finden.«

»Und vergessen Sie Cancino nicht.«

Die Tür fiel ins Schloß, und ich hörte Stevens erleichtert aufatmen.

»Dir wird wahrscheinlich nie ganz klar sein, mit wem du da eben Fingerhakeln gespielt hast«, sagte er zu mir. »Olmedo hat trotz seines Identitätswechsels noch immer freundschaftliche Beziehungen zu ein paar Offizieren und Persönlichkeiten aus der Zeit der Diktatur. Und Beziehungen zu Leuten der augenblicklichen Regierung. Er ist ein geschätzter Informant und wird häufig um Rat gefragt, wenn es darum geht, zu erfahren, was die Militärs denken. Er kann dir, wenn er will, ziemlich üble Zeiten bescheren; doch aus seinem Verhalten schließe ich, daß er daran interessiert ist, die Ruhe nicht zu stören und nicht Gefahr zu laufen, daß seine Vergangenheit allzusehr unter die Lupe genommen wird.«

»Gleichgewicht und Information. Das ist der Schlüssel«, sagte ich und lächelte.

»Wie unser Freund Solís sagen würde, eines Tages ...«

»Der Schlüssel liegt in der Angst. Wenn es einem gelingt, sie unter Kontrolle zu halten, kann man schneller denken als die anderen.«

»Ich brauche deine Belehrungen nicht, Heredia. Bei dieser Art von Geschäften ist es so, daß ich schon wieder zurück bin, wenn du losgehst.«

»Entschuldige. Ich wollte dir nur irgendwie danken.«

»Ist schon gut. Die Information, die ich Olmedo gegeben habe, ist nicht mehr aktuell. Er weiß es, und es war ihm gleichgültig.«

»Bist du sicher, daß das alles ist?«

»Ich muß ein paar Spuren verwischen und eine Zeitlang untertauchen. Doch das ist weiter kein Drama. Es wird mal wieder Zeit für eine Luftveränderung.«

»Glaubst du, daß Olmedo sein Versprechen hält?«

»Es wird es halten, mach dir keine Gedanken. Er ist sehr interessiert daran, diese Spekulationen über das Sarin aus der Welt zu schaffen. Das merkt man ihm an, und etwas, das er gesagt hat, bevor du kamst, ließ mich vermuten, daß es sich um ein Privatgeschäft hinter dem Rücken von Interarm handelt. Seine Eile, unser Abkommen zu schließen und dadurch zu erreichen, daß nicht weiter über das Gas gesprochen wird, hat es mir verraten. Ich habe eine Idee und werde ihr nachgehen.«

»Woran denkst du dabei?«

»Olmedo und Julián Almarza arbeiteten zusammen. Das mit dem Saringas war ein kleineres Projekt, das aufgegeben wurde. Doch sie konnten die Unterlagen behalten und hätten damit ein Druckmittel in der Hand.«

»Wie willst du das nachprüfen?«

»Ich weiß es nicht, Heredia. Ich muß über ein paar Dinge nachdenken«, antwortete Stevens. Dann erhob er sich und ging durch das Büro, als wollte er jedes Detail in sich aufnehmen.

»Wann sehen wir uns wieder, Stevens?«

»Bald.«

»Das heißt soviel wie niemals.«

»Nicht immer.«

»Die Freunde verschwinden ...«

»Nun werde mal nicht sentimental. Du hast doch deinen Kater.«

»Simenon.«

»Und das Mädchen.«

»Griseta.«

»Findest du nicht, daß es Zeit wird, sie zu rufen? Sie hat wahrscheinlich schon keine Fingernägel mehr.«

3

Anselmo kam, als die Mittagshitze in unaufhörlichen Wellen in die Wohnung brandete und alles, was sich darin befand, in Lethargie versinken ließ. Simenon lag auf dem Boden ausgestreckt, und ich hörte, eine Zigarette nach der anderen rauchend, den Beatles zu, während ich darauf wartete, daß Griseta von der Arbeit als Versicherungsvertreterin zurückkam, die sie inzwischen gefunden hatte. Die Policen gehörten der Compañía Iberoamérica, und um sie zu verkaufen, mußte sie in einem Kiosk im Viertel von San Miguel vor dem Amt stehen, in dem man seinen Führerschein verlängerte. Sieben Tage lang war sie begeistert von dem Gedanken gewesen, Geld zu verdienen und ein paar Dinge zu kaufen, darunter ein Sommerkleid und die gesammelten Erzählungen von Benedetti. Der Verkauf, der, wie sie meinte, schleppend ging, würde gegen Monatsende besser werden. Dies und die Gelegenheit, etwas tun zu können, machten sie zufrieden und steckten mich mit einem Gefühl an, das dem Optimismus sehr nahekam.

Nach dem Treffen mit Olmedo und Stevens herrschte die im Büro übliche Ruhe, die in den letzten zehn Tagen nur von einem Kaufmann aus Valdivia unterbrochen worden war, der seine Tochter suchte, die Pädagogik studierte und von der er seit drei Monaten nichts mehr gehört hatte. Der Mann hatte die Pension aufgesucht, in der seine Tochter sechs Monate gelebt hatte, bevor sie von einem Tag auf den anderen spurlos verschwunden war. Weil er nicht länger in Santiago bleiben konnte, hatte er in den Gelben Seiten nachgeschlagen und auf meine Dienste zurückgegriffen. Meine Stimmung war nicht gerade die beste, um hinter einem umtriebigen Mädchen herzusein, doch ich versprach trotzdem, sie so schnell wie möglich zu finden, und nahm einen Vorschuß von einhunderttausend Pesos an, die ich dazu benutzte, die Wohnungsmiete zu zahlen.

Anselmo trug ein T-Shirt, das auf Brusthöhe mit dem Wappen des Clubs Universidad de Chile versehen war, und auf seiner Stirn vermischten sich Schweiß und Brillantine.

»Für Sie, Don«, sagte er und überreichte mir einen Umschlag aus dickem Papier, den er fest in den Händen hielt. Dann ließ er sich atemlos in den Sessel vor dem Schreibtisch fallen. »Ein Kerl, den ich nicht kenne, hat das hier gerade am Kiosk abgegeben.«

»Du keuchst wie ein versumpfter Marathonläufer, Anselmo«, sagte ich, während ich den Umschlag ohne Absender aufriß.

»Der Fahrstuhl funktioniert nicht, und ich mußte zu Fuß raufkommen. Viele Stockwerke und viele Jahre, Don Heredia.«

»Wenn es darum geht, einen an sein Alter zu erinnern, sind Treppen unbarmherziger als Spiegel«, sagte ich, und Anselmo nickte.

Im Umschlag steckte die Ausgabe der *La Tercera* vom Vortag. Ich sah sie aufmerksam durch und entdeckte auf der Seite mit den Polizeinachrichten, daß jemand mit rotem Stift die Nachricht vom Tod von Dante Cancino umrandet hatte. Seine Leiche war in der Nähe der Plaza Almagro auf einem Ödland aufgetaucht, auf dem Klaustrophobie erzeugende Apartments in Liliputanergröße gebaut wurden. In der Nachricht wurden seine Vorstrafen aufgeführt und die Pressemitteilung der Kriminalpolizei, die den Tod von El Bíblico auf einen Streit zwischen Kunden des Unicornio, einer Spelunke in der Nähe der Iglesia de Los Sacramentinos, zurückführte, deren Hauptattraktion eine Tänzerin war, die sich zwei brennende Kerzen in die Vagina einführte.

»*La Tercera* von gestern«, meinte Anselmo, nachdem er jede meiner Regungen aufmerksam verfolgt hatte. »Wer hat denn Zeit für alte Zeitungen?«

»Solís«, murmelte ich, während ich die Zeitung zusammenknüllte und in den Papierkorb warf.

»Der Verstorbene?« fragte Anselmo und bekreuzigte sich. »Orianita hatte es schon neulich abends gesagt. Das Jahr Zweitausend naht, und in der Nachbarschaft fangen merkwürdige Dinge zu passieren an. Man sollte vielleicht besser die Beichte ablegen, damit uns das Ende der Welt nicht unvorbereitet überrascht.«

»Orianita? Die von den Zeugen Jehovas?«

»Wenn Sie mich nerven wollen, verschwinde ich, Don«, sagte der Kioskbesitzer, während er aufstand und zur Tür ging.

»Warum so eilig? Magst du die Gehirnwäsche nicht zugeben?«

Anselmo antwortete, indem er die Tür so kräftig zuschlug, daß die drei an der Wand des Büros hängenden Boticellireproduktionen erzitterten. Dann umarmte die Hitze der Hundstage feurig wie eine sentimentale Dicke erneut meine Haut. Ich dachte an Dagoberto Solís, und als wäre er bei mir, wiederholte ich laut die Nachricht aus der Zeitung. Niemand sagte etwas dazu, und meine Worte verschmolzen mit der Stille, mit den vielen Stunden und Minuten, seit ich zum letzten Mal mit meinem Freund geredet hatte. Cancinos Tod konnte das Gefühl von Abwesenheit nicht lindern, das ich jedes Mal verspürte, wenn ich durch die Straßen des Viertels ging oder mich an den Tisch setzte, den ich im City so viele Male mit Solís geteilt hatte.

Ich begann zwei Tage nach dem Treffen mit Olmedo mit der Beschattung Baezas. Er lebte sechs Blocks von der Providencia entfernt in einem Apartmentturm, in den man durch ein elektronisch überwachtes Tor gelangte, das rund um die Uhr von unterschiedlichen Wachen kontrolliert wurde. Jeden Morgen pünktlich um neun ging Baeza in sein Büro in der Avenida Los Leones. Nachdem ich ihm auf seinen Wegen gefolgt war, wurde mir klar, daß es schwierig sein würde, mit ihm allein zu sein, den Bodyguard auszutricksen, der ihn am Ausgang des Apartments erwartete und ihm den ganzen restlichen Tag nicht von der Seite wich. Dennoch folgte ich ihm eine Woche lang zu Restaurants, Importbüros, Nachtclubs und Wohnungen von Freunden. Ich hatte auch das Gebäude überwacht und versucht hineinzugelangen. Doch Baeza kam immer mit seinem Begleiter, und der verließ ihn nicht, bevor er sich nicht versichert hatte, daß der Wachmann an seinem Platz war.

Glück und Geduld, hatte ich mir am Ende jeden gescheiterten Versuchs gesagt, bis zu dem Abend, an dem ich vor dem Haus einen Lieferwagen mit dem Logo des Fono Mercado auf den Türen halten sah. Ich beobachtete genau, was sich abspielte, und stellte fest, daß der Fahrer persönlich die Waren bis in die Apartments brachte und nur oberflächlich von dem Wächter, der gerade Schicht hatte, kontrolliert wurde. Diese Entdeckung erschien mir wie ein freundliches Zwinkern des Schicksals. Ich notierte mir die Telefonnummer des Supermarktes und rief aus dem Büro dort an, um zu erfahren, wie mit Bestellungen und Lieferungen verfahren wurde. Am nächsten Tag nahm ich meine Überwachung wieder auf, harrte der Gelegenheit, an Baeza heranzukommen.

Als Griseta ins Büro trat, dachte ich gerade über eine List nach, an Baeza heranzukommen. Anders als an den vorangegangenen Abenden kam sie schlecht gelaunt, müde zurück, bereit, die erstbeste Person, die ihr über den Weg lief, in den Nacken zu beißen. Sie warf ihre Tasche auf den Schreibtisch, zündete eine Zigarette an und rauchte hastig im Rhythmus ihres heftigen Atems, der zu verhindern schien, daß die Worte ihre Kehle erreichten. Ich sah sie schweigend an und wartete auf ihren Ausbruch.

»Sag nichts und frag nichts«, erklärte sie nach einer Weile und drückte dabei die Zigarette im Aschenbecher aus, der in Reichweite vor ihr auf dem Schreibtisch stand.

Ich nahm Simenon, der zu meinen Füßen lag, auf den Arm und streichelte seinen weißen, weichen Rücken.

»Du und dein Kater«, sagte sie. »Rumgeschäker und Fertignahrung. So kann jeder leben.«

»Was stört dich? Simenon oder ich?«

»Du, er, alle«, sagte sie. Und fügte dann etwas ruhiger hinzu: »Mir scheint vorbestimmt zu sein, nur Scheißarbeiten zu finden. Versicherungen? Der Typ, der mich angestellt hat, hat mir gesagt, da würde man Geld scheffeln können. Doch bei seinen fröhlichen Berechnungen hat er ein Detail nicht mit einbezogen. Heute ist das Amt umgezogen und der verdammte Pavillon nicht mal mehr gut zum Eisverkaufen. Niemand kommt da vorbei, und niemand will Versicherungen.«

»Das ist schlecht, aber vielleicht morgen...«, meinte ich nicht sonderlich enthusiastisch.

»Es gibt kein Morgen, Heredia. Ich habe dem Typ von der Versicherung die Policen wiedergegeben, und das war's.«

Ich entließ Simenon aus meinen Armen und bot sie ihr an. Griseta setzte sich auf meine Knie und ließ mich ihr Haar streicheln.

»Jeder hat mal einen schlechten Tag«, sagte ich.

»Warum ist das bloß so? Ich will etwas tun. Arbeiten, studieren, aber nichts wird so, wie ich es mir erhoffe. Ich habe es satt, Bewerbungen zu schreiben, psychologische Tests zu machen und die Geschichten der anderen Mädchen anzuhören, die auch warten. Die Kreise öffnen und schließen sich immer wieder.«

»Ich könnte dir dies und das erklären, aber wahrscheinlich glaube ich womöglich selber nicht daran.«

»Was erwarten die, Heredia? Daß ich Koks verkaufe oder mich an die nächste Ecke stelle?«

»Du wirst schon sehen, es wird schon werden. Heute oder morgen...«

»Behandle mich nicht wie ein kleines Mädchen. Heute oder morgen? Scheiße, du bist wie meine Mutter. Glaube fest an Gott, Tochter. Immer das gleiche, jeden Abend und jeden Morgen.«

»Du kannst mir noch einmal helfen«, sagte ich und dachte an den Kaufmann aus Valdivia. »Ich habe einen Fall...«

»Noch mehr in der Nationalbibliothek lesen?«

»Ich muß eine Studentin finden, die verschwunden ist. Sie hat im Pädagogischen Institut studiert oder dem, was davon noch übriggeblieben ist. Für dich wird es leichter sein, dich dort einmal umzuschauen, im Sekretariat oder in der Mensa. Erfinde irgendeine Geschichte und frag nach ihr. Sag, du seiest eine Cousine oder so. Niemand wird, so wie du aussiehst, einen Verdacht schöpfen.«

»Du möchtest mich beschäftigen, oder?«

»Ich hatte schon vorher daran gedacht, dich zu fragen, aber da hattest du noch den Versicherungsverkauf. Es ist einfach praktischer. Wenn ich im Pädagogischen Institut Fragen stelle, werden sie mich für einen Bullen halten und mit Steinen werfen. Zudem hat mir, als ich das letzte Mal eine Fakultät betreten habe, der Kalender übel mitgespielt. Mir ist alles von vor zwanzig Jahren wieder hochgekommen, und ich kann dir versichern, daß es da nicht einfach ist, den Zerstreuten zu spielen.«

»Wenn das so ist, gehe ich.«

»Ich wußte, du würdest mich unterstützen.«

»Obwohl ich lieber bei dir, in deinen Armen bleiben würde. Ich habe dich in den letzten Tagen so selten gesehen.«

»Arbeit.«

»Wirst du Baeza irgendwann einmal vergessen?«

»Irgendwann«, sagte ich. »Und dann ist der Augenblick gekommen, an dem ich die Bronzeplakette abschraube und etwas anderes mache. Stevens hat mir irgendwann einmal angeboten, ein paar Hütten in Las Cruces zu verwalten. Das Angebot gilt noch. Vier Monate harte Arbeit, von Dezember bis März. Und den Rest des Jahres seelenruhig auf die Hütten aufpassen, sie neu streichen. Und Cartagena liegt in der Nähe, eine Stadt, die ich sehr mag. Ihre alten Häuser, die Straßen, die immer etwas Interessantes bieten, wenn man herumspaziert, Fischer, Handwerker und drei, vier Bars, in denen ein paar sympathische dicke Männer sich als Liebhaber von Badekuren bezeichnen. Ein gutes Angebot!«

»Warum irgendwann, Heredia? Du weißt doch schon, wer Solís und deine Freundin umgebracht hat.«

»Ich will meine Toten nicht vergessen, bevor ich nicht versucht habe, ihnen Gerechtigkeit widerfahren zu lassen.«

»Wen kümmert das denn? Du bist nicht das Gesetz, Heredia.«

»Mich interessiert die Gerechtigkeit, nicht die Gesetze.«

»Heutzutage ist das doch allen egal, Heredia.«

»Laß mich nicht der Gleichgültigkeit anheimfallen, Amen. Das ist kein Gebet, Griseta. Das ist ein Text von Enrique Lihn. Der Dichter schrieb es, als er im Sterben lag. Man hatte ihm den Bleistift an die Hand gebunden. Verstehst du, worum es geht?«

»Du wirst dich nie ändern«, sagte Griseta und lächelte.

»Du lernst schnell«, meinte ich, bevor ich sie auf die Wangen küßte und zwei Verse eines Tangos wiedergab, deren Autor ich vergessen habe: »Und so lebte ich, ohne Kompromisse, manchmal gut, manchmal schlecht.«

»Glaub deine eigenen Geschichten. Taxifahrer, Wächter von Hütten am Strand, Handelsreisender. Mich täuschst du nicht mehr, Heredia.«

»Das mit dem Strand ist ernst gemeint.«

»Ja, sicher. Bis jemand anderes mit einem Sack voller Probleme über der Schulter hier auftaucht«, war Grisetas Kommentar. »Gehst du noch aus dem Haus?« fragte sie dann und gab so dem Gespräch eine andere Wendung.

»Erst in zwei oder drei Stunden.«

»Kannst du mich bis dahin küssen?«

4

Santiago hüllte seinen dunstigen Himmel in Dunkel: im Westen ein roter Fleck am Horizont über den schwarzen Umrissen der Kirchen und Gebäude, im Osten ein letzter Widerschein auf der Kordillere, und vor mir verwandelte sich die Avenida Los Leones ganz allmählich in ein Karussell künstlicher Lichter. Die Leute gingen langsam, erholten sich wohl von den ermüdenden Arbeitszeiten und Aufgaben in den Büros, blieben vor den Imbissen, Eisdielen und an den Kiosken stehen, um die Schlagzeilen der Zeitungen zu lesen.

Es hatte gerade acht Uhr geschlagen, als Baeza sein Büro verließ. Er schien zufrieden und redete angeregt mit seinem Bodyguard, einem massigen Mann mit großem Schnurrbart und steifem Gang, der, seinen beruflichen Pflichten treu, aufmerksam um sich schaute. Sie stiegen in einen blauen Opel Astra. Ich wartete, bis der Wagen anfuhr, und war mir sicher, er würde wieder die Route der vorangegangenen Nächte nehmen. Baeza fuhr bis Providencia, und ich mußte mich vor einen Bus drängeln, um ihn inmitten eines Dschungels von Autos, die verzweifelt versuchten, irgendwohin zu gelangen, nicht aus dem Blick zu verlieren. Nach einer Viertelstunde bog er in Richtung Costanera ab. Der Verkehr lockerte sich auf, und ich konnte bis auf fünf Meter hinter den Opel aufschließen. In diesem Augenblick überholte mich ein Mazda mit einer Blonden am Steuer, deren Haar so lang wie lüsterne Gedanken war. Ich sah sie vorbeifahren und lächelte. Sie zog eine verächtliche Grimasse und gab Gas. Es war nicht meine Romanzennacht, und der Lada war auch nicht gerade die beste Visitenkarte. Marx hatte unrecht. Es ist weniger ein Klassen- denn ein Markenkampf.

Baeza hielt vor einem Restaurant. Er stieg aus dem Auto und ging, vom Bodyguard gefolgt, in den Laden, der einen großen Teil des Bürgersteiges erleuchtete. Ich dachte, ich würde lange warten müssen, parkte daher in der Nähe von Baezas Auto und holte einen Roman von Mauro Yberra aus dem Handschuhfach. Ich las ihn in den nächsten Stunden trotz der mißtrauischen Blicke eines dieser selbsternannten, aus dem Nichts erscheinenden Parkwächter. Der Roman, der in Papudo spielte, las sich gut, und seine Personen waren so pervers, daß sie schon wieder real erschienen.

Baeza kam aus dem Restaurant, als mir noch dreißig Seiten fehlten. Ich verfluchte die Unterbrechung, vertagte das Ende der Geschichte auf einen anderen Augenblick und zuckelte mit meinem Lada hinter Baezas Wagen her. Die neue Strecke war nur kurz. Baeza und sein Begleiter hielten vor der Bar Dominó. Ich mußte eine halbe Stunde warten, bis ich sie fröhlich, mit der Grazie etwas wackliger Tänzer wieder herauskommen sah. Ich folgte ihnen über die Providencia, und als mir klar war, daß sie zu Baezas Wohnung fuhren, nahm ich einen anderen Weg und parkte fünf Minuten, bevor sie kamen, vor dem Haus.

Der Bodyguard half Baeza beim Aussteigen. Baeza war betrunken, doch vor dem Eingangstor schüttelte er seinen Begleiter ab. Der Mann protestierte und ließ Baeza dann allein und schwankend ins Haus gehen. Das war die Gelegenheit, auf die ich gewartet hatte. Kaum war der Wagen des Bodyguards weg, ging ich sofort zu einer Telefonzelle.

»Fono Mercado. Vierundzwanzigstundendienst«, sagte eine metallische Stimme. »Warten Sie auf das Zeichen und geben Sie Ihre Adresse deutlich an.«

»Drei Flaschen Ballantine's«, sagte ich langsam. Dann fügte ich die Adresse hinzu und legte auf.

Der Lieferwagen kam fünfzehn Minuten später, hielt vor dem Gebäude, und bevor jemand ausstieg, trat ich hinzu, öffnete die Tür und richtete die Pistole auf den Fahrer. Es war ein junger Mann in den Zwanzigern, bärtig und mit schreckgeweitetem Blick. Er fragte sich nur einen kurzen Moment, ob er Widerstand leisten sollte. Ich befahl ihm, seine Jacke auszuziehen und die Hände ans Lenkrad zu legen.

»Es ist die erste Lieferung. Ich habe kein Geld dabei«, stotterte er.

»Ich glaub dir ja«, sagte ich und schlug ihm mit der Pistole auf den Kopf. Ich zog den Schlüssel des Lieferwagens ab, zog die Jacke an und nahm die Kiste mit Baezas angeblicher Bestellung.

»Fono Mercado, mit einer Lieferung für Señor Baeza«, sagte ich durch die Gegensprechanlage neben dem Hauseingang.

Ich hörte, wie sich das elektrische Schloß öffnete, und schob die Tür auf.

»Apartment 1404«, sagte der dünne Wachmann in der Pförtnerloge, der in seinem Exemplar des *Eroticon* weiterlesen wollte, gelangweilt.

Ich fand den Fahrstuhl, fuhr bis zum vierzehnten Stock und ging einen langen Gang entlang. Ich hörte meine eigenen Schritte, während ich mich Baezas Apartment näherte.

Dann klingelte ich. Ich zählte bis zwanzig und klingelte noch einmal. Ich hörte Geräusche im Apartment und hatte fast unmittelbar darauf Rogelio Baezas gerötetes, schwitzendes Gesicht vor mir.

»Wer …?« konnte er gerade noch sagen, bevor er mich erkannte.

Ich schlug ihm eine der Flaschen auf den Kopf, und als ich ihn schwanken und in die Knie gehen sah, machte ich drei Schritte vor und trat ihm in den Bauch. Ich ließ ihn sich nach Belieben auf dem Boden wälzen. Dann schloß ich die Tür, und als er versuchte, sich aufzurichten, drehte ich ihm den linken Arm um. Er zog eine schmerzerfüllte Grimasse und rülpste überflüssigen Alkohol und Angst. Ich richtete die Pistole auf ihn und zwang ihn, in das kleine, aufgeräumte Wohnzimmer zu gehen, an dessen Wänden Drucke von alten Autos und Pferden hingen. Das Wohnzimmer setzte sich in einem Balkon fort, von dem aus man den strahlenden Teil der Stadt sehen konnte, der von unendlich vielen Lichtern durchschnitten wurde, die sich unermüdlich bewegten und eine andere Landschaft bildeten als die meines Viertels, das um diese Zeit ein Neonlicht zeigte, das so verbraucht und milchig war wie die Träume seiner Bewohner. Ein sterbendes Viertel, in dessen Herzen der Markt lag, in dem Baeza mich gezwungen hatte wegzurennen, während Solís' Schmerzen sich mit den schmutzigen Wassern der Stadt vermischten.

»Heredia«, stammelte er.

»Ich habe wenig Zeit«, sagte ich und zielte auf seinen Kopf.

»Wie konnten Sie es wagen, hierher zu kommen?«

»Es gibt zu viele Fragen, Baeza«, fiel ich ihm ins Wort.

Ich zwang ihn, aufzustehen und bis zum Balkon zu gehen, der zur warmen Nachtluft hinausführte und als einziger Befestigung von einem Mäuerchen umgeben war, auf dem drei leere Blumentöpfe und eine halb ausgetrunkene Wodkaflasche standen.

Ich erinnerte mich an Fernanda. An ihren nassen Körper, wenn sie aus der Dusche kam, und dann sah ich wie in einem dunklen, rachsüchtigen Blitz denselben Körper, kalt, abwesend und schon fern auf dem Marmor im Leichenschauhaus. Ich zwang mich, nicht abzudrücken, und Baeza spürte in meinem Blick, daß er dem Tod gerade noch von der Schippe gesprungen war.

»Ich bin zu spät zu ihr gegangen«, sagte ich zu mir selber, ohne mich um mögliche Fragen von Baeza zu kümmern. »Wäre ich vor ihren Mördern im Hotel gewesen, hätte dies alles vermieden werden können. Eine Umarmung, nichts als eine Umarmung. Und jetzt? Ein Unfall, ja. Von Unfällen war in der Abmachung mit Olmedo nicht die Rede gewesen.«

Ich trat zu Baeza und setzte ihm die Pistole an die rechte Schläfe.

»Hat Olmedo Ihnen meine Adresse gegeben?« fragte er und schien sich wieder gefangen zu haben.

»Ich will, daß Sie Angst haben, schreien wie Solís an jenem Morgen in der Markthalle«, sagte ich und wies auf die Balkonmauer. »Sie brauchen sich keinen Zwang anzutun, niemand wird Sie hören.«

»Nach dieser Geschichte hier wird Ihr Leben keine drei Pesos mehr wert sein. Meine Freunde werden Sie suchen, und gegen das, was die mit Ihnen machen werden, war das mit Solís nur ein Kinderspiel. Lassen Sie den Unsinn, Heredia. Verschwinden Sie sofort, und ich werde so tun, als hätte ich Sie nie in meiner Wohnung gesehen.«

»Sie haben keine Freunde mehr, Baeza. Olmedo hat ein Abkommen geschlossen und hat mir vorher erzählt, was im Hotel Comet passiert ist. Sie und Cerda. Hillerman und Tamayo.«

»Sie lügen, Heredia. Versuchen mich zu verwirren. Heute morgen habe ich noch mit Olmedo gesprochen.«

»Er hat auch von Cerda gesprochen, darüber, wie Sie ihn umgebracht haben. Und wir haben ihm geglaubt, weil wir Ihre Kreditkarte dort gefunden haben.«

»Kreditkarte? Ach so, jetzt verstehe ich, wieso ich sie nicht finden konnte. Ich glaubte, sie verloren zu haben. Olmedo muß sie mir gestohlen haben«, sagte Baeza, verlor aber allmählich seine Haltung. »Ich kann es beweisen. Ich war bei Verwandten, die ihren ersten Hochzeitstag gefeiert haben.«

»Es ist zu spät für Lügenmärchen.«

»Olmedo ist der Hauptverantwortliche für das, was geschehen ist. Er und dieses verdammte Projekt mit dem Gas, mit dem er reich werden will.«

»Vorwärts!« schrie ich.

»Es wundert mich nicht, daß er mich verraten hat. Er hat es mit Cerda genauso gemacht, als der mit der Geschichte über das Gas zur Interarm gehen wollte.«

»Steigen Sie da rauf«, befahl ich ihm, ohne mich um seine Worte zu scheren. Ich wollte nichts hören, was mich von meinem Entschluß abbringen könnte.

Baeza setzte sich auf die Mauer und konnte kaum das

Gleichgewicht halten. Hinter seinem Rücken lagen die Stadt und ihre Lichter, und unter ihm ein schwarzer Abgrund, der ihn zittern ließ.

»Es ist einfacher, als ich dachte«, sagte ich und zielte weiterhin auf Baeza.

»Wenn Sie Mut hätten, würden Sie abdrücken, Heredia.«

»Ich denke durchaus daran, glauben Sie mir.«

Baeza bewegte sich langsam. Ich zielte auf sein Gesicht und spürte das Kitzeln des Todes in meinen um die Pistole geklammerten Händen. Doch dann, als es nur noch eine Frage von Sekunden war, bis ich Baeza tötete, hörte ich, wie die Wohnungstür heftig aufgestoßen wurde, und ein bewaffneter Mann, der auf den Balkon zielte, kam ins Wohnzimmer gestürmt. »Halt, Heredia!« schrie Bernales.

Ein rasches Lächeln ging über Baezas Gesicht. Er sah sich von der Bedrohung erlöst, und vom Alkohol ermutigt, der in seinen Adern floß, versuchte er überstürzt, von dem unangenehmen Platz wegzukommen, an dem er sich befand. Er machte eine zu weit ausholende Drehung um sich selbst und stürzte, ehe er sich's versah, ins Leere, nur von einem Schrei begleitet, der sich in der Stille des Viertels verlor.

»Schnell hier raus«, sagte Bernales.

Ich steckte meine Pistole weg, nahm die Ballantine's-Flaschen an mich, beseitigte etwaige Fingerabdrücke von mir in der Wohnung, dann gingen wir. Bernales hatte mir wortlos bei meiner Arbeit zugesehen, und als wir auf der Straße angelangt waren, folgte er mir bis zu meinem Lada.

»Der Austräger!« rief ich, als ich sah, daß der Lieferwagen vom Fono Mercado nicht mehr dort stand, wo ich ihn zurückgelassen hatte.

»Vergessen Sie ihn, Heredia. Ich bin dem Jungen zu Hilfe gekommen und habe ihn wieder zu seiner Arbeit zurückgeschickt. Er hat eine Beule im Nacken, nichts weiter. Ich habe ihm meine Marke gezeigt, und er hat sich beruhigt, als ich ihm gesagt habe, ich würde mich schon um Sie kümmern.«

»Du bist mir gefolgt, Bernales.«

Der Polizist nickte und stieg dann in meinen Wagen ein.

»Warum?« fragte ich, während ich mich hinter dem Lenkrad einrichtete.

»Mein Patenonkel hat mich zwei Tage vor seinem Tod darum gebeten, und ich habe es ihm versprochen. Er wußte, daß Sie, sollte ihm etwas passieren, die Schuldigen jagen würden. Nach dem Friedhof fiel mir mein Versprechen wieder ein, und ich habe ein Auge auf Sie gehabt.«

»Danke«, sagte ich. »Ich bin dir was schuldig.«

»Nicht nur mir, Heredia.«

»Was willst du damit sagen?«

»Erinnern Sie sich an die Aufträge, die Sie mir gegeben haben? Ich habe im Computer meines Patenonkels den Bericht gefunden, den er an allerhöchste Stelle weitergeben wollte. Ich habe ihn gelesen, und mir wurde klar, daß es sich um eine heiße Kartoffel handelt. Ich beschloß, genau das zu tun, was Solís vorhatte, und gab dem obersten Chef die Unterlagen. Mein Patenonkel hat sich nicht in ihm getäuscht. Der *director nacional* hat daraufhin eine neue Mannschaft zusammengestellt und mir die Ermittlungen übertragen. Tonioni wurde vom Dienst suspendiert und wird sich vor einem Untersuchungsausschuß für seine Rolle bei Hillermans Tod verantworten müssen.«

»Was du gemacht hast, ist also alles offziell?«

»Offiziell und geheim.«

»Verdammt noch mal.«

»Doch nicht alles ist geheim und offiziell, Heredia.«

»Bring mich nicht noch mehr durcheinander, als ich es sowieso schon bin!«

»Sie hatten mir zwei Aufträge gegeben. Den Bericht von Solís und die Steuerunterlagen von Olmedo und seinen Genossen.«

»Und?«

»Ich bin auf das Unternehmen von Olmedo gestoßen.«

»Ich höre. Ich will alles wissen.«

»Das ist eine lange Geschichte, und ich glaube, ich brauche jetzt ein Glas.«

»Ein Glas, Bernales?«

»Ja, in guter Gesellschaft. Fahren Sie los, Heredia. Ein Freund erwartet uns.«

5

»Hugo Landa«, sagte Bernales, als er mir den Polizisten vorstellte, der uns im Billardsalon Chicago erwartete, einem ziemlich miesen Laden an der Vega Central. Er war klein, hatte leichte, verschmitzte Schlitzaugen. Er trug eine eng an seinem muskulösen, sportlichen Körper anliegende Lederjacke, ausgeblichene Jeans und Cowboystiefel mit Metallspitzen.

»Bernales hat mir von Ihnen erzählt«, sagte er. Und nachdem er einen Schluck von seinem Bier getrunken hatte, an die speckige Theke gelehnt, die mit dreckigen, von den vielen Kippen zerfressenen Aschenbechern übersät war, meinte er: »Er hat mir erzählt, daß Sie ein Freund vom Chef Solís gewesen sind. Deshalb können Sie auf mich zählen, worum immer es geht.«

»Danke«, sagte ich, und mir gefiel die Offenherzigkeit des Polizisten.

»Landa und ich haben zusammen die Schule besucht, und mein Patenonkel war unser erster Chef«, fügte Bernales hinzu.

»Ich kann mich daran erinnern, daß vorhin von ein paar Glas die Rede war«, sagte ich und wollte damit Zeit gewinnen, um meine Gedanken zu ordnen und herauszufinden, was ich tun sollte, wenn sie erst berichtet hätten.

»Bier ist das Sicherste. Wein und Schnaps sind in diesem Laden hier grauenhaft«, beschied Landa.

»Billardsalon Chicago«, meinte ich, während ich auf die verblichenen Wände schaute, die voller Plakate von Getränken, Kalender mit Weinbergen und Grafitti waren, die das Leben verschiedener Stammkunden verfluchten. »Ich dachte, er wäre vor ein paar Jahren geschlossen worden. Das letzte Mal, als ich hier gelandet bin, war das die Stammkneipe von Huren und Halbwelttypen. Ich war hinter einem jungen Galan namens Riveira her, der eine ältere, reiche Dame verführt und dann beraubt hatte. Die Familie der Frau wollte nicht, daß jemand von der Geschichte erfuhr, und engagierte mich, um ein paar Schmuckstücke und ein Paket Aktien wiederzubeschaffen. Ich habe ihn eine Woche später in einer Pension an der General Mackenna gefaßt. Der Typ wollte nach Mendoza abhauen, hatte es jedoch nicht geschafft, die Schmuckstücke rechtzeitig zu versilbern.«

»Viel hat sich nicht geändert. Obwohl die Hälfte der Nutten aus dem Viertel verschwunden ist. Die alten sind zurück in die kleinen Dörfer, aus denen sie gekommen waren, und die jüngeren sind in bessere Stadtteile abgewandert«, sagte Bernales.

Der Billardsalon lag im zweiten Stock mit Blick auf die Westseite der Markthalle La Vega. Er war groß, heruntergekommen, und es standen dort ein halbes Dutzend Billard- und Poolbillardtische.

An einem Ende des Raumes war die Bar, und die Kunden, die ihre Ellenbogen dort aufgestützt hatten, wirkten wie die Überlebenden eines heftigen Krieges. Die meisten waren Männer, nur drei, vier schlechtgekleidete Frauen sahen dem Aneinanderklicken der Kugeln auf dem abgewetzten Filz der Tische zu.

Ich bestellte ein Bier und trank es in einem Zug aus.

»Das nächste ist zum Reden«, sagte ich dann, während ich den Jungen hinter der Bar heranwinkte, damit er mir noch eins brachte.

»Sie hatten recht, Heredia«, begann Bernales. »Olmedo ist Gesellschafter eines chemischen Betriebes, der angeblich Kölnisch Wasser, Seifen und Cremes herstellt. Seine Steuerunterlagen sind in Ordnung, und das Labor liegt in der Calle Recoleta, fünf Blocks nördlich des Hauptfriedhofes. Wir haben es überwacht, Landa hat sich sogar als Inspektor der Stadtverwaltung ausgegeben und ist dort reingekommen. Es hat etwa zwanzig Angestellte und einen Verwalter namens Mujica. Diplome, Sozialversicherungsbeiträge und Gehälter sind alle auf dem letzten Stand. Wenn Olmedo dort auftaucht, ist er immer in Begleitung eines Typs namens Polanco. Dem Verwalter zufolge handelt es sich um einen chemischen Berater.«

»Beim Besuch ist mir etwas aufgefallen«, warf Landa ein. »Der Betrieb gliedert sich, wenn man so will, in drei Bereiche. Im ersten befinden sich die Büros und eine kleine Kantine für die Belegschaft. Im zweiten ist die Produktion. Und es gibt einen dritten, der immer verschlossen ist. Die Angestellten wissen nicht, was sich dort befindet. Der Verwalter sagte etwas von einem Lager. Tatsache ist, er hat mich damit nicht überzeugt.«

»Landa und ich haben darüber geredet«, sagte Bernales. »Wahrscheinlich läuft dort Olmedos geheime Produktion.«

»Wir brauchen einen Durchsuchungsbefehl.«

»Unmöglich«, sagte Bernales. »Wir haben die Sache mit Olmedo aus dem Bericht, den wir dem Direktor überreicht haben, gelöscht. Hätten wir ihn drin behalten, wäre das Problem jetzt in anderen Händen.«

»Was schlagt ihr vor?« fragte ich.

»Eigenmächtig und auf eigene Gefahr dort einsteigen«, erklärte Landa entschlossen.

»Das Labor hat Nachtwächter«, informierte Bernales.

»Einen Raubüberfall simulieren wird einfach sein«, fügte Landa hinzu.

»Mit jedem Augenblick, der vergeht, gefallt ihr beiden mir besser. Man merkt, daß ihr bei Solís in eine gute Schule gegangen seid.«

6

Wir tranken noch ein paar Bier und wollten uns dann auf den Weg zu Olmedos Betrieb machen. Wir ließen den Billardsalon hinter uns und gelangten zu La Paloma, einer Spelunke, in der billiger Wein an die Arbeiter der Vega ausgeschenkt wurde. Der Bürgersteig war mit Müll, Unrat und Gemüseresten übersät. Hunde streunten herum sowie Katzen, auf der Suche nach Fischresten oder Innereien von anderen Tieren, die von den Fleischern aus der Markthalle weggeworfen worden waren. Ein Dutzend finster dreinblickende Typen lüfteten ihr Elend vor der Tür der Bar aus, und als sie uns herauskommen sahen, kamen sie mit offensichtlich bösen Absichten näher. Landa zog eine Pistole aus seiner Jacke und zeigte sie ihnen, indem er in einen sternenlosen Himmel zielte.

»Kriminalpolizei, ihr Hornochsen«, brüllte er mit tiefer Stimme.

Die Typen tauschten Blicke und verschwanden dann, einer nach dem anderen, im La Paloma.

»Hurensöhne!« hörten wir sie in der Bar fluchen.

»Sie haben dich wiedererkannt, Hugo«, spottete Bernales.

»Blödmänner! In einer der nächsten Nächte komme ich wieder und reiße ihnen den Arsch auf!« entgegnete sein Kumpel.

Wir stiegen in den Lada, und ich fuhr in Richtung Hauptfriedhof. Bernales saß neben mir und beobachtete schweigend die Straßen, auf denen wenig los war. Landa schaute sich das Patronenmagazin seiner Pistole noch einmal an und hielt sie, nachdem die Inspektion zu seiner Zufriedenheit abgeschlossen war, zielend aus dem Wagen.

»Hübsches Spielzeug«, meinte ich, während ich ihn im Rückspiegel ansah.

»Vom Feinsten, Heredia. Das sagt Ihnen jemand, der was davon versteht. Schon als kleiner Junge hatte ich nur Waffen im Kopf und habe mich daher, weil ich wußte, daß mein Grips nicht für ein Studium reichte, gleich nachdem ich die Sekundarstufe abgeschlossen hatte, in der Polizeischule eingeschrieben. Mein Vater, der sein ganzes Leben lang ein Anarchist und ein Weichei gewesen ist, wollte sterben, als er davon erfuhr. Doch Waffen, die hat man im Blut. Und wenn dazu noch Emotion und Ambiente kommen, dann wird das Spiel interessant. Stimmt's, Bernales?«

»Landa war immer der Erste bei allen Schießübungen. Ein Typ mit gutem Auge und ruhigem Puls.«

»Achtundneunzig Prozent Trefferquote auf zehn Meter und mit Dienstpistole«, sagte Landa stolz.

»Das ist mehr, als ich auf zwei Meter schaffe«, meinte ich.

»Mein Patenonkel hat über Sie aber immer etwas anderes erzählt«, sagte Bernales.

»Einen großen Teil meines schlechten Rufes verdanke ich Dagoberto. Wenn er mit Freunden zusammen war und ein paar Gläser zuviel getrunken hatte, fing er immer an, Geschichten zu erzählen, an denen ich nie beteiligt war. Frauen, Saufereien, Tote, was auch immer. Alles, was mit meinem Namen zu tun hatte, war außergewöhnlich.«

»Ich glaube Ihnen kein Wort. Ich habe auch von anderen viele Geschichten über Sie gehört«, fügte Landa hinzu.

»Um so besser. Wenn der Ruf zu etwas taugt, dann dazu, daß die schweren Jungs es sich zweimal überlegen, bevor sie sich mit einem anlegen.«

»Von jetzt an fahren Sie bitte etwas langsamer«, sagte Bernales, als wir am Cerro Blanco vorbeikamen. »Es ist schwierig, sich nachts in diesen Vierteln zurechtzufinden. Die Beleuchtung ist schlecht, und die Straßen sind voller Schlaglöcher. Wenn Sie die Iglesia La Viñita sehen, gehen Sie mit der Geschwindigkeit runter, damit wir uns nicht verfahren.«

Fünf Minuten später hielten wir vor dem Labor von Olmedo. Es war eine Betonkonstruktion, zu der man durch ein Eisentor gelangte. Wir stiegen aus dem Lada und verbargen unsere Köpfe unter Skimasken, die Bernales aus seiner Jacke zog. Dann ergriff Landa die Initiative und ging bis zum Eingang. Bernales und ich folgten ihm. Alles ging ganz schnell. Landa schlug ans Tor, wir warteten einen Augenblick, und als einer der Wachleute seinen Kopf rausstreckte, versetzte ihm Bernales einen Schlag mit dem Griff seiner Pistole. Der Mann wich schmerzerfüllt zurück, und noch bevor er seinen Kollegen warnen konnte, warf ihn Landa mit dem Gesicht nach unten zu Boden und legte ihm Handschellen an.

Der zweite Wachmann döste vor einem Fernseher. Auf dem Bildschirm erkannte ich Robert Mitchum und Gregory Peck in einer Szene von *Cape Fear*. Sie saßen an einem Tisch in einer Bar. Mitchum trug einen Panamahut und trank ein Glas Whisky. Seine Worte klangen wie Peitschenhiebe, und Peck spielte, sich nicht ganz wohl in seiner Haut fühlend, die Rolle des ehrlichen Anwalts. Der Wachmann schreckte hoch, als ihn Bernales' Pistole berührte, und war schlau genug, sich, auf sein Glück vertrauend, nicht zu bewegen.

»Wir würden gerne den Betrieb besichtigen«, sagte ich zu ihm. Der Mann zögerte eine Sekunde lang, stand dann, durch den Druck von Landas Pistole in seinem Rücken beflügelt, auf und nahm das Schlüsselbund, das neben dem Fernseher lag.

»Uns interessiert das geheime Labor«, sagte Bernales.

Der Wachmann schaute uns überrascht an.

»Das Lager«, präzisierte Landa.

»Da drin sind nur Abfall und alte Maschinen. Ich arbeite seit einem Monat in diesem Unternehmen und bin da noch nie hineingegangen.«

»Ins Lager«, befahl ich. »Genug geredet.«

Als wir in das angebliche Lager traten und den Lichtschalter bedienten, war der Wachmann nicht weniger erstaunt als wir. Der Raum roch nach Chlor, war gekachelt und fensterlos. In der Mitte befand sich ein großer Metalltisch, den Wänden entlang waren unzählige Zylinder, Plastikbehälter und Metallkisten ordentlich aufgereiht. Neben dem Tisch stand ein Kühlschrank mit einigen Besonderheiten: Er hatte hermetisch verschließbare Türen und einen Regler, der erlaubte, Temperaturen unter achtzig Grad Celsius zu erreichen. Schließlich stand gegenüber vom Kühlschrank noch ein merkwürdiger Apparat, der unsere Aufmerksamkeit auf sich zog. Bernales trat näher und untersuchte ihn.

»Da ist eine Metallplakette dran«, sagte er. »Es ist offenkundig ein Ofen.«

»Ich schwöre Ihnen, ich habe nicht gewußt, daß das hier so aussieht«, erklärte der Wachmann.

Landa brachte ihn mit einem leichten Schlag auf den Rücken zum Schweigen. Ich ging zu einem der Metallzylinder, und auf dem Etikett von einem stand: ›Fluorwasserstoffsäure. Laboratorium Michael Burt, London, England.‹ Ich erinnerte mich an meine Unterhaltungen mit Blest und Stevens und zweifelte nicht daran, daß wir an der richtigen Stelle waren. Die Zylinder enthielten die Hauptkomponenten des Saringases, und das Labor war mit den notwendigen Apparaturen ausgerüstet, um es herzustellen.

»Die Suche hat ein Ende«, sagte ich.

»Was? Müssen wir das alles mitnehmen?« fragte Landa, indem er auf die Zylinder wies.

»Es gibt eine schnellere Lösung«, entgegnete ich.

7

Von dort, wo wir uns befanden, nämlich zwei Blocks von Olmedos Laboratorium entfernt, konnten wir die Flammen sehen, die zum Himmel schlugen und mit sich rissen, was nur ein paar Stunden zuvor ein chemischer Industriebetrieb gewesen war. Die Wachleute waren mit Handschellen versehen auf dem Bürgersteig zurückgeblieben, und nach einer halben Stunde hatten wir von einem öffentlichen Telefon aus die Feuerwehr gerufen. Ich erinnerte mich an Olmedo und lächelte, als ich daran dachte, daß sein Projekt am Ende ein Haufen unkenntlicher, wertloser Trümmer sein würde.

Ich war müde und wollte nach Hause in Grisetas Arme und zu dem spöttischen Grinsen von Simenon zurückkehren. Es war das Ende, zumindest glaubte ich das in diesem Augenblick. Ich wollte Mahler hören und gerade rechtzeitig aufwachen, um Dagoberto Solís anzurufen und mich mit ihm auf ein Glas zu treffen, dann einen Brief von Fernanda lesen, in dem sie mir sagen würde, sie sei gerade kurz in Paris. Phantasien, nur Phantasien, die in den Flammen eines Feuers verbrannten, das ich nicht gesucht hatte.

Landa und Bernales tranken aus einer Flasche Pisco, die Landa gekauft hatte, bevor er die Feuerwehr rief. Das Feuer ließ die beiden wieder Kinder werden, die vom Lärmen des neuen, fremden Spielzeugs mit seinen unerklärlichen Mechanismen hingerissenen waren.

»Die Jagd ist zu Ende«, sagte ich mit der Stimme des bösen Onkels, der die Party stört.

Die Polizisten blickten einander befremdet an, als hätte ich gerade einen schwer verständlichen Zungenbrecher ausgesprochen.

»Heißt das, wir gehen?« fragte Bernales.

»Vergeßt nicht, daß ihr in einem Taxi sitzt. Von diesem Augenblick an läuft die Uhr. Ihr sagt, wo ich euch absetzen soll.«

»Ich dachte, wir würden das noch feiern«, sagte Landa, vom Pisco beflügelt.

»Ein anderes Mal. Die besten Feiern sind die, die Erinnerungen mit einschließen.«

»Ich würde gern meinen Patenonkel erzählen hören, was heute nacht passiert ist«, hörte ich Bernales sagen.

»Er würde Lügenmärchen erzählen. Schläge, Schießereien, titanische Anstrengungen. Schließlich sollten wir uns eingestehen, daß wir Glück hatten. Die Wachleute haben uns nicht viel Arbeit gemacht, und Nahrung für ein kleines Feuer war bei der Hand.«

»Es hat mir Spaß gemacht, mit Ihnen zu arbeiten«, sagte Landa. »Das werde ich nicht wieder vergessen.«

»Ja, genau«, fügte Bernales lakonisch hinzu.

»Ihr seid wie Solís. Zwei junge Bullen, die immer auf der richtigen Seite stehen werden«, sagte ich und ließ den müden Motor meines Lada schnurren.

8

Ich verließ mein Büro im Morgengrauen. Ich hatte versucht, zu schlafen und Bernales und Landa zu vergessen, die ich vor einem Nachtclub in der Diez de Junio abgesetzt hatte. Ich wollte allein sein, fern von den Dingen, die mich an Fernanda und das Ende von Baeza erinnerten. Es tat mir weh, eingestehen zu müssen, daß ich Fernanda unwiederbringlich verloren hatte. Sie gehörte der Vergangenheit an, genau wie Solís und alles, was ich in den letzten Wochen erlebt hatte. Die Angst, die Schläge, der Tod von Menschen, die unvermittelt mit ihrem Haß in mein Leben eingebrochen waren.

Es war so, als würde ich immer wieder denselben Berg besteigen, um zu erkennen, daß sich in diesem grauen, tieftraurigen Raum nichts geändert hatte, in dem ich mit der eitlen Illusion überlebte, eine Ordnung herzustellen, an der niemand interessiert war.

Ich schloß die Wohnungstür und schaute auf das Schild ›Privatdetektiv‹. Wie oft hatte ich es schon abreißen wollen. Wie oft hatte ich mich eines anderen besonnen? Die Antwort auf beide Fragen war dieselbe. Ich konnte nichts anderes als im fremden Schmerz herumschnüffeln, und es hatte nie an Menschen gefehlt, die sich an mich in der Hoffnung gewandt hatten, ich könnte ein Gleichgewicht zwischen dem herstellen, was sie leben wollten, und dem, was das Leben ihnen bot. Nur daß mich das Ende der Suche dieses Mal mit meinem eigenen Schmerz konfrontierte. Mit einer Einsamkeit, die nicht durch den Tod der Schuldigen gelindert wurde, weil das Nichtwiedergutzumachende mich unwiderruflich verletzt hatte.

Ich zog ein Taschentuch heraus, rieb die Bronzeplakette und las laut: Heredia. Dann ging ich zum Fahrstuhl, und als ich an Stevens' Wohnung vorbeikam, sah ich, daß die Tür offenstand. Ich ging in der Hoffnung hinein, meinen Nachbarn dort wieder anzutreffen, ging aber nur durch leere Zimmer, in denen nichts mehr stand, was an Stevens erinnerte, der den Ort am Tag nach unserem Treffen mit Olmedo verlassen hatte. Ich steckte mir eine Zigarette an und stützte die Ellenbogen auf die Fensterbank, von der aus der Blinde sich die Welt und ihre immer wieder sich auftuenden Fallen in Erinnerung rief.

Ich hatte drei Minuten aus dem Fenster geschaut, da hörte ich Schritte. Ich wandte mich halb um und erkannte Stevens, der, den Boden mit seinem Stock abtastend, näher kam.

»Du hast deine Gewohnheit, in fremden Sachen herumzuschnüffeln, nicht aufgegeben«, sagte er anstelle einer Begrüßung.

»Ich dachte, du würdest nicht wieder in deine Wohnung zurückkommen.«

»Ich habe noch ein paar Dinge vergessen, und außerdem

muß ich mit dir reden«, sagte er, während er sich neben mich stellte und seine weißen Augen in die Dunkelheit starrten. »Ich habe erfahren, daß du eine bewegte Nacht hinter dir hast. Das war nicht gut, Heredia. Abkommen werden geschlossen, um eingehalten zu werden, andernfalls verliert das gegebene Wort an Glaubwürdigkeit.«

»Wie hast du es erfahren?«

»Ich habe einen Freund gebeten, ein Auge auf dich zu haben. Ich befürchtete, Olmedo würde sein Versprechen nicht halten, aber wie du siehst, habe ich mich geirrt. Du hast das Abkommen gebrochen.«

»Ich habe Baeza nicht getötet. Es war ein Unfall.«

Stevens lächelte leicht und richtete seine Augen auf mich, als könnte er mit ihnen die Reaktionen in meinem Gesicht sehen.

»Nennen wir es so, bis du mir die Details erzählt hast.«

In der Zeit, die ich brauchte, um eine Zigarette zu rauchen, erzählte ich ihm, was geschehen war.

»Ohne Schüsse, ohne Spuren, ohne irgend etwas, das mich verrät«, sagte ich, nachdem ich meinen Bericht beendet hatte.

»Olmedo wird verrückt vor Zorn sein und einiges erklärt haben wollen. Ich werde ihm sagen, du hättest weder mit dem Tod von Baeza noch mit dem Brand in seinem Betrieb etwas zu tun. Er wird ganz sicher um ein Treffen bitten, und dabei werde ich versuchen, ihn von deiner Unschuld zu überzeugen. Einstweilen empfehle ich dir, aus der Stadt zu verschwinden.«

»Ich fürchte mich nicht vor ihm«, sagte ich. »Zudem haben wir ein Argument, das ihn ruhigstellen wird. Die

Aktivitäten in seinem Labor liefen hinter dem Rücken der Interarm. Es war sein kleines Privatgeschäft. Sag ihm, wir wüßten alles und es wäre leicht, der Polizei oder dem Ministerium Informationen zuzuspielen.«

»Das wird sehr nützlich sein, aber dennoch solltest du für ein paar Tage verschwinden.«

»Wohin soll ich gehen?«

»Erinnerst du dich an die Hütten in Las Cruces, von denen ich dir vor einiger Zeit erzählt habe.«

»Die, die jemanden brauchen, der sich um sie kümmert?«

»Die Hütten von Kapitän Nemo. Ich habe es möglich gemacht, daß du in einer wohnen kannst. Um diese Zeit sind viele Leute in Las Cruces, und ein Fremder mehr fällt nicht weiter auf.«

»Ich werde darüber nachdenken.«

»Da gibt es nichts zu denken«, meinte Stevens ärgerlich. »Ich werde Anselmo eine Adresse geben, wo du die Schlüssel abholen kannst.«

»Ich würde lieber …«

»Wenn die Polizei auch nur einen einzigen Hinweis darauf findet, daß du bei Baeza warst, hast du Olmedo umgehend in deinem Büro. Ich habe dich nie darum gebeten, mir zu vertrauen, Heredia. Doch jetzt möchte ich, daß du es tust.«

»Die Polizei wird nichts unternehmen«, sagte ich und erzählte ihm von Bernales.

»Das mag helfen, aber vertraue nicht allzusehr auf die Geschichte mit dem Unfall. Ich glaube es, aber ich habe meine Zweifel daran, daß Bernales' Chefs das auch so ohne weiteres tun werden. Schließlich war die ganze Geschichte ziemlich undurchsichtig, und es werden noch ein paar Tage ins Land gehen, bevor die Polizei den Vorgang rekonstruiert hat.«

»Einverstanden«, sagte ich nicht ganz überzeugt.

»Geh jetzt, Heredia. Meine Freunde, die mir helfen wollen, ein paar Kartons herauszuholen, die in der Abseite über der Küche sind, müßten gleich da sein.«

Ich verabschiedete mich vom Blinden und ging ohne festes Ziel auf die Straße hinunter.

Die Einsamkeit des Tagesanbruchs vermischte sich mit Stevens' Worten. Ich ging über die Plaza de Armas und den Paseo Ahumada in Richtung Calle San Diego. Die Bürgersteige waren leer bis auf die Altpapierhändler, die die Müllsäcke vor den Geschäften durchsuchten. Ich hatte es weder eilig noch Lust, Stevens' Anweisungen zu befolgen. Ich fühlte, er hatte recht, aber gleichzeitig zwang mich ein inneres Feuer, meinen Aufbruch hinauszuzögern. Ich wartete, bis meine Uhr sechs anzeigte, und suchte eine Telefonzelle, um Bernales anzurufen. Der Polizist war gerade aufgestanden, und ich merkte seiner Stimme die Heiserkeit einer schlaflosen Nacht an.

»Ich hätte Sie in ein paar Stunden auch angerufen«, sagte er. »Ich muß den Direktor vom Vorgefallenen unterrichten, und danach weiß ich, wie die Dinge sich lösen.«

»Wirst du ihm von dem erzählen, was im Labor passiert ist?«

»Ich hoffe, es wird nicht notwendig sein.«

»Ich habe beschlossen, Santiago für ein paar Tage zu verlassen. Doch vorher möchte ich etwas mit dem Bericht von

Solís tun. Ich brauche die Kopie, um die ich dich auf dem Friedhof gebeten habe.«

»Ich halte das nicht für korrekt, Heredia.«

»Das diskutieren wir ein anderes Mal. Wir müssen uns unbedingt treffen.«

»Den Morgen über werde ich beschäftigt sein.«

»Ich erwarte dich um zwölf Uhr, Bernales.«

»In Ihrem Büro?«

»Im Restaurant Sena in der Calle San Diego. Da gibt es eine Pergola, die ist um die Mittagszeit immer voll. Ideal, um unbemerkt zu bleiben.«

»Was ist los, Heredia?« fragte Bernales beunruhigt. »Befürchten Sie, es könnte Probleme geben?«

Ich legte den Hörer auf und ließ Bernales' Frage im Raum stehen. Die frische Morgenluft begann sich mit den Abgasen und dem Hupen der ersten Wagen zu vermischen, die durch die Calle San Diego fuhren. Ich ging bis zum Sena, das gerade seine Türen für die ersten Kunden des Tages geöffnet hatte. Aus seinem Inneren drang ein feuchter, nach ranzigem Fett riechender Dunst, der mich wie ein Machetenhieb traf. Ich ging auf einen Kaffee hinein, und als ich mich gerade an die Bar setzen wollte, hörte ich eine heisere Stimme, die mich rief.

In einer dunkleren Ecke des Restaurants saß Bonifacio Espejo, der dicke, schmierige Detektiv von der Ecke San Diego/Franklin. Er trug seinen üblichen speckigen Regenmantel, ein gestreiftes Hemd, das ihm zu eng war, und eine schmale Krawatte, die irgendwann, in einem anderen Leben, einmal neu gewesen war. Espejo, Bazofia für seine Freunde, arbeitete zwei Blocks vom Schlachthof entfernt. Er tat nur sehr wenig. Hin und wieder ermittelte er in unbedeutenden Diebstahlsgeschichten, suchte verschwundene Haustiere oder war hinter dem einen oder anderen flüchtigen Mieter her. Die meiste Zeit verbrachte er damit, auf Pferde zu setzen oder Karatefilme im alten Cine-Prat-Kino anzusehen.

»Mein lieber Freund Heredia«, grüßte er ehrerbietig und verzog seine dicken Backen zu einem Lächeln.

»Bonifacio Espejo«, entgegnete ich muffelig, weil ich wußte, er würde während unserer Unterhaltung irgendwann um ein paar Pesos bitten.

»Was machst du denn hier, so weit von deinem Viertel entfernt?« fragte er, während er eine kleine Tafel Schokolade aus seinem Regenmantel zog.

»Nichts Besonderes. Ich wollte einen Kaffee trinken. Und du?«

»Meine Frau, diese Hexe, hat mich ausgesperrt. Seit sechs Monaten hat sie mir genaue Zeiten auferlegt. Wenn ich nicht vor zehn Uhr abends zu Hause bin, bleibe ich auf der Straße. Und gestern nacht hatte ich nicht einmal das Geld für eine billige Pension. Diese Hexe, diese Oberhexe!«

»Verdammt noch mal, Espejo! Du klingst wie ein Tango, einer von den miesen.«

»Und sie kontrolliert nicht nur meinen Stundenplan, Heredia. Sie zwingt mich zu einer Diät aus Lattich und Selleriestengeln. Keine Nudeln, süßes Gebäck oder Schokolade. Kein Alkohol. Sie hat sich sogar dafür eingesetzt, daß ich in der Asociación Cristiana Gymnastikkurse und Übungen mit Gewichten mache.«

»Deine Frau ist vollkommen verdorben, Bazofia. Eines Tages wird sie dir noch Kanarienfutter, Salatblättchen und

Weizen zum Frühstück servieren. Die Frauen wollen ihre Männer immer in Kanarienvögel verwandeln: Die picken herum, singen und stecken hinter Gittern. Sieh dich vor, Bonifacio!«

»Das Leben ist eine Barke. Das sagte bereits Calderón de la Mierda.«

Ich setzte mich vor Espejo und solidarisierte mich mit seinem Unglück.

»Ich habe gehört, du steckst in ziemlichen Schwierigkeiten, und dein Büro wurde sogar schon überfallen«, meinte Espejo. »Kann ich dir irgendwie helfen?«

»Glaub nie, was die Leute so sagen.«

»Eine rauchen wäre jetzt genau das richtige«, meinte er und steckte sich eine halbe Tafel Schokolade in den Mund.

Ich rief den Kellner, und bevor ich einen Kaffee bestellte, bot ich Espejo eine Zigarette an.

»Kaffee und zwei Hot dogs mit viel Mayonnaise«, bestellte Bonifacio.

Espejo aß gierig wie ein Baby. Genoß jeden Biß in die von Mayonnaise, Ketchup, Senf und scharfer Sauce überquellenden Hot dogs.

»Es geht nichts über gute Freunde«, sagte er, als er sein ekelerregendes Bankett beendet hatte. »Überleg mal, Heredia. Du und ich, wir sollten uns zusammentun.«

»Ich werde es mir überlegen. Versprochen«, sagte ich ohne rechte Begeisterung.

»Stell dir vor: Espejo und Partner.«

»Espejo und Partner?«

»Ein richtig geiles Büro und ein riesiges Neonschild: Espejo und Partner. Ermittlungen.«

»Hast du jeden Morgen so brillante Ideen?«

Drei Stunden lang redeten wird über Pferde und Wetten. Dann, kurz vor zwölf, bezahlte ich die Rechnung, steckte Espejo einen Fünftausendpesoschein zu und sagte ihm, ich müsse nun allein sein, weil ich einen Kunden erwartete. Der Dicke verließ zufrieden das Restaurant. Ich nahm an, er würde in einen anderen Laden gehen, um da noch etwas zu essen, und sich dann ins Wettbüro am Anfang der Avenida Matta flüchten.

Bernales kam zur abgemachten Zeit. Er setzte sich an meinen Tisch und legte wortlos die Diskette mit Solís' Bericht darauf. Ich steckte sie in die Jacke und bot ihm einen Kaffee an.

»Ich hätte lieber ein Bier«, sagte er. Er wirkte müde, sein Gesicht trug noch Spuren einer hastigen Rasur. »Sie haben Baeza am Fuß des Gebäudes gefunden, in dem er gewohnt hat. Sein Bauch war voller Alkohol. Nach der Obduktion wird niemand mehr an einem Selbstmord zweifeln.«

»Es soll ja Leute geben, denen zu weit oben schwindlig wird.«

»Das Verhör mit dem Wachmann wird ebenfalls nichts bringen. Der Typ hat erklärt, daß er eine Schnapsbestellung für Baeza durchgelassen hat. An dein Gesicht erinnert er sich nicht, Heredia. Und was den Jungen mit dem Lieferwagen betrifft, so hat es von ihm keine Anzeige gegeben.«

»Es kostet nicht viel, Geschichten zu erfinden.«

»Baezas Beerdigung findet morgen statt.«

»Vielleicht schicke ich ein paar Margeriten.«

»Sie wirken nicht zufrieden, Heredia.«

»Der Tod hat mich nie erheitert.«

»Baeza hat meinen Patenonkel umgebracht. Das ist der Unterschied zwischen seinem Tod und irgendeinem anderen Tod.«

»Ich bin müde, Bernales.«

»Was wollen Sie unternehmen?«

»In solchen Augenblicken habe ich immer Solís angerufen, und wir haben getrunken, bis die fröhlichsten Clowns in unseren Hirnen zu tanzen begannen. Zwanzig Jahre lang die gleichen Witze und Erinnerungen. Die immer gleichen Witze über Frauen oder Kerle, die wir kannten. Wie kann man das vergessen?«

Bernales zuckte mit den Schultern und suchte Zuflucht in dem Bier, das ihm der Kellner gerade hingestellt hatte.

»Ich weiß, ich kann meinen Patenonkel nicht ersetzen, aber wenn ich Ihnen irgendwie helfen kann, zögern Sie nicht, mich anzurufen. Sie wissen, wo ich zu erreichen bin.«

»Danke«, sagte ich, und das war der Anfang meines Abschieds.

»Und was werden Sie mit dem Bericht tun?« fragte Bernales, als wir vor dem Restaurant standen.

9

Ich stellte Rechtsanwalt Ortega fünf Stunden später dieselbe Frage. Wir befanden uns in seiner Kanzlei, und die ersten Schatten der Dämmerung kamen durchs Fenster herein, das auf die Calle Catedral ging. Ortega hatte den Bericht seiner Sekretärin übergeben, damit sie eine Kopie davon machte, und schien, nachdem er ihn gelesen hatte, in seine eigenen Zweifel und Gedanken versunken.

»Rechtlich gesehen ist er nicht viel wert, Heredia. Er ist weder unterzeichnet, noch trägt er Gebührenmarken. Nichts, was ihn als offiziellen Bericht eines Polizisten ausweist.«

»Er ist bis zum letzten Komma wahr.«

»Wenn ich ihn als Beweis vorlege, werden die Richter ihm keinen Wert beimessen. Doch er wird nützlich sein, um zwei, drei Fragen aufzuwerfen und neue Maßnahmen zu beantragen.«

»Sie scheinen von seinem Nutzen wenig überzeugt.«

»Sie irren, Heredia«, sagte der Anwalt. »Die Mühlen der Justiz mahlen langsam. Ermittlungen, Beweise, Zeugen, Schriftsätze, Rechtsmittel. Viel Papierkram. Man braucht Zeit und Geduld. Und wie Sie vor ein paar Minuten gesagt haben, die meisten der Verantwortlichen können schon nichts mehr sagen.«

»Aber zumindest kann die Wahrheit bekannt werden.«

»Wen interessiert die Wahrheit? Die meisten Leute sind nur an ihrer Arbeit interessiert, an der Ausbildung ihrer Kinder, an der Erholung am Wochenende oder der Möglichkeit, nach Miami zu reisen. An etwas, das mit ihnen zu tun hat, nichts, was verpflichtet.«

Ich lauschte Ortegas Argumenten und begriff, daß für mich in seiner Kanzlei nicht mehr viel zu tun blieb.

Ich erhob mich und hörte, bevor ich hinausging, den Anwalt sagen, während er sich die Brille auf der Nase zurechtrückte: »Mich interessiert sie sehr wohl. Ich bin einer von diesen Dinosauriern, die noch an die anderen denken.

Ich werde mit diesem Bericht arbeiten und werde Sie anrufen, wenn ich dazu irgendeine Neuigkeit habe. Und Sie, verschwinden Sie nicht ganz von der Bildfläche, Sie schulden mir noch ein Glas, ich werde es zu gegebener Zeit einfordern.«

Du bist zwar ein Rechtsanwalt, aber dir kann ich vertrauen, dachte ich, als ich die dunkle Treppe hinunter zur Straße ging. Dann machte ich mich auf den Weg zu meiner Wohnung und blieb erst wieder vor Anselmos Kiosk stehen. Der Zeitungsverkäufer erwartete mich schon und steckte, kaum daß er mich gesehen hatte, den Kopf aus dem Fenster, das ihn mit der Welt verband.

»Don Heredia!«

»Eine gute Nachricht und eine schlechte«, sagte ich, weil ich fühlte, daß er eine Nachricht für mich hatte.

»Fast richtig, fast richtig. Zwei und eine«, antwortete er maliziös. »Stevens hat die Schlüssel für das Haus vorbeibringen lassen. Er sagte, Sie wüßten wozu. Dann hat er noch sagen lassen, Sie sollten nicht in Ihrer Wohnung auftauchen. Weder Sie noch das Mädchen, Don.«

»Es fehlt noch eine Nachricht, Anselmo.«

»Ja?« fragte er, während er im Kopf nachrechnete. »Ich hatte das Mädchen vergessen. Sie ist vor einer halben Stunde gekommen und wartet im Imbiß an der Ecke auf Sie. Bei Tío Boris.«

»Bleib wachsam«, sagte ich, während ich zum Eingang des Gebäudes schaute. »Und wenn du mich ein paar Tage lang nicht siehst, mach dir keine Sorgen. Ich mache Urlaub.«

»Urlaub? Na so was, Don. Was mich betrifft, so muß ich

den ganzen Sommer im Kiosk verbringen. Man nennt das das Schicksal des armen Mannes.«

»Nimm Griseta für ein paar Tage bei dir auf und gib ihr und Simenon etwas zu essen.«

»Kittecat, Thunfisch, Whiskas. Dieser Kater ißt besser als die Menschen hier im Viertel.«

»Beklag dich nicht, Anselmo. Dein Leben schrumpft sonst.«

»Was soll das denn heißen, Don?«

»Das erkläre ich dir später«, sagte ich und ließ auf dem Weg zu Griseta den Kiosk hinter mir.

Ich traf sie im Imbiß an, wo sie eine Coca-Cola trank und ungeduldig auf die Straße schaute.

Sie stand auf und umarmte mich. »Man könnte meinen, daß du mich ein Jahr lang nicht gesehen hast oder daß du Abschied nimmst.«

»Vielleicht.«

»Ich habe herausbekommen, wie leicht du dein Geld verdienst«, fiel sie mir ins Wort. »Ich habe mich um die Sache mit der Studentin gekümmert. Ich bin in die Mensa gegangen, habe ein paar Fragen gestellt und sie gefunden. Total einfach! Sie ist von einem Studienkollegen schwanger geworden und hatte Angst, es ihren Eltern zu erzählen, und als sie im fünften Monat war, hat sie die Pension verlassen und ist zu ihren Schwiegereltern gezogen, oder was auch immer die sind, falls sie den Jungen noch nicht geheiratet hat. Sie wohnt in Rancagua. Ich habe mit einer ihrer Freundinnen gesprochen, habe ihr die Geschichte von der entfernten Cousine erzählt und die Adresse bekommen.«

»Gute Arbeit.«

»Gut? Fantastisch! Wetten, daß du doppelt soviel Zeit gebraucht hättest?«

Ich begann zu lächeln, doch da mußte ich wieder an Stevens' Nachricht denken.

»Was soll diese Geschichte, daß wir nicht in die Wohnung dürfen?« fragte Griseta.

»Dazu muß ich dir ein paar Dinge erklären.«

»Laß uns spazierengehen.«

»Was?«

»Gleich wirst du mir sagen, wir sollten spazierengehen. Immer wenn es Schwierigkeiten gibt, willst du mit mir im Park spazierengehen.«

»Genau, schlaues Mädchen. Laß uns spazierengehen.«

Wir verließen den Imbiß und gingen zum Parque de Los Reyes. Das Grün des Rasens kühlte die Luft. Ein paar Kinder liefen hinter einem Ball her, drei oder vier auf der Wiese liegende Paare küßten sich, und ein Windmühlenverkäufer rief lustlos seine Ware aus. Wir suchten uns eine leere Bank und setzten uns.

»Ich höre«, sagte sie.

»Das mit Solís ist noch nicht zu Ende«, sagte ich, bevor ich von Baeza und Olmedo erzählte.

Griseta hörte mir schweigend zu und unterstrich ihre Reaktionen mit einem nervösen Füßezappeln auf dem Gras, das rund um die Bänke wuchs.

»Ich gehe mit dir«, sagte sie, als ich ihr von dem Haus am Strand erzählte.

»Ich weiß nicht, was in diesem Haus passieren wird, Griseta. Vielleicht werde ich ein paar Tage allein sein, oder vielleicht taucht Olmedo mit seinen Leuten auf. Ich habe

Anselmo gesagt, er soll dich für ein paar Tage bei sich aufnehmen. Wenn alles vorbei ist, melde ich mich.«

»Wenn ich bei dir bin, werde ich keine Angst haben.«

»Mir macht meine eigene Angst Sorgen«, sagte ich.

»Nützt es etwas, wenn ich bettele?«

»Nein.«

»Wann?«

»Heute abend.«

»Ich weiß nicht, was ich sagen soll.«

»Sag einfach nur: Adiós, Heredia.«

10

Draußen war es dunkel, und das Meer brandete gegen die Felsen. Der salzige, stürmische Wind drang ins Haus und umfaßte mit seiner Umarmung alle Gegenstände im Zimmer, das Metallbett, die Vitrine mit ihren beschlagenen Scheiben, vier wacklige Stühle und den Tisch mit seiner geblümten Wachstuchdecke. Draußen die Nacht und ihre Geräusche: Flügelschlagen, Gebell, klappernde Fensterläden, Stimmen fröhlicher junger Leute, Schritte, die Angst hervorriefen. Und die Einsamkeit der vom Meer benetzten Steine: Kiesel, zerrupfte Algen, Seesterne und umherziehende Fische als einzige Gesellschaft. Auf dem Tisch Rum, Zigaretten, aufgeschlagene Zeitungen, Gläser, ein Kartenspiel, bei dem der Pikkönig über die Bereiche des Zufalls herrschte, und immer wieder jäh die Pistole in Reichweite.

Seit drei Tagen wartete ich. Allein, trübe von Erinnerungen. Morgens ging ich am Strand von Las Salinas zwischen den Sommerfrischlern spazieren, die Ball spielten oder sich, dem täglichen Albtraum der Uhr, dem launischen Bus und der Stechkarte entronnen, mit kindlicher Begeisterung in den Wellen tummelten. Ich beobachtete sie, ohne ihre sorglosen Gesten ganz zu verstehen, weil ich ständig auf die Anwesenheit anderer Fremder achtete, die mit Olmedo zu tun hatten, der Erinnerung an Baeza und dessen Fenstersturz und mit der Stimme, die inmitten meiner wirren Gedanken von einer hinfälligen, nutzlosen Gerechtigkeit sprach.

Mittags stieg ich hinunter nach Las Cadenas, dem kleineren, ruhigeren Strand von Las Cruces, und ging in ein Restaurant über dem Meer, auf einem hohen, die Wellen und das unaufhörliche Blasen des Windes herausfordernden Felsen. Wartete, umringt von fröhlichen Sommerfrischlern, auf das Kommen Olmedos und seiner Männer, mich an die Worte von Stevens und vor allem an den Abschied von Griseta erinnernd, die ich bei jedem im Bikini auf dem Sand entlanggehenden Mädchen sah und vermißte. Die Zigaretten, der Alkohol, der forschende Blick in den rissigen Spiegel im Bad, in dem ich nach der Aufforderung suchte, einen anderen Weg einzuschlagen. Es waren die Augenblicke, in denen ich in meinem Büro zu sein wünschte, mit Simenon und diesen Dingen des Lebens, die Horacio Ferrer in einem seiner Gedichte erwähnte: »die Poesie der Abschiede und Kugeln, meinen Tabak, meinen Tango, meine Handvoll Spleen«. Ich sehnte mich nach der Einsamkeit der Wohnung, ihres bekannten Raunens, dem schnellen Geräusch von Schlüsseln, die die Türen der anderen Zimmer öffneten, und der Musik – Mahler, Chet Baker, Goyeneche, Rivero, Rufino, die Beatles – die ich so notwendig brauchte wie das Schwarzbrot, das ich in der einzigen Bäckerei des Stadtteils kaufte. Ich brauchte mein Viertel. Seine Straßen, die Landschaft der grauen Gebäude und Häuser anderer Epochen. Die Bars mit ihrem Lärmen von Gläsern und Betrunkenen, die mit auf den Tisch gestützten Ellenbogen das Tagesende erwarteten. Ich wünschte mir, mich in ihrem Lächeln wiederzuerkennen, das im Laufe des Tages erlosch, als wäre das Glück ein verbotener Wunsch, den sie unterdrückten, damit sie niemand der paradiesischen Sünde des Träumens bezichtigte. Und inmitten der Einsamkeit der Wunsch, diejenigen zu überleben, die anderen ihre Moral, jenes Gleichgewicht auf-oktroierten, das das Vergessen, die banalen Äußerlichkeiten, die Abmachungen zwischen den Herren der Waffen und der Gesetze begünstigte.

In dieser dritten Nacht des Wartens war ich nichts als ein einsamer Mann, von Gedanken belagert, die mich ständig wieder an den Anfang einer Geschichte versetzten, die mit einem Brief begann, den ich für unmöglich gehalten hatte. Der Name einer Frau, einige Todesfälle, der plötzliche Abschied von Solís, letzte Spuren eines Kreises, der sich schloß und mich ausschloß.

In dieser Einsamkeit ließ mich das Geräusch eines Wagens aufhorchen, der anhielt und fast unmittelbar danach weiterfuhr und den Klang von Schritten zurückließ, die der Sand des Vorgartens mit seinen Geranien und Kakteen verschluckte. Die Schritte näherten sich der Tür. Ich trank den Rum, der im letzten Glas überlebt hatte, und griff nach der Pistole. Es klopfte, und mitten in der Nacht begriff ich den Irrtum in meinem Warten, in den Worten von Stevens und im Wunsch zu fliehen. Ich hörte eine bekannte Stimme, fragend und zugleich schüchtern. Ich ging bis zur Tür. Mit dem Meeresduft kam Griseta herein. Aus ihrem Blick strahlte der Wunsch, sich in meine Arme zu kauern.

»Was machst du hier?« fragte ich und spürte den Nachhall früheren Verrats.

»Stevens hat mir gesagt, wo ich dich finde. Gestern morgen ist er bei Anselmo aufgetaucht.«

»Er hat dich aufgesucht?«

»Er wollte dir eine Nachricht schicken. Er sagt, nichts weist bei Baezas Tod auf dich in, und Olmedo hat begriffen, daß Frieden und Schweigen die beste Lösung seien. Er fürchtet, seine Geschäfte könnten sich verkomplizieren oder seine doppelte Identität bekannter werden, als ihm nützlich wäre. Andere Militärs oder Zivilisten, die in illegale Geschäfte oder geheimdienstliche Arbeiten verwickelt waren, haben ein böses Ende genommen. Selbstmorde, merkwürdige Unfälle, Morde, die nie aufgeklärt wurden. Er hat sich entschlossen, Chile für ein paar Monate zu verlassen. Stevens glaubt, er sei nach Brasilien gereist.«

»Das ist alles?«

»Das ist wortwörtlich Stevens' Nachricht. Ich verstehe nicht ganz, was das alles bedeutet, aber er hat mich gebeten, dir das zu wiederholen.«

Ich sah Griseta ängstlich und ungläubig an.

»Dieser blinde Fuchs kennt mich genau.«

»Und er erinnert daran, daß es noch ein Stellenangebot am Strand für dich gibt. Auf Hütten aufpassen und aufs Meer schauen. Eine Saison lang oder ein ganzes Leben. Wir könnten doch Simenon holen und ihm jeden Tag frischen Fisch kaufen. Was meinst du, Heredia?«

»Retten, was lohnt, und sich die schreckliche Liebe zur Gerechtigkeit bewahren«, sagte ich und spürte, daß die Einsamkeit dieser Nacht mich verpflichtete, mir diesen Satz von früher in Erinnerung zu rufen.

»Was?«

»Ach nichts«, meinte ich und warf die Pistole auf den Boden. »Ich habe Camus nie gut zitieren können und andere auch nicht.«

»Umarmst du mich nicht?« fragte Griseta. »Deine Zitate will niemand hören, Heredia.«

Georges Simenon in der Diogenes Neuedition

Seit 1977 betreut der Diogenes Verlag das Gesamtwerk Georges Simenons in einer Werkausgabe. Im Laufe der Jahre erschienen über 200 Bände. Seit 1995 werden Simenons Werke im Rahmen einer Neuedition in zum Teil neuen oder überarbeiteten Übersetzungen wieder aufgelegt.

»Allmählich gibt es wieder Simenon zu kaufen, und gerade wer ihn noch nicht kennt, der hat jetzt die Möglichkeit, sich Zug um Zug und auf ganz übersichtliche Weise in Simenon einzulesen.«
Rolf Vollmann / Südwestfunk, Baden-Baden

Im Rahmen der Neuedition bisher erschienen:
(Stand Winter 2000/2001)

Romane

Bellas Tod
Roman. Aus dem Französischen von Elisabeth Serelmann-Küchler

Der Schnee war schmutzig
Roman. Deutsch von Willi A. Koch

Drei Zimmer in Manhattan
Roman. Deutsch von Linde Birk

Der Mann mit dem kleinen Hund
Roman. Deutsch von Stefanie Weiss

Die Großmutter
Roman. Deutsch von Linde Birk

Der große Bob
Roman. Deutsch von Linde Birk

Die Wahrheit über Bébé Donge
Roman. Deutsch von Renate Nickel

Der kleine Heilige
Roman. Deutsch von Trude Fein

Die Glocken von Bicêtre
Roman. Deutsch von Magda Kurz

Tropenkoller
Roman. Deutsch von Annerose Melter

Der Mörder
Roman. Deutsch von Lothar Baier

Die Komplizen
Roman. Deutsch von Stefanie Weiss

Die Verlobung des Monsieur Hire
Roman. Deutsch von Linde Birk

Der Mann, der den Zügen nachsah
Roman. Deutsch von Walter Schürenberg

Die Fantome des Hutmachers
Roman. Deutsch von Eugen Helmlé

Der Tod des Auguste Mature
Roman. Deutsch von Anneliese Botond

Die Witwe Couderc
Roman. Deutsch von Hanns Grössel

Der Bürgermeister von Furnes
Roman. Deutsch von Hanns Grössel

Antoine und Julie
Roman. Deutsch von Eugen Helmlé

45 Grad im Schatten
Roman. Deutsch von Angela von Hagen

Der Zug aus Venedig
Roman. Deutsch von Liselotte Julius

Wellenschlag
Roman. Deutsch von Ulrich Hartmann

Schlußlichter
Roman. Deutsch von Stefanie Weiss

Das Testament Donadieu
Roman. Deutsch von Eugen Helmlé

Die Katze
Roman. Deutsch von Angela von Hagen

Die Marie vom Hafen
Roman. Deutsch von Ursula Vogel

Das Haus am Kanal
Roman. Deutsch von Ursula Vogel

Der Zug
Roman. Deutsch von Trude Fein

Der Mann aus London
Roman. Deutsch von Stefanie Weiss

Die Zeit mit Anaïs
Roman. Deutsch von Ursula Vogel

Maigret-Romane und -Erzählungen

Maigret und die alte Dame
Roman. Deutsch von Renate Nickel

Maigret und der Mann auf der Bank
Roman. Deutsch von Annerose Melter

Maigret und Pietr der Lette
Roman. Deutsch von Wolfram Schäfer. Mit einer Nachbemerkung des Autors

Maigret und die junge Tote
Roman. Deutsch von Raymond Regh

Maigrets erste Untersuchung
Roman. Deutsch von Roswitha Plancherel

Maigret und der gelbe Hund
Roman. Deutsch von Raymond Regh

Maigret als möblierter Herr
Roman. Deutsch von Wolfram Schäfer

Maigret und die Bohnenstange
Roman. Deutsch von Guy Montag

Maigret bei den Flamen
Roman. Deutsch von Claus Sprick

Maigret und die widerspenstigen Zeugen
Roman. Deutsch von Wolfram Schäfer

Maigret und der Gehängte von Saint-Pholien
Roman. Deutsch von Sibylle Powell

Maigret und der verstorbene Monsieur Gallet
Roman. Deutsch von Roswitha Plancherel

Maigret und die Keller des ›Majestic‹
Roman. Deutsch von Linde Birk

Maigret zögert
Roman. Deutsch von Annerose Melter

Maigrets Nacht an der Kreuzung
Roman. Deutsch von Annerose Melter

Maigret und der Verrückte von Bergerac
Roman. Deutsch von Hainer Kober

Maigret und das Schattenspiel
Roman. Deutsch von Claus Sprick

Maigret und das Dienstmädchen
Roman. Deutsch von Hainer Kober

Maigret in der Liberty Bar
Roman. Deutsch von Angela von Hagen

Maigret regt sich auf
Roman. Deutsch von Wolfram Schäfer

Maigret und der einsame Mann
Roman. Deutsch von Ursula Vogel

Maigret und der Spitzel
Roman. Deutsch von Inge Giese

Maigret am Treffen der Neufundlandfahrer
Roman. Deutsch von Annerose Melter

Maigret und das Verbrechen in Holland
Roman. Deutsch von Renate Nickel

Maigret kämpft um den Kopf eines Mannes
Roman. Deutsch von Roswitha Plancherel

Weihnachten mit Maigret
Erzählung. Deutsch von Hans-Joachim Hartstein

Biographisches

Als ich alt war
Tagebücher 1960–1963. Deutsch von Linde Birk

Brief an meine Mutter
Deutsch von Trude Fein

Außerdem erschienen:

Meistererzählungen
Deutsch von Wolfram Schäfer, Angelika Hildebrandt-Essig, Gisela Stadelmann, Linde Birk und Lislott Pfaff

Über Simenon
Essays, Aufsätze und Zeugnisse von André Gide bis Alfred Andersch. Mit Lebensdaten, Bibliographie und Filmographie. Herausgegeben von Claudia Schmölders und Christian Strich. Zweite, erweiterte und verbesserte Auflage

Simenon auf der Couch
Fünf Ärzte verhören den Autor sieben Stunden lang. Deutsch von Irène Kuhn. Mit einer Vita in 43 Bildern, einer Bibliographie und Filmographie

Stanley G. Eskin

Simenon
Eine Biographie. Mit zahlreichen Fotos, Lebenschronik, Bibliographie, ausführlicher Filmographie, Anmerkungen, Namens- und Werkregister. Aus dem Amerikanischen von Michael Mosblech

Carissimo Simenon
Mon cher Fellini
Der Briefwechsel zwischen Federico Fellini und Georges Simenon. Mit einem Vorwort von Claude Gauteur und einem Gespräch von Georges Simenon mit Federico Fellini. Aus dem Italienischen und Französischen von Linde Birk. Herausgegeben von Claude Gauteur und Silvia Sager

Robert J. Courtine

Simenon und Maigret bitten zu Tisch
Die klassischen französischen Bistrorezepte der Madame Maigret. Aus dem Französischen von Pierre F. Sommer

Valerie Wilson Wesley im Diogenes Verlag

»Die aufregendste Entdeckung auf dem Krimi-Gebiet: Valerie Wilson Wesley. Endlich wieder einmal eine Crime-Lady, die ihre gewaltversessenen männlichen Kollegen nicht einfach durch noch mehr Hartgesottenes zu übertrumpfen sucht. Mit Tamara Hayle hat Valerie Wilson Wesley eine echte, überzeugende Frauenfigur als Privatdetektivin geschaffen, die das Zerbrechen elementarer mitmenschlicher Ordnungen miterlebend erhellt.«
Gerhard Beckmann/Die Welt, Berlin

»Man könnte sich sicher schnell an die sympathische Farbige gewöhnen, so wie man ganz schnell Brunetti-süchtig wurde.«
Dieter Schneider/Antenne Brandenburg

Ein Engel über deinem Grab
Roman. Aus dem Amerikanischen
von Gertraude Krueger

In Teufels Küche
Roman. Deutsch von
Gertraude Krueger

Todesblues
Roman. Deutsch von
Gertraude Krueger

Auf dem Weg nach oben
Roman. Deutsch von
Gertraude Krueger